Karsten Roth

Dreiunddreißig
und
das Jahr der Ziege

Psychiatrie, sag niemals nie!

© 2015 Karsten Roth

Umschlaggestaltung, Illustration: Karsten Roth

Verlag: tredition GmbH
Hardcover: ISBN: 978-3-7345-1643-6
Paperback: ISBN: 978-3-7345-1642-9
Printed in Germany

Vorwort

Die Zahl Dreiunddreißig hat in meinem heutigen Leben eine große Bedeutung und führte im Oktober 2012 eine entscheidende Wende in meinem Leben als schizophrener Mensch herbei.

Die Schizophrenie äußert sich in Panikattacken, Angstzuständen, Verfolgungswahn, akustischen oder visuellen Halluzinationen, Größenwahn und Manien. Ausgelöst wird die Krankheit durch positiven oder negativen Stress. Bei mir war es Beides. Zum Einem Verliebtheit und zum Anderen zu viel Arbeit. Dadurch entwickeln sich bei Betroffenen zu viele Botenstoffe im Gehirn, welche von den gegenüberliegenden Nervenzellen nicht aufgenommen werden können. Es treten aber auch tief betrübte Phasen, Depressionen, auf, meist nach Manien, also Himmel hoch jauchzenden Phasen. In dem Fall fehlen bestimmte Botenstoffe im Gehirn. Ich hatte oft mit Manien zu tun und darauf folgenden Depressionen. Im Übrigen werden die Symptome meiner Behinderung auch unter dem Oberbegriff Psychose zusammen gefasst. Sie kann einige wenige Male auftreten und wieder verschwinden oder chronisch werden, wie bei mir. Allerdings ist die Erklärung mit den Botenstoffen, wie Dopamin und Serotonin, noch nicht hundertprozentig erwiesen.

Nun denn, genug der leicht wissenschaftlichen Erklärungen. Mein Werk soll zeigen, dass auch nach Ausbruch einer psychischen Erkrankung das Leben weiter gehen kann.

Es kann ein langer steiniger Weg werden oder auch relativ schnell gehen. Mein Glück im Unglück war noch, dass meine psychische Behinderung erst kurz nach meinem 35. Geburtstag ausbrach, also Ende Mai 2002. Es führt in dem Alter eher zu einer Verbesserung im Umgang mit dem seelischen Leiden als bei einem Ausbruch in sehr viel jüngeren Jahren. Bis dato hatte ich eine unbeschwerte Kindheit, immer einen Job und die meiste Zeit viel Spaß am Leben. Ab dem ersten Aufenthalt in der Walsroder Psychiatrie änderte sich alles und ich musste mein Dasein komplett neu sortieren. Darauf komme ich in meinem Buch noch zu sprechen und auch, ob meine Bemühungen um ein `` normales `` Leben letztendlich von Erfolg gekrönt waren und bis heute sind. Zunächst möchte ich Sie, liebe Leserinnen und Leser, auf eine Reise durch mein Leben ohne die Krankheit mitnehmen, bevor ich das moderne psychiatrische System ausführlich beleuchte. Es gibt hierbei gute und schlechte Einrichtungen und gute und schlechte Pillen. Meine Tabletten sind super. Seinen Humor, die Fähigkeit zu lieben und sich gegenüber Vertrauenspersonen komplett zu öffnen, seine Freunde und einen guten Kontakt zu seiner Familie sollte Frau oder Mann jedenfalls nie verlieren. Vor allen Dingen die Liebe, ja die Liebe, das schönste Gefühl der Welt, kann zur besten Therapie werden. Mehr möchte ich im Moment auch nicht verraten. Viel Spaß beim Lesen meines autobiographischen Erlebnisromans und Ratgebers in speziellen Lebenslagen!!!

Endlich Angekommen

Es war der 17.05.1967, als ich nach einem Kaiserschnitt die Welt erblickte und mit ca. 56 cm Größe und einem Gewicht von ca. 4200 g recht gut gebaut war. Ich erinnere mich kaum bis gar nicht an meine Kindergartenzeit in Hamburg. Meine

Mutter erzählte später nur, dass ich gut und gerne gegessen habe. Das trug zu einem perfekten Gedeihen meiner Person bei. Als ich ca. drei Jahre alt war, verließen wir Hamburg und zogen in ein kleines Nest namens Wrist in Schleswig-Holstein. Wrist besteht aus einigen Wohn - und Miethäusern und hat immerhin noch eine Kneipe, eine Tankstelle und einen Landhandel. Vor allem hat Wrist einen Bahnhof und die Gleise verbinden Hamburg mit Kiel mit Zwischenstopp in Neumünster. Später nannte ich es das Tor zur Welt, obwohl Frau oder Mann dies eher von Hamburg sagt.

Aber weiter im Text. Von Wrist aus zogen wir nach Kellinghusen in der Nähe vom schleswig-holsteinischem Itzehoe. Dort verbrachten wir noch zwei weitere Jahre. Zwei Dinge überlebte ich glücklicherweise. Zum einen den Unfall mit einem Auto und zum anderen den Sturz von der Steintreppe unseres damaligen Nachbarn. Am Ende des üppigen Grundstücks unseres damaligen Mietobjekts befindet sich der große Rensinger See und gleich dahinter der Fluss Stör. Wir lebten in der Altbauvilla im kompletten Erdgeschoss. Alles in allem eine schöne Ecke. Ich liebte die Zeit, wenn mein Vater mit mir bei gutem Wind den Drachen steigen ließ. Auch liebte ich mein Meerschweinchen, das leider einige mit ihm mit meinen Händen veranstaltete Saltos nicht überlebte, but I was still alive and my red haired and older brother too. Doch bevor wir weiter ins Englische abgleiten, nenne ich noch zwei Sachen, die ich an diesem Ort liebte. Den Quittenbaum, aufgrund seines großen Ertrags, dessen Früchte meine finnische Mutter in gesüßtem Essig einlegte und lecker mit Zimt würzte und den kleinen Kaufmannsladen um die Ecke, in dem ich mir manchmal etwas Süßes kaufen durfte.

Dann fingen meine geliebten Eltern im etwa drei Kilometer entfernten R. an, ein Haus für uns alle zu bauen. An die Bauzeit erinnere ich mich noch ganz gut. Wir hatten damals, nachdem der Keller und das Dachgeschoss standen, einen Maurer engagiert, der es schaffte, während der Arbeit, eine Kiste Holsten zu trinken. Natürlich hätte es auch eine andere Sorte sein können, aber er liebte Holsten. Trotz dieses immensen Konsums leichter Alkoholika, schaffte er es, perfekt zu mauern. Es war Routine für ihn, so wie auch viele andere von uns in der Lage sind, in einem oder mehreren Bereichen routiniert zu arbeiten und jede oder jeder Erwachsene von uns sollte auf jeden Fall nicht leben um zu arbeiten, sondern arbeiten, um zu leben. Bei allem, was kommt, wie z.B. Krieg, Kapitalismus, Sozialismus, Kommunismus, Tod, der Tod gehört zum Leben, Geburt, Hochzeit, Taufe, Konfirmation, der Erste Sex etc., etc., etc., das Leben lohnt sich, wenn sie oder er auch den Sinn erkennt.

Wie auch immer. Die Baustelle war für uns Kinder eine aufregende Angelegenheit. Wir sahen Bagger, Kräne, viele Helfer und Anlieferungen von Material. Ein reges bzw. lebhaftes Treiben. Nach und nach entwickelte sich unser eigenes Heim vom Keller bis zum Dach zu einem rundum schönen Haus mit ausreichend Platz. In einem der Kellerräume errichtete mein Vater eine finnische Sauna mit Duschbereich. Im Erdgeschoss entstand ein weiteres Badezimmer neben der geräumigen Küche. Im Erdgeschoss entwickelten sich noch neben dem großen Wohnzimmer der L - förmige Flur und ein weiteres Zimmer gen Süden ausgerichtet. Im Obergeschoss entstanden noch drei weitere Zimmer. So hatten in Zukunft alle genügend Lebensraum und der tausend Quadratmeter große Garten sollte viel Raum zum Spielen bieten. Dort baute mein Vater noch ein Carport mit zwei Pkw - Stellplätzen. Unser Traum mit dem Haus auf dem Hügel wurde perfekt und wir hatten Ausblick auf das Flusstal. Später wurde die Sicht durch nachfolgende Häuser versperrt.

Zwischen dem Spielen

Der sogenannte Ernst des Lebens begann bei mir 1974 mit dem Beginn der Grundschulzeit. Ich mochte unsere kleine Dorfschule und fühlte mich unter meinen Mitschülern wohl. Es machte mir nie etwas aus, in der kleinen Gruppe von Mitschülern zu verweilen und den Worten unseres einzigen Lehrers, Herrn Q., zu lauschen. Spielerisch beherrschte ich alle Unterrichtsfächer. Nach der Schule spielte ich oft und gerne allein mit meinen Autos im Sand und baute mir Straßensysteme. In den Sommerferien ging es dann endlich wieder nach Finnland, der Heimat meiner Mutter. Mein Bruder und ich freuten uns riesig darauf. Allein die Fahrt über Dänemark und Schweden war jedes mal ein Abenteuer. Im finnischen Sommerhaus, nach der herzlichen Begrüßung unserer Großeltern, angekommen, begaben Gerry und ich uns an den traumhaften See und genossen den Ausblick. Ansonsten angelten, ruderten wir oder spielten irgendein Spiel. Unser liebstes Spiel bestand darin, Geldstücke auf die nahegelegenen Gleise der Bahnstrecke zu legen, um sie platt fahren zu lassen. Der erste Sommer nach meinem ersten Schuljahr verging wie im Flug. Ich glaube, es war auch der finnische Sommer, in dem ich vom Bootssteg fiel und kurzfristig die Unterwasserwelt als Nichtschwimmer betrachtete und mein Bruder mich an den Schultern herauszog. Ein heftiges, aber auch lehrreiches Erlebnis, da ich ab diesem Zeitpunkt vorsichtiger auf den Holzbohlen spielte.

Kaum ein Sommer war so abenteuerlich wie dieser und

warm war es noch dazu. Nach der Rückkehr nach Deutschland ging es kurze Zeit später mit dem Schulalltag weiter. Es entwickelte sich sehr gut für mich, weil ich mit dem Unterrichtsstoff keine Probleme hatte. Ab und zu gab es in den Pausen warmen Apfelkuchen, gebacken von der Frau des Schuldirektors. Alles in allem beinhaltete die Schule keine große Belastung, bis ich nach dem zweiten Schuljahr, die Schule wechseln musste, denn die Dorfschule wurde aufgelöst. Ein echtes Kleinod wurde vernichtet. Einfach so.

Die Konsequenz war, dass ich in eine viel größere Schule mit deutlich größeren Klassen kam und von Anfang an irgendwie unterging, da ich eher schüchtern war und die Menge der Mitschüler mir Unbehagen bereitete. Ein neues, anderes Leben lag vor mir. Den größten Ehrgeiz legte ich beim Sport an den Tag. Detlev, ein weiterer Bewohner von R. und Mitschüler, begann schon mit den Mädchen zu flirten. Mich interessierte das herzlich wenig, da ich erst einmal mit dieser Menschenmasse zurecht kommen musste. Meine Zensuren verschlechterten sich. Da ich nach jeder geschriebenen Arbeit, eine Unterschrift von einem Erziehungsberechtigten, in diesem Fall meine Mutter, brauchte, fälschte ich diese bei den schlechten Arbeiten, was leider aufflog, so dass ich manchmal nachsitzen musste.

Trotz allem bekam ich eine Empfehlung für die Realschule. Langsam hatte ich mich an die Klassengrößen gewöhnt und kam auch im Unterricht wieder mit. Besonders Englisch gefiel mir. Sport nahm ich eher als gegeben hin, weil ich mich in meiner Freizeit schon viel beim Fußball bewegte. Die Zeiten mit Cowboy und Indianer spielen war langsam vorbei, denn die Hausaufgaben beanspruchten ja auch noch einen Teil meiner Freizeit. Ich widmete mich der Angelei wie schon in den finnischen Sommern. Beim Fußball stand ich immer im Tor, da ich dort mit hervorragenden Leistungen glänzte.

Kommen wir nun zum Thema Mädchen. Die interessierten mich als erstes gar nicht sonderlich. Ein Mädchen aus unserem Dorf, Bettina, mit der ich vorher gerne Indianer spielte, befasste sich plötzlich intensiver mit mir. Sie erschien sogar in meinem Elternhaus. Dann wollte sie unbedingt zum Angeln mitkommen und ich fragte mich mit ca. dreizehn Jahren, warum ich das tun sollte. Also ließ ich meine erste vermeintliche Freundin im Regen stehen und ging weiter alleine zum Angeln.

Die Jugendzeit

Mit vierzehn Jahren hatte ich einen heftigen Alkoholabsturz nach dem Genuss von elf Flachmännern im Elternhaus von Ralfs Eltern, einem anderen Dorfjungen. Da er selbst sturztrunken war, machte es ihm nichts, als ich kurzfristig, noch bevor mein alarmierter Vater eintraf, den Garten der Nachbarn seines Elternhauses verwüstete. Ich fiel für ca. vier Tage in der Schule aus. Danach trank ich zwei Jahre nichts. In der Schule zurück verlief alles ganz gut. Ich merkte, dass ich bei den Mädchen ganz gut ankam und als ich ca. 15 Jahre alt war, machte mir Martina, eine sehr hübsche Mitschülerin, in der großen Pause ein unwiderstehliches Angebot und sagte, zwei weitere Mädchen im Schlepptau :„Ich möchte mit Dir gehen."

Die Geburtsstunde meiner ersten Beziehung war da, denn ein Nein kam für mich nicht in Frage. Schon am folgenden Wochenende machte ich mich auf den Weg in ihr Zuhause. Mit meinem Fahrrad fuhr ich die drei Kilometer voller Aufregung

11

nach Kellinghusen. Ein großes gelbes Haus erwartete mich und ich erklomm die wenigen Stufen bis zur dunkelbraunen hölzernen Haustür. Daraufhin klingelte ich. Nach wenigen Sekunden öffnete Martina und ließ mich eintreten. Schüchtern betraten wir wie scheue sich zart beäugende Rehe die große Stube des Hauses und setzten uns aufs geräumige Sofa. Erst fielen uns ein wenig die Worte als wir fast keusch nebeneinander saßen. Doch dann packte mich der Übereifer und ergriff das Wort, indem ich um ein Blatt Papier bat und einen Bleistift. Sie stand auf und brachte mir die gewünschten Dinge. Ich bot ihr an, ihr etwas zu zeichnen. Sie freute sich sehr, glaube ich zumindest. So legte ich los und malte ihr eine Hafenlandschaft. Ich hoffe, sie war damit zufrieden. Ich für meinen Teil war hoch zufrieden, das der Bann gebrochen war und eine persönliche Ebene geschaffen wurde. Der Nachmittag ging schnell vorbei und ich machte mich auf den Rückweg, da ich zum Abendessen zu Hause sein sollte. Zum Abschied sagten wir nur einander Tschüss und grinsten. Ich war das erste Mal in meinem Leben anders glücklich. Ein gutaussehendes Mädchen interessierte sich für mich. Das Gefühl war nicht komisch, es stellte sich nur ein Gefühl der Erleichterung ein. Plötzlich waren nicht nur meine Eltern und meine zehn Jahre jüngere Schwester und mein fast zwei Jahre älterer Bruder, der Rest der Familie und meine männlichen Freunde da, nein es gab diese anfangs fremde weibliche Person, die mich mindestens zwei Köpfe größer werden ließ, obwohl ich damals nur knapp über 1,60 Meter groß war.

Meine besorgte Mutter ging deswegen eines Tages mit mir in die Uniklinik nach Kiel, um mich dort untersuchen zu lassen. Die Ärzte stellten nur eine langsame aber keine Unterentwicklung fest und vermuteten ein Wachstum auf bis zu 1,80 Meter, was später auch eintrat. Mir war es nur peinlich, dass ich noch keine Scham Behaarung besaß. Wir machten, planten noch, mit der Klasse eine Fahrt nach Sylt in eine Jugendherberge mit Gruppenduschen und Gruppenzimmern, mir graute es aufgrund meiner sexuellen Unterentwicklung davor. Der Gedanke, dass Klassenkameraden schon Scham Behaarung hätten haben können und ich nicht, machte mich leicht verrückt, doch zuvor genoss ich die Zeit mit Martina. Sie hatte schon einen sehr gut entwickelten Körper mit üppigen Brüsten. Einmal stand sie in ihrem Zimmer nach vorne gebeugt und sich mit den Händen auf der Fensterbank des Dachfensters abstützend, um sich die Sterne anzuschauen. Ich stand direkt dahinter und in meiner Phantasie entwickelte sich die Idee, ihr von hinten mit den Händen über den schlanken Bauch zu gleiten und ihre Brüste sanft zu erfassen und zu streicheln, aber ich traute mich nicht, da ich noch keine Schamhaare besaß und eh nicht gewusst hätte, wie es hätte weitergehen können, wenn wir uns eventuell nackt gegenüber gestanden hätten.

Ansonsten tat ich alles für sie. Ich nahm es nach einer Weile sogar in Kauf im Dunkeln zurück durch den einen von zwei nächtlichen Wäldern, mit dem Fahrrad zu fahren, um zurück nach Hause zu kommen. In einem der Wälder gab es sogar mal eine Leiche im Auto, abseits der Straße. Eine Stunde bevor der Leichenwagen dort erschien, waren mein Vater und ich dort vorbei geradelt, um eine Fahrradtour zu machen. Wir wunderten uns über das ein Stück von der Straße entfernt stehende rote Auto. Als wir auf dem Rückweg an der Stelle vorbeifuhren, stand dort ein Leichenwagen. Immer, wenn ich nach dem Besuch meiner Angebeteten durch dieses Waldstück fuhr, brach ich mit Sicherheit alle Rekorde, was die gefahrene Geschwindigkeit mit einem durchschnittlichen Fahrrad betraf. Na, ja, so durchschnittlich war es gar nicht. Ich bekam es zu meinem 16. Geburtstag. Wir fuhren dafür extra nach Neumünster. In einem großen bekannten Kaufhaus wollten wir uns, meine Mutter, mein Bruder und ich uns auf die Suche machen. Ich war sehr aufgeregt an diesem Tag, obwohl wir Kinder eh schon verwöhnt waren, da wir mit unseren Eltern in einem großen Haus mit Sauna leben durften und jedes Jahr Urlaub in Finnland machten.

Trotzdem war jede Neuheit bei mir willkommen. Also begaben wir uns auf die Rolltreppe, weil die Fahrräder sich in der oberen Etage befanden. Kurz vor dem Ende der Rolltreppe wollte ich die Strecke verkürzen und rannte los. Dabei kam ich ins Stolpern und fiel mit dem rechten Knie genau in eine der Zacken der Treppenkante. Ich spürte keinen richtigen Schmerz und rappelte mich schnell wieder auf, um dann mit der Suche fortzufahren. Plötzlich meinte mein Bruder zu mir: "Du blutest!" und deutete auf eben mein rechtes Knie. Ich schaute an mir runter und sah das Unglück. Blut drang an einer kleinen Stelle aus meiner blauen Jeans. Danach schaute ich wieder weg und ging noch wenige Schritte. Auf einmal wurde mir schwarz vor Augen und ich kippte langsam um. Jemand fing mich auf und setzte mich auf einen Stuhl. Es war mein Bruder. Als ich erwachte, sah ich besorgte Personen um mich herum, unter anderem auch eine Verkäuferin. Sie gab mir ein Glas Wasser. Kurze Zeit später konnte ich wieder aufstehen. Daraufhin verließen wir das Kaufhaus und begaben uns zu einem Arzt. Dieser desinfizierte die Wunde und klammerte sie, so dass wir uns wieder auf den Weg machen konnten. Jetzt wurde es Zeit, meinen Vater von der Arbeit abzuholen, was wir auch taten. Er war erschrocken über den Vorfall und versprach mir sofort ein sehr schönes Fahrrad. Erneut betraten wir, fast komplett, unsere kleine Schwester war bei Nachbarn im Dorf geblieben, das Kaufhaus und ich suchte mir ein goldfarbenes Markenrad aus. Alle waren wir erfreut und verließen Neumünster Richtung

Heimat.

Dort angekommen, besuchte ich sofort meinen besten, direkt gegenüber wohnenden Freund und Schulkameraden Marc, um von meinem ereignisreichen Tag zu berichten. Marc kannte ich noch nicht sehr lange. Er war neu zugezogen, aus Nordrhein-Westfalen. Sein Vater, seines Zeichens Berufssoldat, wurde damals nach Kellinghusen versetzt. Seine Mutter arbeitete als Verkäuferin.

Marc spielte in der kennen lernen Phase auf einer Mauer unseres Nachbarn sitzend mit einem Zauberwürfel stumm vor sich hin, als ich ihn einfach ansprach und ihm vorschlug, mit den anderen Dorfjungen und mir Fußball zu spielen oder wir, er und ich, mal zum Angeln zu gehen. Marc freute sich riesig darüber, da er bis dato niemanden im Dorf kannte und auch keine Geschwister hatte. Ich hieß ihn sozusagen in der Dorfgemeinschaft willkommen. Schnell entwickelte sich eine enge Freundschaft und Marc trat auch dem Kellinghusener Angelverein bei. Beim Fußball standen wir beide gern im Tor. In der Schule blieben wir beide in der siebenten Klasse hängen, weil uns beiden die Gestaltung der Freizeit wichtiger war als die Anfertigung der Hausaufgaben. Mit Martina war schon längst Schluss und mein Freund und ich kamen auf die Idee, einen Mofa Führerschein zu machen. Kam mir ganz recht, da mein schönes Fahrrad mittlerweile Schrott war. Das kam so, weil ich mit einem anderen Freund namens Nils, Gymnasiast von einem Lehrerelternpaar, auf dem Weg zur Disco in Kellinghusen war. Wir radelten gerade bei starkem Regen im Eiltempo, den Kopf nach unten gebeugt, bergab die Lindenstraße in Kellinghusen runter, als ich plötzlich einen dumpfen Schlag auf dem ganzen Körper spürte. An einer unbeleuchteten Stelle am Straßenrand stand ein Auto, welches ich mit voller Wucht rammte. Beide waren wir erschrocken. Zum Glück befanden wir uns auf Höhe einer Kneipe und betraten diese. Alle sahen uns erstaunt an. Nachdem Nils von dem Vorfall berichtete; kam der Wirt auf mich zu und forderte mich sanft auf, mich auf eine der gepolsterten Bänke zu legen. Ein Gast rief zuvor, dass es sich um sein Fahrzeug handele. Schließlich rief der Gastwirt telefonisch einen Krankenwagen. Dieser traf kurze Zeit später mit den Sanitätern ein. Mein Disco Abend war gelaufen und auch der von Nils, da er unter Schock stand. Mit dem Krankenwagen wurde ich ins Itzehoer Krankenhaus gebracht und gleich untersucht. Es war soweit alles okay. Nur Prellungen und einen leichten Schock trug ich davon. Nach dem Wochenende ging es wieder zur Schule. Dort befand ich mich mittlerweile mit sehr gemischten Gefühlen. Das Interesse ging mehr und mehr in Richtung Freizeitgestaltung und weibliches Geschlecht. Meine schulischen Leistungen interessierten mich nicht mehr sonderlich. Nur in Sport, Kunst und Englisch sowie Hauswirtschaft war ich noch mit einer gewissen Begeisterung aktiv. In Kunst malte ich z.B. einen Van Gogh nach, der mir eine eins einbrachte und auch eine von mir bearbeitete Figur aus Ytong ergab das gleiche Ergebnis. Darauf war ich sehr stolz. Nur die Kunstlehrerin bezweifelte damals, dass ich die Figur, einen sitzenden Mann, alleine gestaltet hatte, da ich diese hauptsächlich in Heimarbeit fertigte. Der Lehrerin blieb aber nichts anderes übrig, als mir gerechtfertigter Weise eine eins zu geben.

Was ich noch an der Schule mochte, war der Französisch Unterricht. Nur den Giftzwerg von Lehrerin konnte ich nicht ausstehen. Keiner konnte sie ausstehen. So setzte ich mich eines Tages für alle ein und schoss ihr mit einem Gummiband eine Papier Krampe auf den Hintern. Sie fand heraus, dass ich dies tat. Resultat der Aktion war, dass ich für den Rest der Schulzeit aus dem Unterricht verbannt wurde und in einen Biologie Leistungskurs wechseln musste. Bei einer anderen Aktion gegenüber unserer Religionslehrerin bekam ich in Anführungsstrichen nur einen Tadel. Damals gab es gerade aktuell diese Aufkleber und Buttons mit der Aufschrift "Atomkraft Nein Danke". Ich malte dieses Zeichen auf einem Blatt Papier perfekt nach und schrieb "R....... Nein Danke" drauf. Dieses Blatt Papier hielt ich in der Klasse für jeden sichtbar hoch. Keine witzige Idee, aber damals hatten wir alle Spaß daran. Für meine Klassenkameraden war ich der Held und wurde indirekt gefeiert.

Aber Feiern ist das Stichwort. Das tat ich zu gern und die Kellinghusener Disco wurde zu meiner zweiten Heimat. Mit Marc betrat ich das erste mal diesen Ort. Wir überlegten damals lange, ob wir das Lokal betreten sollten oder nicht. Wir waren gerade mal 16 Jahre alt und kannten solche Musiktempel nur vom Hörensagen. Also betraten wir ehrfürchtig die "Heiligen Hallen" und kamen aus dem Staunen nicht mehr raus. Es sah innen aus wie in einem Western Salon und eine große Spiegelkugel drehte sich und glitzerte über der Tanzfläche. Diverse Spielautomaten lockten im hinteren Bereich. Marc und ich setzten uns damals an einen der Tische. Eine Bedienung kam. Ich denke, wir sahen beide noch sehr jung aus, so dass uns die Peinlichkeit, unsere Ausweise vorzeigen zu müssen, als wir ein Bier bestellten, nicht erspart blieb. Trotzdem genossen wir die Zeit. In der Folgezeit hielt ich mich zwei bis dreimal die Woche im High Chaperal auf. Viele Farbige aus der nahegelegenen amerikanischen Kaserne kamen dort hin, so dass viel Soul und Funk aufgelegt wurde. Mir war das ganz recht. Nur gegen Mitternacht wurde Heavy Metal aufgelegt und ein langhaariger Klassenkamerad namens Thorsten begab sich mit Begeisterung auf die Tanzfläche, um headbanging zu betreiben. Gekonnt schwang er seinen Kopf hin und her. Seine langen, schwarzen Haare flogen nur so durch die Gegend. Ein faszinierendes

Schauspiel.

Aber kommen wir mal zu den Mädchen. Ich lernte unter anderem die niedliche rothaarige Ina kennen. Sie lebte in einem gut situiertem Haus und ihr Papa fuhr Jaguar. Eines Tages befanden wir uns alleine in ihrem geräumigen Zimmer. Es stellte sich raus, dass ich nicht wusste, wie ich es anstellen sollte, sie zumindest zu einem Kuss zu bewegen. Schüchtern unterhielten wir uns ein wenig, mehr nicht. Gern hätte ich mehr bei dieser schnuckeligen Gymnasiastin erreicht, aber wie? Ina sah ich nach diesem Tag nie wieder. Wahrscheinlich war es besser so.

Wann jetzt genau Ute ins Spiel kam, weiß ich heute nicht mehr. Wir trafen uns häufiger und sie nahm mich auch einmal mit zum Reiten, aber im Grunde habe ich ein wenig Schiss vor Pferden. Ihr zu Liebe schwang ich mich auf ihr Pferd und drehte eine Runde in der Halle. Es war eine schöne Zeit mit Ute, aber ich schaffte es nicht, in ihr Elternhaus zu kommen. Irgendwann war auch mit ihr Schluss. Noch im gleichen Winter gab mein Klassenkamerad Rudi eine Party auf dem Bauernhof seiner Eltern. In dem Hof befand sich auch ein Gasthof. Schön und gut. Als ich eintraf, waren schon viele Schülerinnen und Schüler meiner Klasse dort. Unter anderem auch die sexy Claudia, die Tochter unserer Nachbarn. Na ja , was soll ich sagen, der Alkoholpegel stieg im Laufe des Abends und ich küsste mich das erste Mal in meinem Leben. Mit Claudia. zusammen verließen wir gegen 23.00 Uhr das Gehöft. Kaum einer bekam dies mit. Wir hatten auch keine Mitfahrgelegenheit organisiert und es lagen ca.6 bis 7 km vor uns, bei Minusgraden, doch das war uns egal. Nach kurzer Zeit verließen wir die Straße zur linken Seite hin und krochen hinter einen kahlen Busch. Kaum eine Sekunde verging ohne Zungenkuss. Dieser Spaß verging, als wir plötzlich Rudi von der Straße aus nach uns rufen hörten. Er war verständlicher Weise besorgt, weil wir zu Fuß die Party in die Kälte verließen. So ließen wir uns ohne großen Widerwillen von seiner Mutter nach R. fahren, aber nicht bis vor die Tür, sondern bis zur einzigen Telefonzelle an der Hauptstraße neben der Einmündung zum Taterberg. Claudia und ich wollten weiter knutschen und ich kann mich gut daran erinnern, dass sie traumhaft weiche Lippen hatte. Nun gut. Wir verabschiedeten uns von Rudi und seiner Mutter und erklommen den Taterberg in westlicher Richtung. Zuerst kamen wir am Eichenweg, meiner damaligen Heimat, vorbei. Dann folgte die Gartenstraße, Claudias damalige Heimat. Auch an ihr zogen wir vorbei, denn wir konnten zu dieser nächtlichen Stunde auf keinen Fall zu ihr oder zu mir. Unsere jeweiligen Eltern wären bestimmt wach geworden und dann wäre es mit dem wilden Küssen vorbei gewesen. Das wollten wir beide nicht. An der Ecke Kastanienallee/Taterberg befand sich gegenüber eine Parkbank, die wir schnell erreichten. Dort setzen wir uns nebeneinander und ich glitt mit meiner linken Hand über ihren Schoß. Sie ließ mich gewähren. Es entwickelte sich trotz der Kälte eine enorme Hitze bei uns. Schließlich durfte ich ihre Hose öffnen und unter ihren Slip fassen. Ihre zarte Haut war warm und ich spürte ihre Schamhaare unter meinen Fingern. Ich glitt weiter runter, während sich unsere Zungen in unseren Mündern begegneten und umschlangen. Mein Atem wurde schwerer und schwerer und mein Mittelfinger erreichte ihre wohltemperierten Schamlippen. Meine Erektion hatte ihren Höhepunkt erreicht und meine Hose drohte zu platzen. Okay, ist jetzt ein bisschen übertrieben und zu schmutzig möchte ich jetzt auch nicht werden. Kurz um, Claudia und ich hatten halt spitzen mäßiges Petting. Irgendwann gingen wir schließlich in unserer jeweiliges Zuhause. Mich machte der Abend sehr glücklich, obwohl wir uns, als wir uns den Montag danach am Schulbus begegneten, neutral begrüßten. Es gab keine Beziehung. Sozusagen mein erster One – Night - Stand mit Softsex.

Mittlerweile war ich 17 Jahre alt und befand mich zum wiederholten Mal in der neunten Klasse. Es stand zum Ende des Schuljahres eine Klassenfahrt nach Menzenschwand im Schwarzwald an. Die Übernachtungen fanden in einer Jugendherberge statt und die Mädchen bekamen einen eigenen Trakt. Nur eine verschlossene Tür trennte uns vom weiblichen Geschlecht. Wie dem auch sei. Mit zwei Mitschülern machte ich mich auf den Weg, das Dorf zu erkunden. Es gab einen Kaufladen und einige Restaurants und Kneipen. Der Ort war umgeben von Bergen. Nun dachten wir , dass es dort im Süden nur Dünnbier mit geringer Wirkung gab. Also kehrten wir in eine Kneipe ein, um diesem Mythos nachzugehen. Das Ende vom Lied war, dass wir irgendwann sturzbetrunken in unsere Unterkunft zurück kehrten. Besoffen wie wir waren, brachen wir die Tür zu den Mädchen auf und stürmten deren Gemächer. Die Mädels begrüßten es. Ich lag kurze Zeit später im Bett, im eigenen. Mir war extrem übel, so dass mir das weibliche Geschlecht egal war. Hinzu kam, dass unser Klassenlehrer, Herr P., wütend in unserem Flur auftauchte und unverzüglich alle ins Bett schickte. Am nächsten Tag überlegte Herr P., einen Klassenkameraden und mich als vermeintliche Hauptanstifter nach Hause zu schicken, doch er ließ Gnade vor Recht ergehen und wir waren erleichtert. Schließlich war diese gemeinsame Fahrt und das Zusammenleben in der Herberge für uns alle ein großes Ereignis. Die Mädchen hatten es uns Jungs sehr angetan. Jeder von uns war um weibliche Kontakte bemüht. Ich war am Tag nach dem Saufgelage mit einem Klassenkameraden und drei Mädchen abends im Ort unterwegs als es sich plötzlich ergab, dass eine rothaarige Klassenkameradin und ich Arm in Arm die Straße entlang wanderten. Ich spürte den Speck um ihre Hüften und erwähnte dies ihr gegenüber auch. Also gingen wir auf einmal nicht mehr Arm in Arm. Ist ja auch verständlich. Am dritten Tag knutschte ich abends mit einer Anderen aber Schlanken in einer Bushaltestelle herum und streichelte ihre super zarten Brüste. Dann ging die Affäre mitten vor den Augen des Herrn P. im Gemeinschaftsraum der Jugendherberge weiter. Wir knutschten extrem wild und ich hatte Schwierigkeiten meine Erektion vor den Augen der anderen zu verbergen. Das ging solange, bis unser Klassenlehrer uns in unsere getrennten Betten schickte. Aus die Maus! Am vierten Tag unseres Daseins in Menzenschwand lernte ich unerwartet eine schnuckelige Dorfbewohnerin kennen. Mit ihr verschwand ich kurzerhand auf den Hang eines Berges. Es dauerte nicht lange und wir lagen dicht nebeneinander im Gras. Noch kürzere Zeit später küssten wir und streichelten wir uns wild. Dann erreichte meine rechte Hand ihren linken Oberschenkel und ihre Wade als sie im Schwarzwälder Dialekt sagte:" Net die Haxen!". Damit hatte ich nicht gerechnet und meine Erregung ließ plötzlich nach und wir gingen später, nach der Einnahme eines Bierchens in einer Gaststätte, friedlich auseinander. In meiner Heimat hatte ich noch eine Liebelei mit einer rothaarigen Teenagerin. Sie war okay und besaß ein Kleinkraftrad. So waren wir mobil. War nicht verkehrt. Das ganze hatte nur einen Haken. Sie war die Ex eines aggressiven Skin Heads. Ich hasse diese braunen Wichser, aber sie waren deutlich in der Überzahl als sie mir eines Abends vor meiner Stammdisco auflauerten, um mir eventuell körperliche Gewalt zukommen zu lassen, da ich ein leichtes Stelldichein mit der eigentlichen Ex - Skinbraut hatte. Zumindest wollte mir der Ex der Rothaarigen und seine Truppe gerade klar machen, dass ich das Mädel in Ruhe zu lassen hätte, als ich mich entschloss die Beine in die Hand zu nehmen und zu flüchten. Mann war ich schnell! In einiger Entfernung hinter mir hörte ich das Getrampel der Springerstiefel. Aber wohin? Die Polizeistation war nicht besetzt, da es schon spät war. Aber dann sah ich die Leuchtreklame der italienischen Eisdiele. Sie hatte noch auf. Erleichtert sprintete in diesen Zufluchtsort und bat den italienischen Ladenbesitzer völlig außer Atem, meine Eltern anzurufen, nachdem ich ihm die Nummer gab und kurz die Situation schilderte. Vor der Tür lauerten die wütenden Rechten. Vom Besitzer des Ladens erfuhr ich dann, dass meine Mutter sich auf den Weg machen würde, um mich zu retten. Ah, meine Rettung! Und so war es auch, als der rote Nobelschlitten vor dem Eiscafe auftauchte. Ich bedankte mich extrem freundlich bei dem hilfsbereiten Italiener und ging aus dem Laden. Meine Mutter nahm mich in Empfang und geleitete mich zur Beifahrertür. Ich stieg ein, meine geliebte finnische Mama stieg ein und wir machten uns aus dem Staub. Die Neonazis wagten es nicht, uns anzugreifen. Der Eisdielenbesitzer ist für mich bis heute ein Held. Unverantwortlich finde ich es, dass bis heute nicht alle Polizeistationen rund um die Uhr besetzt sind. Ging aus diesem Grunde damals fast in die Hose und es war Schade um die süße Rothaarige, aber nach dem Erlebnis ließ ich die Finger von ihr.

Aber jetzt sei an dieser Stelle erwähnt, dass Sie denken könnten, dass ich eine Art Casanova bin, aber das ist nicht so. Ich war jung und wollte mir die Hörner abstoßen, normal. Bis dato hatte ich ja noch nicht mal richtigen Sex. Wenn ich heute höre, also 2015, dass teilweise 14 jährige Mädchen von etwa gleichaltrigen Jungs geschwängert werden, war ich damals ein Waisenknabe. Aber bleiben wir bei meinen Erfahrungen mit dem weiblichen Geschlecht. ich blieb ohne Sex bis ich knapp über 18 Lenze erreicht hatte. Ilse tauchte in meinem Leben auf. Wir lernten uns bei Freunden in Bad Bramstedt kennen. Sie war Gymnasiastin. Kein absoluter Traum, aber irgendwie niedlich. An dem Tag befanden wir uns in einem riesigen Haus einer Freundin meines Freundes Nils. Der Vater dieser Freundin war Architekt und hatte diese ehemalige Privatklinik gekauft. Abends legten wir uns dann gemeinsam und nebeneinander in das große Bett des elterlichen Schlafzimmers, um von dort aus den Film "The Wall" von Pink Floyd über Video anzuschauen. Wir hatten schon eine Weile diesen genialen Film gesehen als Ilse und ich uns plötzlich in die Augen schauten und begannen, uns zu küssen. Mit Unterbrechung ging diese Aktion den restlichen Film über weiter. Tage später trampte ich dann zu Ilse in ihr Elternhaus. Wir setzten uns vor den Fernseher und schauten Arm in Arm mit gelegentlicher Küsserei verbundenen fern. Wir waren glücklich. Irgendwann im Laufe des Tages eröffnete sie mir, dass sie mit mir schlafen möchte. Ich war verblüfft und aufgeregt zugleich. Mir stand der erste Sex bevor. Eine Woche später war ich wieder bei ihr und ihre spießigen Eltern waren nicht anwesend. Über ihre ältere Schwester hatte Ilse die Pille besorgt, also konnte dieses einmalige Ereignis gestartet werden, Aktion erster Sex. Genauere Beschreibungen lasse ich jetzt mal außen vor. Auf jeden Fall waren wir beide endlich entjungfert. Als wir uns abends zusammen in der Kellinghusener Disco befanden ,meinte sie nur, dass sie unten herum Schmerzen hätte. Ist wohl so beim ersten Mal oder mein bestes Stück ist zu groß. Verzeihung, das war jetzt schmutzig, obwohl Sex eine natürliche Sache ist und zum Leben gehört wie Essen und Trinken und wenn es keinen Spaß machen würde, hätten wir Menschen uns logischerweise nicht vermehrt. Außerdem gibt es eben Größenunterschiede beim männlichen Penis. Ilse war halt noch eng. Wären wir länger zusammen geblieben hätte sich ihre Vagina ja noch geweitet. Doch dazu kam es nicht, denn ca. drei Wochen später war aus mir unerklärlichen Ursachen Schluss. Vielleicht gefiel ihren Eltern die Tatsache nicht, dass ich "nur" Realschüler war und Ilse ließ sich davon beeinflussen. Reine Spekulation. Ab und an sah ich sie noch in meiner Stammdisco High Chaperal, aber irgendwann nie wieder. Also freue ich mich einfach an dieser Stelle für diese sexuelle Befreiung. Besser damals mit ihr als nie.

Die Lehrzeit

Alles in allem gab es bis zum Ende der Schulzeit keine Frauengeschichten mehr. Entscheidend war nur, dass ich letztendlich versäumt hatte den schulischen Stoff ausreichend zu lernen. Eine fünf zu viel, brachte mir schließlich nur ein Abgangszeugnis, gleichbedeutend mit einem Hauptschulabschluss, ein. Nun hielten meine Eltern trotzdem zu mir und machten mir auch keinen Vorwurf. Zum Abschlussfest hätte ich aufgrund der Tatsache, dass ich schon 18 Lenze zählte, mit dem Auto kommen können. Ich war halt alles in allem der Älteste Schüler der Realschule Kellinghusen bevor ich abging. Trotz dieser eigentlich schlechten Voraussetzungen für den Start ins Berufsleben bekam ich einen Ausbildungsplatz als Industriemechaniker in Neumünster, denn mein Vater, der im gleichen Ort in einer anderen, erheblich größeren Firma, seinem Job nachging, drehte an der Vitamin B Schraube, ließ also die Kontakte bzw. Beziehungen spielen und organisierte mir glücklicherweise diese Lehre, zumindest sah ich das damals so. Fakt ist letztendlich, dass ein vermeintlicher, wenn man nach der Schullaufbahn geht, Dummkopf, wie ich, doch noch was erreichte. So schien die Welt perfekt. Mutter Hausfrau, Vater Betriebsmittelkonstrukteur, ältester Sohn Student für Russisch und Slawistik und das Nesthäkchen, Birte, mit Erfolg in der Grundschule.

Na ja, wie sich das entwickelte, stelle ich noch ausführlich dar. Wichtiger ist zunächst mein Weg zum Führerschein, dem Weg zur Freiheit auf vier Rädern, denn bis dato war ich auf meine damalige Mofa oder auf meine Eltern angewiesen, um kürzere oder längere, bis sehr lange Fahrten zu machen. Ich bin mir heute nicht mehr sicher, ob es ein Geburtstagsgeschenk meiner Eltern sein sollte oder, ob sie mir den Führerschein eh bezahlt hätten. Die Kohle dafür war jedenfalls da und das Abenteuer Fahrschule konnte beginnen. Durch die Schwarzfahrten nach Feierabend mit meines Vaters rotem Saab auf Schleichwegen und später auch Landstraßen hatte ich bereits Fahrpraxis und beherrschte zumindest Papas Auto. Dann kam der Tag der Wahrheit. Die erste Fahrstunde . Es war ein weißer Golf Diesel, der mir die Chance zu mehr Selbstständigkeit eröffnen sollte. Mir war die Marke relativ Wurst, obwohl mir der Porsche des Fahrschulleiters besser gefallen hätte. Soweit ich weiß, hatten später die Lieblinge des Chefs, das Privileg erhalten, eine Autobahnfahrt mit seinem Sportwagen zu machen. Ich gehörte eben nicht dazu. Was soll ´ s. Sich in Bescheidenheit ergebend, pflanzte ich mich mit meinem knackigen Hintern nach einem aufgeregten Öffnen der Tür in die Wolfsburger Stoffsitze. Der Fahrlehrer, ein freundlicher, bartloser Mittvierziger, nahm auf dem Beifahrersitz Platz. Die erste Frage seinerseits an mich war, wir waren per Du, " Na, bist Du schon mal gefahren?" Erschrocken, wegen der Frage nach etwas Verbotenem und doch irgendwie stolz wegen der Spitzenausbildung durch meinen geliebten Vater, antwortete ich doch irgendwie gelöst: " Ja, mit dem Wagen meines Vaters." Mein Fahrlehrer meinte daraufhin nur: "Dann kennst Du Dich ja aus. Lass uns losfahren!"

Gut, an einer Kreuzung am Ortsausgang Kellinghusens schaffte ich es tatsächlich, den Selbstzünder beim Anfahren abzuwürgen. Shit happen ´ s.

Kam danach nie wieder vor. Natürlich nervte es ein wenig und meine von mir damals noch nicht so ganz entdeckte Perfektionistenseele litt, aber das Leben ging weiter. Nach und nach beherrschte ich auch die einzelnen Verkehrszeichen durch den parallel verlaufenden theoretischen Unterricht im geräumigen Unterrichtsraum für nach Beweglichkeit auf Rädern lechzenden Weiblein und Männlein der Ausbildungsstätte. Mit Erfolg meisterte ich letztendlich die theoretische Prüfung. Nun sollte nach den Fahrstunden über Land, über die Autobahn oder die Schnellstraße, zwischendurch noch die obligatorischen Einparkübungen, die praktische Prüfung folgen. Vor dieser hatte ich weniger Schiss als vor der Theoretischen und war mir sicher, dass ich locker bestehen würde. Aber es kam anders.

Am Morgen der Prüfung freute ich mich sogar auf die Fahrt unter Kontrolle des Prüfers, den ich nach dem Eintreffen in Bad Bramstedt, dem Prüfungsort und im Übrigen der Ort, in dem mein geliebter Bruder auf das Gymnasium ging, freundlich aber sachlich zugleich begrüßte. Keineswegs waren meine Eltern bis dato je ungerecht zu mir, auch haben sie mich nie geschlagen, selbst für miese Zensuren nicht. Ich befand mich aber meiner damaligen Einstellung und Meinung nach lang genug unter der sanften Kontrolle der Beiden und wollte vor allen Dingen selbstständig und mobil genug sein, um auch andere, selbst ausgewählte Gegenden aufzusuchen. Nicht immer hauptsächlich das High Chaperal, nicht immer nur Kellinghusen und zurück oder trampender Weise nach Bad Bramstedt oder Itzehoe. Nein, dies sollte nach der Überprüfung meiner Fahrkünste, unter Beachtung der jeweiligen Regelungen und Gesetze der Straßenverkehrsordnung, wie zum Beispiel das nicht Überfahren dürfen von Stopp Schildern, ein Ende haben. Vor allen Dingen stand damals der Umzug meines besten Freundes, Marc, nach Kiel an, da er dort eine Ausbildung zum Industriebuchbinder anfangen sollte und sein Vater dort in seiner neuen Dienststelle, in die er versetzt wurde, zukünftig aktiv werden musste. Diese Tatsache hatte ich schon vor Augen und sah mich im Geiste über die Autobahn düsen, um ihn zu besuchen. Ein gutes Argument, die Prüfung zu bestehen. Doch der Grundstein musste am besagten Tag erst gelegt werden. Arrogant wie ich manchmal bin, stieg ich lässig in das Prüfungsfahrzeug. Mein Fahrlehrer und der Prüfer stiegen fast gleichzeitig ein. Der Entscheidungsträger für Erfolg oder Misserfolg stieg wie üblich hinten ein. Vor ihm, auf dem Beifahrersitz, der fahrtechnische Pädagoge. Nun, denn. Der Prüfer bat mich, das übliche Prozedere vor Fahrtbeginn bzw. vor dem Starten des Motors zu vollziehen, sprich Sitzposition, Seitenspiegel und Rückspiegel einzustellen. Fehlte noch das Anschnallen mit dem sogenannten Sicherheitsgurt. Nachdem ich letztendlich locker und flockig diesen leichten Anforderungen Genüge tat, startete ich den Motor der Blechkiste auf Rädern. Nach Ansagen des Prüfers fuhr ich nach und nach, Straße für Straße ab. Erst über Land, über die A7 und abschließend durch die Kleinstadt mit einer dort ansässigen Kurklinik mit gutem Ruf. Doch dann kam sie, die Einbahnstraße meines damaligen Verderbens, kurz vor der Kirche des verschlafenen Ortes. Natürlich sah ich ohne Probleme beim Einbiegen das blaue Schild mit dem weißen Pfeil, der in die Richtung zeigte, in die man ausschließlich fahren durfte, aber ich verpasste mit meinem Blick, nach der Hälfte der Strecke, das Schild, dass allen Autofahrern anzeigen sollte, dass die Einbahnstraße dort endete und wieder Gegenverkehr zugelassen war. Wahrscheinlich gibt es, Verzeihung, dieses fucking Schild heute noch. Natürlich war ich zum damaligen Zeitpunkt der Idiot, der das bemalte Blechzeichen übersah, aber vorher lief alles super glatt, wahrscheinlich zu glatt. Wie dem auch sei. ich fuhr siegessicher weiter, sah schon das Ende der asphaltierten Erde vor mir, um mich zum links ab biegen, links einzuordnen, in dem Glauben, mich weiterhin auf einer Einbahnstraße zu befinden. Plötzlich, nachdem ich mich schon kurz vor dem Stoppen befand, bremste der weiße Kompaktwagen ohne mein Zutun ab und der Prüfer sagte ruhig aber bestimmend:: "Tut mir Leid Herr Roth, Sie sind durchgefallen."

Wieso? Warum? Innerhalb eines Bruchteils von Sekunden brach die Welt zusammen. Kein Führerschein? Wie soll ich dies Zuhause erklären? Was würden meine Eltern sagen? Nach diesem geistigen Exitus kam ich zurück in die Realität und hörte nur wie der Mensch hinter mir erklärte, dass ich zum Linksabbiegen auf der rechten Seite hätte bleiben müssen, da die Einbahnstraßenregelung bereits auf der Hälfte der Strecke aufgehoben wurde und ich mich somit im Gegenverkehr befand. Die Niederlage noch nicht verdaut, gab es die Anweisung, die Fahrt fortzusetzen und bei der Zweigstelle der dort bekannten Fahrschule zu beenden. Wütend legte ich bei getretener Kupplung den ersten Gang ein, gab Gas, ließ die Kupplung bis zum Schleifpunkt kommen, um sie danach endgültig auszukuppeln. Stinksauer zog ich die Gänge hoch, aber nur bis zur erlaubten Geschwindigkeit Weder der Fahrlehrer noch der Prüfer mochten etwas sagen. Sie bemerkten wahrscheinlich, dass ich kurz vor dem Platzen war, aber ich musste meine damalige Niederlage akzeptieren und nach wenigen erneuten Fahrstunden einen neuen Anlauf nehmen. Vor allen Dingen hatten meine Eltern keine Probleme damit und bauten mich dadurch seelisch wieder auf Vielleicht bestand ich deshalb locker und leicht die zweite Prüfung. Ich weiß noch genau wie ich am Ende der Wiederholungsfahrt und nach Gratulation des Prüfers und des

Fahrlehrers, versuchte, den damals noch rosafarbenen "Papier-
lappen", mit extrem zitternder Hand zu unterschreiben, keine
schöne Unterschrift, aber es zählte schließlich ausschließlich
der Erfolg. Im Geiste schloss ich schon einen Pakt mit meinem
noch nicht vorhandenen eigenen Auto. Vorläufig musste ich
mich mit dem Saab 900 i meines Vaters begnügen und auf die
Gnade hoffen, diesen zu bekommen, um meine ersten eigenen
Spritztouren zu unternehmen. Aufgeregt war ich nicht sonderlich, als ich das erste Mal mit vorhandenem Führerschein auf
dem beigefarbenen, mit Sitzheizung ausgestatteten, weichen
Fahrersitz des Schweden alleine Platz nahm. Aufgeregt war ich
erst, als ich nach kurzer Fahrtstrecke, das Gaspedal des 115 PS
Bolliden drückend, die erste Kurve der Landstraße in Richtung
Kellinghusen erreichte und schon beim Einfahren die Traktion,
soll heißen, ein leichtes Ausbrechen nach rechts in der Links-
kurve bemerkte. Ich reagierte sofort und ließ durch anheben
des rechten Fußes weniger Benzin in die Einspritzdüsen schie-
ßen. Der erste leichte Schock schon bei der ersten Fahrt. Meine
Eltern wären diesmal sicherlich nicht mehr milde gestimmt gewesen, wenn ich das topp gepflegte Schätzchen meines Vaters
bereits nach fünf Minuten zerledert hätte. Also setzte ich bei
dem Gedanken daran die Fahrt zur Stammdisco fröhlich fort
und fuhr arrogant mit meinen neunzehn Jahren, dem Milchbart
und der Oberklasselimousine direkt vor den Musiktempel.

   Die Augen zu messerscharfen Schlitzen geformt, stieg ich
möglichst cool und wie selbstverständlich aus Papas anderem
Liebling, neben meiner Mama, aus Schwedenstahl aus. Die
Blicke der Wenigen, die draußen vor der Tür standen, wendeten sich in meine Richtung. Was mögen sie gedacht haben?
Cooler Schlitten? Arrogantes Arschloch? Verwöhntes Mutter-
söhnchen mit Papas Nobelschlitten?

   Mir war alles egal. Mein erstes persönliches Ziel in der Welt der Erwachsenen hatte ich für' s Erste erreicht. Eigenständig und auf eigene Faust fuhr ich mit einer Benzinkutsche an einen Ort meiner Wahl. Drinnen angekommen, begrüßte ich meine wenigen Freunde, aber vor allen Dingen meinen besten Freund, Marc, und einen Freund von ihm, Bernd B.. Der Abend verlief feucht fröhlich und ich beherrschte mich mit der Menge an Bieren, die ich trank, da ich mit Papas Kiste unterwegs war und da ich vor allen Dingen die neugewonnene Freiheit nicht gleich in Form eines eventuellen Führerscheinentzugs durch Fahren unter zu viel Alkoholeinfluss verlieren wollte. Soweit ich mich erinnere, lag der höchst zulässige Promillewert bei 0,8 Promille. Zwei, drei Bierchen waren also drin. Glücklich und absolut zufrieden fuhr ich an dem damaligen Abend nach Hause, um wie ein Baby einzuschlafen.

Schon kurze Zeit nach Beginn meiner Handwerkslehre, kam es eines Samstags zu einer großen Überraschung für mich. Mein Vater schaute plötzlich, nachdem ich schon halb wach war, in mein Zimmer und bat mich sanft zu frühstücken, mich fertig zu machen und danach mit ihm zu einem Ort in der Nähe zu fahren. Nach kurzer Zeit erreichten wir ein weißes Wohnhauses in einem durchschnittlichen Wohngebiet und dort stand es, das ultimative Anfängerauto für mich. Ein orangefarbener VW Käfer mit grünen Sitzen, Fahrer - und Beifahrersitz in Form von amerikanischen sogenannten Pilotensitzen. Fakt ist, das war sie, meine damalige ultimative Überraschung. Ich strahlte wie ein Honigkuchenpferd und mein Vater besiegelte das Geschäft, nach kurzer, in Gegenwart des inzwischen herausgekommenen Vorbesitzers, Besichtigung, mit einem Handschlag und der Übergabe einiger DM- Scheine. Was für ein perfekter Tag. Aufgeregt startete ich letztendlich den Motor, gab Gas und folgte, meinem Vater gegenüber überaus dankbar, den Weg, hinter seinem Wagen, nach Hause. Wir machten uns zu Hause gleich daran,

den Oldtimer über die selbst gemauerte Grube mit Estrich auf dem Boden zu fahren. Dann betrachteten wir das Mobil von unten und mussten feststellen, dass der Boden und die Holme des Fahrzeugs zu stark durchgerostet waren. Schweißarbeiten hätten sich nicht mehr gelohnt. Somit war das Unterfangen erstes eigenes Auto vorerst gescheitert   Wir brachten den Schrottkäfer zurück zum Vorbesitzer, bekamen die gesamte Kohle zurück, mein Vater versprach mir einen neuen " Flitzer " und gerettet war mein Tag. Über einen meiner Lehrlings Kollegen kam ich für ein paar von Papas Scheinen zu einem Renault 5 in dunkelblauem Kleid und der Wolfsburger Kugel, brauchte ich nicht mehr hinter her zu Weinen. Doch hören wir auf zu reimen und widmen uns weiter meines Lebens Lesestoff.

Natürlich mit meinem besten Freund, Marc, konnte ich in puncto Angeber Faktor nicht unbedingt mithalten, da er einen schwarzen Golf fuhr und damit bei den Frauen eventuell besser hätte ankommen können. Das war aber weniger der Fall, denn ich merkte schnell, dass es in meiner damaligen Altersgruppe überhaupt wichtig war, einen motoresierten, fahrbaren Untersatz zu haben. Sei es, um Frauen "aufzureißen" oder, um zur Ausbildungsstelle zu kommen. Die erste Frau, die ich mit meinem Wagen aus der Disco abschleppen konnte, war eine schlanke, blonde Krankenschwester mit üppiger Oberweite. Sie war viel mit den Farbigen in meiner Stammdisco zusammen und lebte zeitweilig in den USA. Aufgrund der Tatsache, dass es ihr dort zu gefährlich wurde, nächtliche Schießereien usw., kam sie zurück nach Deutschland und wir lernten uns eines Abends im High Chaperal kennen. Nach einigen Drinks kamen wir schnell zu dem Schluss, zu mir zu fahren und es dort miteinander zu treiben. Sie interessierte sich null für die Marke meines Fahrzeugs. Wir waren nur heiß aufeinander. Ich dachte auch nicht darüber nach, dass ich am nächsten Morgen wieder zu meiner Lehrstelle musste. Also begaben wir uns mitten in der Nacht in mein Elternhaus und landeten schließlich splitternackt in meinem Bett. Es gab kein großes Vorspiel und schnell steckte ich in ihr drin. Ich sah im aufgestützten Zustand ihre super geilen Brüste vor mir, war bis zum Erbrechen erregt, doch jegliches Auf und Ab meiner Hüfte und meines steifen Glieds nützten nichts. Ich war zu betrunken, um zum Höhepunkt zu kommen. Nach ca. einer halben Stunde brachen wir das Unterfangen "Schöner Sex" in der Nacht ab und schliefen aneinander gekuschelt ein. Ich habe noch genau vor Augen, wie gegen 6 Uhr morgens sich meine Zimmertür öffnete und meine Mutter mich wecken wollte. Sie erschrak aufgrund der Szene, dass eine nackte Frau neben mir lag und verschwand die Tür blitzschnell schließend hinter der Gleichen. Mir wurde damit schlagartig bewusst, dass ich mich zum damaligen Zeitpunkt wieder im Alltag befand. Jedoch mit dem Unterschied, dass ich diesmal noch eine Sexpartnerin zurück nach Kellinghusen bringen musste, damit sie in ihr Auto steigen konnte, um in ihre Heimat, Itzehoe, der Kreisstadt des Landkreises, zu kommen und ihrer Arbeit nachzugehen. Mit ihrer Ausbildung war sie schon länger durch und somit auch ein paar Jahre älter als ich, aber das störte uns Beide nicht. Vorläufig ging es ja auch "nur" um Sex. Natürlich wollte ich sie wiedersehen, um sie noch näher kennen zu lernen, aber zu einem zweiten Treffen mit ihr komme ich gleich. An dem zuvor beschriebenen Morgen stiegen mein Vater und ich letztendlich ins Auto und machten uns auf den Weg zur Arbeit nach Neumünster, einer Kreisstadt und wichtigem Industriesitz in Schleswig-Holstein. Erst redeten wir kein Wort miteinander, bis mein Papa schließlich das Schweigen brach und ganz trocken und überraschend zugleich sagte:" Hättest sie uns wenigstens vorstellen können." Das war alles und ich fragte mich nur, wie ich dies hätte anstellen sollen und wann? In der Nacht meine Eltern wecken und sagen, das ist .... und ich springe gleich mit ihr in die Kiste!? Morgens mit ihr und meinen Eltern frühstücken, wo sie doch auch keine Zeit hatte!? Wie auch immer. Ich entschuldigte mich anstandshalber bei meinem Vater und wir setzten die Fahrt fort. Ich war ihm im Allgemeinen damals sehr dankbar, dass ich über ihn meine Lehrstelle bekam, jedoch merkte ich ziemlich schnell, dass ich in einem Kleinbetrieb arbeitete und gerne als billige Arbeitskraft genutzt wurde. Es gab beispielsweise die Aufgabe kleine Metallstifte, also zylinderförmige, ca. 2cm lange Metallteile, nachdem sie von einem Dreher hergestellt worden waren, vom überschüssigen sogenannten Grat zu befreien, der bei der Weiterverarbeitung dieser Stifte zu Verletzungen, aufgrund der scharfen Kanten, hätte führen können. Und da kam ich ins Spiel. Ich musste mich vor einen rotierenden Schleifstein setzen, einen von hunderten Stiften zwischen die Finger nehmen, und anfangen zu entgraten, wie es in der Fachsprache heißt. Einmal hatte ich mal wieder Party an einem Abend vor meiner Ausbildung gemacht und saß mal wieder vor dem Schleifstein und ich war hundemüde, so dass ich zwischendurch aufgrund der Monotonie dieser Arbeit immer kurzfristig weg nickte und dabei fast mit dem Kopf auf den sich mit ungefähr 1000 Umdrehungen rasenden Schleifstein aufschlug, wäre ich nicht kurz vor solch einem sicherlich nicht glimpflich verlaufenden Unglück aus meinem Sekundenschlaf hochgeschreckt. Vielleicht hatte ich mal wieder irgendeinen Schutzengel der mich davor bewahrte. Aber es gab ja nicht nur solche Arbeiten für mich. Unter anderem musste ich auch stundenlang präzise Bohrungen in rechteckige Metallklötze, die später in eine weitere wichtige Produktion für irgendeine andere Firma einfließen sollten, vornehmen. Dabei musste die Drehzahl des Bohrers exakt auf das Material abgestimmt sein und ständig mit einer speziellen, leicht rosafarbenen, milchigen Flüssigkeit mit ganz spezifischem Geruch, für mich stellte es eher schon, mit zunehmender Ausbildung - bzw. Arbeitsdauer, Gestank dar, der sich auch in meine Arbeitsklamotten einnistete, gekühlt werden. Das Schlimmste war aber die Kreissäge, mit der ich Aluminiumteile auf die richtige Länge zuschneiden musste. Man musste höllisch aufpassen, nicht in irgendeiner Form abzurutschen und versehentlich mit der Hand in das offene, sich rasant drehende Sägeblatt zu geraten und sich den Daumen oder ein oder mehr Finger abzusäbeln. Gut, das dabei spritzende Blut, hätte bei mir mit großer Wahrscheinlichkeit zu sofortiger Ohnmacht geführt, so dass ich erst einmal nichts von dem vermeintlichen Unglück mitbekommen hätte und wenn wir das mal ganz kurz weiterspinnen, hätte vielleicht noch ein pfiffiger Kollege die abgesäbelten Finger aufgesammelt und in einen Plastikbeutel mit Eis gelegt, um sie den sofort erschienenen und zuvor telefonisch alarmierten Rettungssanitätern zu überreichen, damit Ärzte sie wieder annähen könnten, aber wer möchte so etwas schon erleben?

Nein, insgesamt war die Lehre nicht ganz das, was ich mir damals für meine Zukunft vorstellen konnte. Sicherlich hörte ich von anderen Lehrlingen aus einem Großbetrieb mit den bekannten drei Buchstaben, dass es auch anders laufen kann. Dort gab es eine eigene Lehrwerkstatt in der ausschließlich geübt wurde. Zudem hatten dortige Lehrlinge regelmäßig Betriebssport usw. Aber alles in allem wurde ich immer unzufriedener mit der Situation in meinem Ausbildungsstelle. Ich weiß noch die erste Weihnachtsfeier. Mit Zweien der neuen Lehrlinge kam ich sehr gut klar und letztendlich kam er, der Abend, an dem besinnlich gefeiert werden sollte. Alle versammelten sich in einem Gasthof Nahe Neumünster. Nö, Moment, es war schon die zweite Weihnachtsfeier, die ich dort persönlich miterlebte. Damals fuhr ich schon meinen von Papa mitfinanzierten Scirocco II. Für damalige Verhältnisse als Lehrling eine geile Kiste, dieses Sportcoupe in silbergrau mit großem Frontspoiler und schwarzer Spoiler Lippe unterhalb der Heckscheibe.

Es sollte ein Grünkohl Essen geben mit Kassler, Würsten und allem drum und dran. Doch zunächst kegelten wir. In den Kegelpausen begaben sich zwei andere Lehrlinge aus dem gleichen Lehrjahr und ich in den Nebenraum des Kegelkellers. Wie im oberen Gastraum befand sich auch dort eine Bar aber kein Personal. Aber, und jetzt kommt `s, ein Telefon als Verbindungsmedium zur oberen Bar. Wir bestellten ohne das Wissen des ca. 1,50 m großen und ca. 60 jährigen Chefs des Kleinbetriebs, Herrn H., ein Pilz nach dem anderen. Nach dem sich das Kegeln dem Ende entgegen neigte und wir drei Lehrlinge aus dem zweiten Lehrjahr sich leicht breit (angetrunken), auf den Weg in den Gastraum begaben, kam uns das eher fettige Grünkohl Essen gerade Recht, um eine neue Grundlage für den restlichen Abend zu haben. Der Juniorchef, ein dynamischer und gutmütiger Lancia Fahrer, schmiss nach dem Essen auch noch einige Runden. Gegen 22.00 Uhr hatte ich meinen Pegel erreicht und wurde müde.

Wankend verließ ich die tolle Weihnachtsparty und ging Richtung Auto, bis unser Dreher Meister, aussehend wie ein Gartenzwerg, nur jünger und dynamischer, hinter her kam:" Karsten, Du fährst nicht mehr!" Ich lallte:" Na klar fahr ich noch." Dann ging es sehr schnell. Ich hörte jemanden wie einen Sprinter der seine Runden dreht hinter mich auf mich zu rennen, drehte mich dann um und schon packte mich der besagte Meister und warf mich zu Boden. "Gib mir Deine Autoschlüssel, Du fährst heute nicht mehr. Ich nehme Dich mit in mein Haus, damit Du erst mal Deinen Rausch ausschlafen kannst, okay?" Ich gab klein bei und im Nachhinein war es das Beste, was dieser tapfere Handwerksmeister damals für mich tun konnte. Einen Führerscheinverlust bzw. eine Nachschulung hätten meine Eltern bestimmt nicht begeistert.

Letztendlich bekam ich mein silbernes Sportcoupe wieder und verkaufte es, nachdem ich meine Lehre kurz vor der Prüfung schmiss und bekam 3000 DM dafür, schlief bei einem guten Kumpel und arbeitete kurzfristig bei Firma O., um weiter Geld zu verdienen. Nach zwei Monaten stellte ich diesen Job auch ein, da ich einfach nicht mehr hinging. Es nervte mich einfach, den ganzen Tag Werbegeschenke für Firmen zu verpacken. Sicher, ich beherrschte es perfekt, aber es sollte für mich kein Lebensinhalt werden. Auch hatte ich bis zu diesem Zeitpunkt keine richtige Sexpartnerinnen mehr, sondern nur die eine oder andere Affäre mit etwas Pedding. Es war meine Zeit, die ich nach dem bekannten Motto: Sex, Drugs and Rock `n Roll auslebte. Als dann, inzwischen hatte ich mir ne Wohnung angemietet, meine Eltern nach ca. 4 Wochen aus dem Urlaub in Finnland wieder kamen spürten sie mich am letzten Tag bei Firma O. auf. Ich hatte gerade meinen Spind endgültig geleert und verließ an diesem Sommertag den großen Gebäudekomplex. Der damalige relativ neue anthrazitfarbene Saab meiner Eltern stand schon vor der Tür. Das erste Mal waren sie richtig sauer auf mich. Ist ja auch irgendwie verständlich. Innerhalb kürzester Zeit vernichtete ich den Traum meiner Eltern, dass aus mir auch was wird, aber ich schmiss die Lehre nahm Gelegenheitsjobs war und verkaufte meine geliebten Wagen. Trotzdem und das sozusagen auf " Bewährung " nahmen sie mich bei sich wieder auf, holten meine Möbel aus der Neumünsteraner Wohnung und beschlossen das mein Unterfangen " Erste eigene Wohnung " vorerst gescheitert war. Okay, sie nehmen es mir bis heute noch ein wenig übel, dass ich zuvor zwei Wochen durchgehend Party in unserem Haus veranstaltet hatte, aber ich machte damals alles wieder blitze blank sauber. Leider hatte nur irgendein, mir eigentlich auch damals bekanntes Pärchen, das Schlafsofa meiner Schwester etwas sehr stark für sexuelle Handlungen missbraucht, so dass es etwas ramponiert wurde und irgendwann ein Neues gekauft werden musste. Schlimmer war nur der Nachbar von schräg gegenüber, der meinem Vater mit Mord drohte, weil wir bei dieser Party hin und wieder die Musik laut aufgedreht hatten. Die gerufene Polizei kam einmal und ich klärte die Situation auf und drehte den Pegel runter. Schon war diese Angelegenheit geklärt. Nun ist es so, dass in dem Dorf , in dem die Bewohner wie bei Asterix und Obelix immer noch Widerstand leisten gegen die moderne Welt, zumindest die Generation meiner Eltern, aber im Normalfall scheißt keiner den anderen an. In so einem Dorf hält man zusammen, bildet eine Gemeinschaft oder hält einfach nur die Fresse.

Was ich aber noch in Bewegung setzte war meine bevorstehende Einberufung in die Bundeswehr. Nun musste nur noch geklärt werden , welches Amt des damaligen Heeres der Wehr der Bundesrepublik Deutschland für mich zuständig war, damals diente die Bundeswehr eben nur zur Verteidigung des eigenen Landes gegen potenzielle Feinde, so dass es mir nichts ausmachte dem Land zu dienen und ich plante dies für 4 Jahre zu tun. Wie auch immer. Nach einer aufwendigen Musterung in Itzehoe der Kreisstadt des Landkreises Steinburg erhielt ich Note zwei und sollte in der Instandsetzung eingesetzt werden. Mein neues Ziel außerhalb der elterlichen Obhut sollte Varel am Jadebusen heißen. Doch zuvor musste ich noch meine Brötchen verdienen. Der besagte Nachbar ist auf jeden Fall bei so ziemlich allen in R. verhasst, aber das nur am Rande.

Fakt war jedenfalls, dass ich wieder zurück war in meinem

Home Sweet Home, damals eben wieder das Elternhaus und die Zeit in Neumünster war im Grunde genommen endlich vorbei. Es war ein Versuch, flügge zu werden und im Unterschied zur Tierwelt wurde ich nicht dauerhaft von meinen lieben Eltern verstoßen, sondern wieder in deren Obhut aufgenommen. Das ist eben Familienbande, das ist Zusammenhalt, eine Art Schwur: "Geräts Du auch noch so sehr aus dem Ruder; ist die Familie Dein Dich immer liebender Bruder." Mein Papa besorgte mir für den Übergang, also für ein halbes Jahr eine Stelle bei Firma S. in Kellinghusen und da stand ich an einer Maschine bzw. saß vor einer Maschine bei der ich die Metallteile von Flaschenöffnern auf einer Halterung einer Kunststoff Gussmaschine auf eine Vorrichtung legte. Die Tür schloss sich automatisch und die Öffner wurden mit heißem, flüssigen Kunststoff ummantelt. Dann kühlten sie ein paar Sekunden ab, wurden fest bzw. der Kunststoff und fertig war der Rohling für die weitere Produktion.

Tanja

Na ja, nicht sehr anspruchsvoll dieser Job, aber wenigstens ein Job und irgendwann in meiner Freizeit lernte ich dann auch sie kennen, Tanja, meine erste wirklich große Liebe. Sie war Gymnasiastin und wohnte in Kellinghusen in ihrem Elternhaus als ich in R. bei einer Geburtstagsparty bei Detlev, einem Hetero Detlev, Sohn eines Landwirts, auf dem riesigen Hof mitfeierte und mit Tanja näher ins Gespräch kam. Ich war damals 22 Jahre alt, Tanja etwa 3 Jahre jünger. Sie fiel mir zuvor schon in meiner Stammdisco auf. Meine geliebte Schwester, Birte, war gut mit Yvonne, der Schwester von Tanja befreundet. Als ich meinen angeberischen Scirocco noch hatte, brachte ich Birte oft zu den E.` s. Ein zweimal öffnete Tanja die Tür und lächelte mich süß und lieb an. Mich interessierte natürlich nicht nur ihr Lächeln und ihr Intellekt, sondern auch ihre üppige Oberweite. Wie auch immer. Es kam bei Detlev nicht schlimmer, sondern wir beschlossen einen imaginären Pakt für immer, besiegelt durch einen innigen, abschließenden Zungenkuss; trotzdem nach 6 Jahren machte ich Schluss und komme später noch darauf zurück. Fakt war damals, dass es bei uns schon vor diesem Abend funkte, sei es im High Chaperal bei flüchtigen Begegnungen und gegenseitigem beäugen von oben bis unten, von vorne bis hinten und dann kurz nach der Party bei Detlev war er da, der Akt, der Akt in ihrem Zimmer, in ihrem Bett, der Akt, der alles besiegelte, vermeintliche ewige Liebe. Auch meine unsägliche Gier nach ihr, während dieser einvernehmlichen sexuellen Handlung, mir entfleuchte in der Missionarsstellung ein Sabberfaden aus dem leicht geöffneten Munde und traf ihre rechte wundervolle Brust, nahm diese bezaubernde Frau mir nicht übel. Im Gegenteil, sie grinste ob des Vorfalls nur ein wenig und kicherte. Das war alles und letztendlich hatten wir einen extrem schönen fast gemeinsamen Orgasmus.

Schon nach wenigen Wochen der Partnerschaft beschlossen wir eine gemeinsame Wohnung in Kellinghusen zu beziehen, denn meine Einberufung zur Bundeswehr bestand bevor und ich hatte die Chance Tanja und mich, finanziell abzusichern, obwohl Tanja genug Geld von ihren liebevollen Eltern bekam. Nur für den Vermieter machte die Option auf die Sicherheit eines Gehalts durch einen potenziellen Zeitsoldaten, also mich, irgendwie zufriedener und schnell bekamen wir eine Wohnung nur 200 m von Tanjas Elternhaus entfernt. An dieser Stelle möchte ich vorweg schon einmal, um eine Gedenkminute für ihren verstorbenen Vater bitten, denn er verstarb an seiner Arbeitsstelle in Hamburg als Zimmermann als Tanja und ich schon wieder getrennt waren. Im Nachhinein erfuhr ich es von meinen Eltern. Tanjas Vater tat alles für seine Tochter und schuftete jeden Tag hart, um ihr ein Studium zu ermöglichen. Selbst am Samstag noch, also 6 Tage die Woche von früh morgens bis spät abends, nur Samstagnachmittag und Abend, Fußball Bundesliga z.B., war ihm heilig und er liebte es Abends Tiefkühlpizza mit Salami aufzubacken, obwohl seine Frau Inge sehr gut kochen konnte; somit entlastete er sie. Fakt ist, Bodo war ein hingebungsvoller Vater und Ehemann, mit Ecken und Kanten aber insgesamt okay. Fakt ist hier und heute. Er ist und bleibt tot, der letzte Kombi fuhr mit ihm fort. Im Nachhinein haben ihn viele auf Erden geliebt, ist vielleicht nicht immer gewesen überzeugt von mir, aber auch er trank Bier, spielte und guckte Fußball und das verband uns in unserem geliebten norddeutschen Land, lasst uns preisen den Herrn oder wen auch immer und Bodo sein im Himmel oder wo auch immer ein Star.

Tanja wollte jedenfalls Jura studieren, befand sich aber noch in der letzten Klasse der Oberstufe kurz vor dem Abi. Letztendlich hatte sie einen Durchschnitt von 1,1 erreicht. Sie war halt sehr fit in der Birne, um es salopp auszudrücken. Bevor meine damalige Lebenspartnerin und ich aber letztendlich nach Hamburg zogen, wollte sie noch als Au Pair nach England und ich wollte sowohl die Bundeswehr als auch meinen Realschulabschluss über einen Abiturkurs an einer Hamburger Fernschule nachgeholt haben.

Im Frühjahr 1993 ging Tanja bzw. flog Tanja als Au Pair für drei Monate nach Birmingham. Ich wurde für diese Zeit zum Strohwitwer und dachte viel über das bis dato erlebte mit ihr nach, wenn ich alleine vom Dienst kam und die leere Bude betrat. Inzwischen fuhren wir einen nagelneuen, sehr sparsamen Seat Marbella in schwarz, zudem hatten wir noch einen Käfer Cabriolet aus den 70´ern, den ich vom rückwirkend ergatternden Geld für Dienste zu ungünstigen Zeiten ergatterte. Den kleinen Rest zu dem Gesamtkaufpreis finanzierten wir über einen kurzfristigen Dispositionskredit. Der Klassiker war weiß mit schwarzem Verdeck. zusätzlich baute ich eine Standheizung ein die für wohlige Wärme am frühen Morgen an kalten Wintertagen sorgte, denn über einen Timer ließ sich eine Startuhrzeit einprogrammieren. Ich stellte 6 Uhr ein. Der Mini Mayfair, den wir zuerst hatten, war zu pflegebedürftig und Reparatur anfällig, aber irgendwie machte der kleine Flitzer trotzdem Spaß und optisch, außen pechschwarz, innen beige Veloursitze, Lederlenkrad und holzvertäfelte Armaturen gaben dem Autopups etwas sehr Ansehnliches. Leider gab es aber auch Anekdoten wie den Vergaser Brand auf dem Weg nach Itzehoe. Es qualmte und stank plötzlich nach auslaufenden Benzin und wir retteten das kleine Vehikel auf einen Feldweg. Ich öffnete die Motorhaube und löschte geistesgegenwärtig mit Sand. Kurz darauf tauchte aus Richtung des Feldweges kommend ein Jaguar auf, nicht das Tier, das Auto und hielt unmittelbar neben uns. Der Fahrer ließ lässig das elektrische Fenster der Fahrerseite runter gleiten und fragte, ob er helfen könne. Wir meinten, dass alles in Ordnung sei und der Brand gelöscht ist. Der Fahrer des englischen Nobelschlittens versprach noch unsere Eltern anzurufen damit sie uns abholen konnten, nein stimmt nicht, einen befreundeten Mechaniker. Der sollte erscheinen, um uns abzuschleppen und um den Wagen später wieder zu reparieren. Jedenfalls fuhr der Mann mit der blechernen Großkatze weiter und sagte nur noch zum Abschluss: " Ja, ja; schön sind sie ja die Engländer aber sehr anfällig. Ständig in der Werkstatt." Nach dieser Odyssee kam später noch ein neuer

Auspuff, eine Lichtmaschine ein neuer Anlasser und stark rostende Türen an der Falz dazu. Anlasser, Auspuff und Lichtmaschine tauschte ich selber. Bei dem Auspuff bleibt noch als Besonderheit zu erwähnen, dass wir so zu einem Sportauspuff über einen Hamburger Händler für Mini Teile kamen, denn der normale Auspuff sollte genauso viel kosten wie ein Doppelrohr Sportauspuff. Die Entscheidung war schnell getroffen. Zudem kaufte ich an diesem Tage noch einen verchromten Kühlergrill und einen Bullfänger, ebenfalls verchromt. Die zuletzt genannten Teile machten den Wagen noch schicker und reif für eine besondere Urlaubsfahrt und komme damit auch schon zu dem ersten gemeinsamen Urlaub mit meiner potenziellen Lebenspartnerin, zwei Wochen Sylt.

Es waren herrliche Tage in unserem Appartement. Die Luft und das Wetter auf dieser Trauminsel waren herrlich und dann trafen wir zufällig sie. Marlies, eine ziemlich verklemmte aber nicht unattraktive Freundin von uns. Sie suchte unbedingt einen Mann. Tanja zeigte mir einmal ein Foto von ihr, auf dem sie splitterfasernackt von hinten zu sehen war und schüchtern in die Kamera blickte. Meine damalige Partnerin dachte sich nichts dabei und kam nicht auf die Idee, dass mich ein solches Foto scharf auf Marlies machen könnte aber ich bin auch nur ein Mann.

Nun denn, es kam wie es kommen musste. Kurze Zeit später und nach einigen Ferntelefonaten nach England mit Tanja, ging ich in meine Stammdisco und traf zufällig Marlies und der feuchtfröhliche Abend endete mit wildem geknutsche auf dem Sofa von Tanjas und meiner Wohnung. Mehr bzw. weiter wollte ich nicht gehen, obwohl sie damals furchtbar willig war, aber der Gedanke an die Bonbonketten über dem Schlafzimmerbett aus massiver Kiefer mit der Menge an Bonbons wie Tage, die Tanja weg bleiben würde, verursachte ein gewisses Unbehagen in mir. Ein imaginäres Unbehagen, da meine damalige Lebens-gefährtin weit genug weg war, um nichts aber auch gar nichts von Sex zwischen mir und Marlies mitbekommen hätte.

Nach über zwei ein halb Monaten reiste ich dann zu Tanja nach Birmingham und wurde von ihr vom Flughafen abgeholt. Ich wusste ja aufgrund von Telefonaten und Briefen, dass sie gut bekocht wurde von der dortigen Hausherrin, aber ich wuss-te nicht, dass sie ziemlich zugenommen hatte. ich bevorzuge schlanke Frauen aber aus Liebe zu ihr , sah ich drüber hinweg und begrüßte Tanja mit einem innigen Kuss. Ihr Au - Pair Vater fuhr uns anschließend in deren Ford Escort zu deren Haus und ich hatte meinen ersten Flug hinter mir und meine erste Fahrt im Linksverkehr vor mir. Wie ja hinreichend bekannt sein soll-te befindet sich das Lenkrad und alles andere auf der rechten Seite und gefahren wird auf der linken Fahrbahnseite. Nach dem ich mich gerade an diese " verkehrte Welt " gewöhnt hatte, erreichten wir auch schon das für britische Verhältnisse luxuri-öse Haus der Familie und ich wurde überschwänglich begrüßt. Ich bemerkte, dass ich sprachlich auf meine Grenzen stieß, da dieses schnell gesprochene Englisch mit meinem Schulenglisch nicht zu vergleichen war. Zudem sprachen sie leichten Dialekt. Trotzdem verlief der Abend harmonisch, Tanja betreute nicht nur den Haushalt, sondern auch die einzige Tochter der Fami-lie. Sie war eine sehr strebsame britische Schülerin . Die ganze Familie freute sich wirklich herzlich über den Besuch des Freundes ihres Au Pair Mädchens. Bevor ich die Reise antrat hatte Tanja schon ein Zimmer in einer Frühstückspension in London bestellt, um dort noch 14 Tage Urlaub machen zu kön-nen. Wir freuten uns riesig darauf und zwei oder drei Tage spä-ter ging es auch schon los. Wir wollten uns nur nicht den Ge-burtsort William Shakespeares in der Nähe Birminghams ent-gehen lassen und dieses erste gemeinsame Sightseeing war beeindruckend und harmonisch verlaufen. Die Sache mit Marlies hatte ich längst verdrängt. Alles in allem ging es Tanja und mir sehr gut. finanzielle und partnerschaftliche Probleme gab es nicht. Auch mit der Tatsache, dass ich inzwischen meine Kohle bei der Bundeswehr als Soldat auf Zeit in einem Sanitätsbatallion verdiente, störte meine damalige Lebensabschnittsgefährtin nicht, da es sich ja auch eine sichere Einnahmequelle handelte. Die Grundausbildung war nicht sonderlich hart und als damaliger Mannschaftsdienstgrad als Hauptgefreiter der Instandsetzung verdiente ich nicht nur gut, aufgrund meines Alterszuschlages, sondern bekam als Vertrauensperson dieser Besoldungsgruppe auch Anerkennung durch Kameraden entgegengebracht und Unteroffiziere hatten einen gewissen Respekt vor mir, schon alleine aufgrund der Tatsache, dass ich während der Wachdienste in der Kompanie auch noch Hausaufgaben und Lernstoff für meinen damaligen Abiturkurs durcharbeitete. Aller Unkenrufe von früher zum Trotz, besonders seitens der Pädagogen der Realschule Kellinghusen, schaffte ich hervorragende Noten, dank Tanjas Unterstützung, hinzulegen und schloss kurz vor dem Ende des Fernschulkurses mit einem guten Realschulabschluss ab. Tanja glaubte eben an mich, genau wie meine Familie. Ich soff weniger, rauchte in Gegenwart von Tanja nicht, sondern heimlich beim Dienst und, um auf den bevorstehenden London Urlaub zurück zu kommen, verbrachte ich einfach gerne viel Zeit mit ihr und ihrer Familie.

In London bekamen wir es dann mit etwas anderen Preiskategorien zu tun. Unsere Pension in unmittelbarer Nähe der U-Bahn Station Holland Park entpuppte sich als billige Absteige. Als wir dort anreisten, grub jemand im Garten in den angelegten Beeten herum. Ein Mittvierziger mit Brille und zerzausten dunkelblonden Haaren. Als wir den Zugang zum Haus mit drei Stockwerken betraten hielt er inne und begrüßte uns freundlich.

Wir stellten uns vor und der vermeintliche Gärtner begleitete uns in seiner Funktion als Inhaber des " Hotels " mit seinen von schwerer Gartenerde behafteten Arbeitsschuhen in den dritten Stock, öffnete die Tür zu dem Zimmer mit zwei links und rechts neben der Tür stehenden Betten und dem gerade vor uns liegenden, nach Westen ausgerichteten Fenster. In der rechten oberen Ecke befand sich ein kleiner Fernseher. Davon gegenüber stand eine Küchenzeile ohne Hängeschränke.

Das war ´ s. Spartanisch, quadratisch, verdreckt viel zu weiche Matratzen und gegenüber dem Zimmereingang das Gemeinschaftsbad mit dem Charme der 70 `er Jahre, aber sauberer als das eigentliche Zimmer. Alles zusammen für 99 DM. Willkommen in London konnten wir damals nur ernüchternd feststellen und besannen uns darauf, das Zimmer gründlich zu reinigen, das Englische Frühstück mit Bacon and Eggs, dass uns nach ca. 8 Tagen auch irgendwie zum Halse raus hing, stellten wir auf ein normales um. Ansonsten betrieben wir Sightseeing im Hardcore Format. Soweit ich mich entsinnen kann schafften wir es innerhalb dieser zwei Wochen alles zu sehen, was London hergab. Nur in Clubs gingen wir nicht, da diese locker 30 DM Eintritt nahmen. Lieber investierten wir beispielsweise in neue Schuhe. London ist ein wahres Paradies für Schuhe. Einmal gönnten wir uns ne völlig überteuerte Pizza beim Italiener, ansonsten nur Snacks auf die Hand und Abends Brot vom Discounter mit Aufschnitt auf dem Zimmer, Fish und Chips, das gewisse Nationalgericht der Engländer, schafften wir nicht zu essen, was soll ` s.

Unseren letzten gemeinsamen Urlaub verbrachten wir in der Toskana auf einem Weingut aus dem 12. Jahrhundert. Es war nur zehn Kilometer von Florenz entfernt und bot die Möglichkeit sowohl Entspannung zu bekommen, als auch viel, spannende Kultur in der nahen und näheren Umgebung. Aber schon der Weg von Hamburg, wo wir damals in einer geräumigen Zweizimmer Wohnung in Wandsbek lebten, war mit einer Merkwürdigkeit behaftet. Unser neuer, schwarzer Seat Marbella fuhr sich wie eine Eins und schnell erreichten wir über Nacht Bayern und mieteten uns ein Zimmer mit Frühstück in Rottach Egern am Tegernsee. Der grünblaue Schimmer der Wasseroberfläche verblüffte und begeisterte uns an diesem Morgen zugleich. Das Zimmer war auch sehr angenehm und komfortabel. Wir wollten nur eine Nacht bleiben, so dass wir möglichst viel in der wundervollen, fehlten nur noch Heidi und Peter, von Bergen umrahmten Landschaft mitnehmen wollten. Nach einer Rudertour, einer Seilbahnfahrt und einem netten Essen in einem Restaurant, bekam ich im Bett mit Tanja liegend noch irgendwie Lust auf Sex und begann ihre üppigen Brüste zu streicheln und zu massieren. Schnell wuchs mein Penis zur Zugspitze an und war bereit, in sie einzudringen, um einen weißen Gipfel zu erreichen und mich wie ein Wasserfall in ihr zu ergießen. Doch denkste! Tanja holte mir relativ teilnahmslos einen runter und meinte, die Penetration wäre im Moment nicht das Richtige für sie.

Komisch, Komisch, dachte ich. Was sollte das denn bedeuten? So schlief ich mit dieser offenen Frage irgendwann neben ihr ein und erwachte trotzdem gut gelaunt und nach einem ausgiebigen Frühstück am Tegernsee. Das Wetter war hervorragend für die Weiterfahrt nach Italien geeignet. Schnell verabschiedeten wir uns von der äußerst freundlichen Wirtin und starteten den Kleinwagen samt Gepäck im Kofferraum. Wir überquerten schließlich die österreichische Grenze, um eine Passstrasse im Ötztal zu erklimmen. Oben angekommen, es war bereits später Abend und gespenstisch ruhig, stellten wir zu unserem Übel fest, dass der Grenzübergang nicht besetzt und zu bestimmten Zeiten geschlossen ist. Enttäuscht entschieden wir uns auf den Rückweg zu machen. Nur einige Wohnmobile konnten dort stehen bleiben, da die jeweiligen Insassen in bequemen Betten schlafen konnten.

Wie auch immer. Wir mussten den meist befahren Tunnel von Österreich nach Italien nutzen und erreichten das Weingut vormittags. Das angemietete kleine, separate Häuschen gefiel uns auf Anhieb. Wir spürten förmlich die Historie des Objekts und unsere unmittelbaren Nachbarn im Hauptgebäude waren gerade auf dem Hof und begrüßten uns herzlich. Sie kamen aus dem südlichen Deutschland, ein junges Paar mit kleinem Kind. Glücklich und gespannt auf die Umgebung, vor allen Dingen auf Florenz bezogen wir das Hexenhäuschen, wie wir es gleich tauften, um zu entspannen, Leider nicht, um erst mal Liebe zu machen. Danach kauften wir in einem urigen Dorf in einem kleinen Laden regionale Lebensmittel ein. Entspannt ging die Fahrt zurück. Nachdem wir die italienischen Leckereien verstaut hatten, ging es schnurstracks zu Fuß zu einem kleinen intakten Weingut gleich die Schotterpiste, welche an unserem Gut vorbeiführte, hinauf ca. 500 Meter entfernt, um Chianti für den Abend zu ergattern. Chianti stammt aus der Toskana und der Galle Nero, schwarzer Hahn, ist das Gütesiegel auf dem Etikett des Flaschenhalses. Alles in allem verging der erste Tag noch harmonisch. Besonders das Bad im Pool am Nachmittag bereitete uns viel Freude und ließ mich zu einem Handstand am Ende des Sprungbretts überreden, damit meine damalige Liebe ein Foto von mir machen konnte. Sie stand halt auf meine Turnkünste und meinen athletischen Körper. Aber irgendetwas fehlte. Es war die körperliche Zuneigung. Verbal harmonierten wir weiter perfekt, aber Zärtlichkeiten gab es gar nicht mehr großartig. Eine Zweckgemeinschaft hatte sich nach 6 Jahren eingeschlichen, was mir im schönen Italien nicht viel ausmachte, musste aber eines Abends noch feststellen, dass Tanja schnell aus der Haut fahren konnte, ich nicht, und das war das, was unsere Beziehung bis dato ausmachte. Der ruhige Pol war ich. Meinen nachgeholten schulischen Erfolg hatte ich Tanja zu verdanken. Sie war eine fantastische Nachhilfelehrerin. Das Finanzamt interessierte mich aber damals nicht mehr sonderlich. Auch diese Ausbildung entsprach nicht meinen Bedürfnissen. Selbst die Option auf lebenslanges Beamtentum lockte mich nicht sonderlich, um mich im theoretischen Unterricht zu bemühen. Dementsprechend schlecht waren meine Noten. Außerdem war zu dem Zeitpunkt andeutungsweise klar, dass die Beziehung zu meiner ersten großen Liebe, in die Brüche zu gehen drohte. Kurz nach dem Italien Urlaub war es dann auch soweit. Ich saß eines Tages nach Feierabend alleine auf dem Fußboden unseres Schlafzimmers und dachte über Tanja und mich nach, weinte kurz vor mich hin und entschloss mich, die Beziehung zu beenden. Sie kam an diesem Tag mal wieder spät von der Uni. Was zu essen hatte ich nicht gekocht. Ich bat meine zukünftige Ex um ein Gespräch und wir setzten uns zusammen. Ohne großes Reden teilte ich ihr mit, dass ich die Beziehung beenden würde. Sie reagierte geschockt, ging ins Schlafzimmer und schloss die Tür hinter sich, um über ihre Tränen das von mir gesagte zu verarbeiten. Ich fühlte mich eher erleichtert als schlecht. Es war ein Schnitt gezogen worden. Fortan schlief ich in der Stube auf dem Schlafsofa und Tanja im Schlafzimmer. Bis auf das zuletzt genannte Zimmer teilten wir nur noch die Räumlichkeiten, aber nicht mehr unser Leben. Jeder ging seinen Weg. Um unseren gemeinsamen Hund namens Dino, ein zuckersüßer männlicher Rauhaardackel, kümmerte ich mich.

Die Ehefrau

Eines Abends, um eine eigene Wohnung hatte ich mich bis dato noch nicht bemüht, wanderte ich mit Dino zur nächstgelegenen Videothek an der Wandsbeker Chaussee. Die Ost West Verbindung vom Ende der Innenstadt bis an Wandsbeks Grenze. Nicht so wichtig für den besagten Winterabend. Nein entscheidender war mein Erlebnis innerhalb des Verleihshops. Unbekümmert betrat ich den gepflegten Laden, Dino an der Leine an meiner Seite. Es vergingen ca. 15 Minuten und ich traf auf eine junge Frau mit einem heruntergezogenen schwarzem Hut mit breiter Krempe. Es war kalt an diesem Winterabend. Entsprechend waren wir gekleidet so kurze Zeit vor Weihnachten. Zu meiner Freude hatte sie nicht nur ein sympathisches Äußeres, nein, sie hatte auch einen Hund dabei. Eine niedliche, gut gebaute Schäferhund Mixhündin namens Lizzy. Sie hieß und heißt heute noch Corinna. Was ich damals noch nicht vermutete, war, dass an diesem Abend meine zukünftige Frau und Mutter meiner Kinder vor mir stehen würde. Aber alles der Reihe nach, liebe Leserinnen und Leser. Schon damals gab es nach meinem Gefühl gegenseitige Sympathie, insbesondere die Hunde verstanden sich blendend und spielten und tobten miteinander in diesem Hamburger Videogeschäft. Nachdem Corinna und ich jeweils einen Film gefunden hatten, sagte sie zum Abschied nur noch: "Die Beiden mag man ja gar nicht voneinander trennen." Aus diesem Grund gab sie mir ihre Adresse und wir verabredeten uns für den nächsten Abend zum Hundespaziergang. Anders ging es nicht, da ich noch beim Finanzamt arbeitete und Corinna als Bürokauffrau in der Öffentlichkeitsarbeit für eine Makler Vereinigung. Nun denn. Ich tauchte am folgenden Abend pünktlich auf. und klingelte positiv aufgeregt an ihrer Tür. Es summte sanft der Türöffner und ich erklomm die wenigen Stufen in den ersten Stock. Meine Zukünftige erwartete mich schon an der halb geöffneten Wohnungstür, um mir Einlass zu gewähren. Sie wohnte in einem kleinem Einzimmer-Appartement. Das große Zimmer beinhaltete ein Podest mit integriertem Bett unterhalb, zum Ausziehen. Obendrauf befanden sich Sofa, Sessel und Couchtisch der freundlichen Frau. Des weiteren gab es noch ein Regal für Bücher usw. und einen Tisch mit zwei Stühlen. Alles in allem bewies sie einen recht guten Geschmack.

Nun, denn. Die schnuckelige, schlanke Corinna zog sich warme Sachen an, Draußen herrschten Minusgrade und wir spazierten vom Haupteingang aus in nordwestliche Richtung, um den Eilbekkanal zu erreichen. Unser Plan war es, eine große Runde durch den unter den Füßen knirschenden Schnee zu gehen. Die Hunde freuten sich riesig und wir auch. Schon bald, nach einigen Schritten, schüttete ich ihr mein Herz aus und erzählte aus meinem Leben wie ein Wasserfall. Zum Glück hörte sie geduldig zu. Am Ende des Spaziergangs teilte ich Corinna noch meine Telefonnummer mit, welche sie sich gut merkte, denn schon am nächsten Abend rief sie zu meiner überaus gro0en Freude an.

Wir unterhielten uns sehr angeregt und verabredeten uns erneut zu einem Spaziergang mit unseren Vierbeinern. Die Tatsache, weiterhin mit Tanja unter einem Dach leben zu müssen störte mich nicht sonderlich. Ich fing wieder an zu Hause zu rauchen, Corinna war im Übrigen auch Raucherin. Tanja ging weiter ihrem Studium nach und ich verbrachte den Tag lustlos beim Finanzamt. Nur die Schule für angehende Steueranwärter und Finanzanwärter brachte mich aus dem Amt raus. Noch heute erinnere ich mich gut an meine Ausbilderin. Ziemlich jung mit langen, braunen Haaren und einem ansehnlichen Gesicht. Sie war recht freundlich, aber als ich jeden Morgen gegen 9.00 Uhr beobachten musste wie sie beidhändig ihre Frühstücksstulle genüsslich verputzte, war mir klar, dass sie, Verzeihung, einen Stock im Arsch haben musste. Die ganze Szene wirkte immer so verkrampft. Vielleicht wäre sie ja beim Sex aufgetaut, aufgrund ihrer Optik und ihrer schlanken Figur hätte ich sie zumindest nicht von der Bettkante gestoßen, jedoch gab es ja noch die beiden nach Westen ausgerichteten Fenster, welche immer auf Kipp standen, sowohl im Sommer als auch im Winter. Einmal erwähnte ich, dass es doch recht frisch sei im Büro. Daraufhin meinte sie; " Arbeiten Sie sich doch warm!". Wie? Warm arbeiten? Womit? Akten stemmen?; dachte ich im damaligen Moment. Soviel zu ihr. Dann gab es noch Frau B. in der externen auch in Wandsbek gelegenen Lohnsteuerstelle. Dort hatte ich ein wenig mehr Spaß, zuerst! Der Kontakt zu " Kunden " tat mir gut. Nur Frau B., das Biest ließ es nicht zu, dass ich mich einigermaßen selbstständig um die Betreuung der Steuerzahler, welche Fragen zu ihrer Einkommenssteuererklärung hatten oder diese nur abgeben wollten, kümmerte. Wahrscheinlich nervte es sie, dass ich diesen Personenkreis sehr freundlich und zuvorkommend behandelte. Ein letzter Versuch Frau B. milder zu stimmen, indem ich eine Torte zum Dienst mitbrachte, scheiterte kläglich. Zum Ende meiner Dienstzeit in der Lohnsteuerstelle sagte sie mir nur unter vier Augen: " Ich bin froh, sie nie wieder sehen zu müssen.`` Ich Idiot beschwerte mich noch bei dem Leiter der Stelle über die Aussage vom weiblichen Biest in Gestalt einer kurz vor der Pension stehenden " Dame ". Der verflixte Typ stimmte der Schreckschraube nur zu und damit war die Sache vom Tisch. Mittlerweile hasste ich meinen Job beim Finanzamt. Am liebsten hätte ich sofort meinen Finanzanwärter Job quittiert. Damals hielt mich einzig und allein die Chance, Beamter auf Lebenszeit werden zu können von diesem Schritt ab, aber das sollte sich noch ändern.

Zurück zu Corinna und mir.

Die Geschichte zwischen ihr und mir war noch jungfräulich und ich weiterhin Single, der sich mit seiner Ex eine Zweizimmerbude in einem gutbürgerlichen Stadtteil Hamburgs teilte. Kurz vor Weihnachten 1995 erkrankte Corinna an einer Grippe. An einem Wochenende besuchten mich meine geliebte Schwester und mein Schwager, um mit mir Little Shop of Horrors im Schmidt`s Tivoli auf der Reeperbahn zu besuchen. Ich hatte vier Karten, welche ursprünglich für meinen Bruder, seine Frau, Tanja und mich gedacht waren. Nun trug es sich zu, dass Gerry und meine russische Schwägerin Sascha keine Zeit hatten und ich mit meiner Ex auf keinen Fall hingehen wollte. Mit Sicherheit hätte Miss Jura auch nein gesagt, da sie an der Trennung mehr zu knabbern hatte als ich. Am besagten Wochenende kurz vor dem besinnlichen, hochheiligen Fest war Tanja somit auch nicht anwesend, denn sie wünschte sich Abstand von mir, dem Mann, der ihr 6 Jahre lang, bis auf Hintern putzen, alle Wünsche erfüllt hatte. Nein, diese Trennung war nicht überraschend, sondern logische Konsequenz. Im Laufe der Jahre hatte sich Tanja zu einem egozentrischen, rücksichtslosen Monster entwickelt. Nur mit dem Rest ihrer Familie kam ich bis zur endgültigen Trennung hervorragend klar.

Aber jetzt kehre ich zurück zu Corinna und mir und den besagten Theaterkarten. Drei Karten waren damals vergeben. Eine an Birte, eine für Michael, eine für mich. Corinna konnte ich, aufgrund ihrer Grippe nicht einladen und Dackel Dino hätte nicht mit rein gedurft, und wenn, auch keine Karte gebraucht Also zogen wir drei an diesem Abend los. Die vier Karten trotz fehlender vierter Person im Gepäck, ausreichend Bargeld im Geldbeutel und super gelaunt. Eine halbe Stunde vor Einlass standen wir noch an diesem eisigen Wintertag vor dem Eingang. Zum einem wollte ich noch eine Rauchen und zum Anderen versuchte ich meine Karte an eine Frau zu verschenken. Nach zwei, drei Fehlversuchen kam schließlich Uschi aus München mit ihrer rassigen, gro0gewachsenen Freundin an mir fast vorbei, denn die blond haarige, attraktive kleine Uschi freute sich tierisch über mein Angebot und willigte sofort ein, mich zu begleiten. Für ihre schwarzhaarige Freundin ergatterten wir zum Glück noch eine Karte an der Abendkasse. Das Stück handelt im Übrigen über eine monströse fleischfressende Pflanze, welche immer größer und gefräßiger wird und am Ende sogar Menschen verspeist. Aufgeführt wurde es damals in englischer Sprache. Somit besuchten an diesem Abend viele Anglisten das äußerst bekannte kleine aber feine Theater.

Nun, denn. Wir alle hatten viel Freude an dem Stück und klatschten zum Schluss viel und laut Beifall. Der gierige, zeitweilige Ruf: " Feed Me !" der fleischfressenden, giftgrünen Pflanze, hallte einem beim Verlassen der makaberen Komödie noch im Ohr. Wieder in der Kälte Hamburgs fasste ich mir ein Herz und meinte zu all meinen Begleitern: " Was machen wir mit dem angebrochenen Abend?" Wir beschlossen gemeinsam, eine sehr bekannte Hamburger Bar in unmittelbar Nähe der Fischauktionshalle aufzusuchen. Beschwingt marschierten wir drauf los. Zuvor gönnte ich mir noch einen Snack an einem Imbissstand. Ich habe schon immer gut und gerne gegessen, aber nie extrem zugenommen, sogenanntes Idealgewicht für meine knapp1,80 m Körpergröße. Genug der Beschreibung meiner Person. Ich bin nun mal ein attraktiver Mann mit meinen dunkelblonden Haaren und den dunkelblauen Augen. Wer möchte aber schon im Endeffekt entscheiden wer oder was wirklich attraktiv oder schön ist. Liegt halt im Auge des Betrachters, wie es so schön heißt, und, dass man sich in seiner Haut wohl fühlt. Auf jeden Fall denke ich, dass wir uns an dem damaligen Abend alle pudelwohl gefühlt haben.

Wie auch immer. Am besagten Abend suchten wir unser Glück in einer versnobten Hamburger bar. Die Cocktails schmeckten zwar köstlich, aber das Klientel war steif wie ein Brett, so dass wir beschlossen eine Großraumdisco in einem Vorort der Hansestadt anzusteuern. Wir bezahlten die Drinks und bestellten ein Taxi. Vor der Tür warteten wir ungeduldig in der Kälte, aber das Taxi tauchte schon fünf Minuten später auf. Zu meiner Überraschung kam ein normaler Mercedes Kombi, hätte natürlich auch ein Ford, VW oder anderes Fabrikat sein können. Worauf ich hinaus möchte, ist, dass wir damals ja fünf Leute waren. Inklusive Fahrer 6 Personen, also ein Sitzplatz zu wenig, aber dann, nachdem der Taxifahrer ausgestiegen war und uns freundlich begrüßt hatte, öffnete selbiger die Heckklappe und bereitete mit wenigen Handgriffen eine weitere Sitzbank für Zwei vor. Keiner von uns hatte mit solch einer coolen Sache gerechnet und Uschi und ich entschieden uns spontan für den Kofferraum. Fröhlich gestimmt sprangen wir hinein. Der Rest von uns nahm auf den normalen Sitzen Platz. Dann ging sie los die Fahrt, die Fahrt, die noch heiß wurde, denn nicht nur die Tatsache, dass wir verkehrt herum saßen, verzückte uns, sondern auch die mit uns durchgehenden Hormone. Wir waren in äußerst ausgelassener Stimmung und plötzlich kamen Uschi und ich uns noch viel näher und wir begannen und stürmisch zu küssen. Dies ging den gesamten Abend so weiter. Der Alkohol floss auch in Strömen. Es war schon der nächste Morgen angebrochen, als wir uns auf den Rückweg mit einem Taxi machten. Der Fahrer setzte zuerst die Freundin von Uschi irgendwo in Hamburg ab und zuletzt uns in meiner Wohnstraße. Uschi war zusammen mit ihrem Mann und ihren Kindern bei ihren Schwiegereltern untergebracht. Es war nicht weit weg von meiner Wohnung und somit brachte ich sie dort hin. Natürlich mit dem Auto. Meinen Alkoholkonsum verdrängte ich und wurde glücklicherweise nicht erwischt. Wäre auch verdammt ärgerlich gewesen, zumal wir zuvor mit dem Taxi unterwegs waren.

Was soll `s. Machen wir es kurz bis kürzer. Aus Uschi und mir wurde zum Glück nichts, denn ich hätte eine Ehe endgültig zerstört. Das wollte ich letztendlich auch nicht. Corinna und ich kamen schließlich im Januar 1996 zusammen und bei einem Chinesen in Bremen beichtete sie mir im Februar bereits, dass sie Schwanger sei. Eine zuckersüße Tochter kam schließlich am 3.11. 1996 zur Welt und verzückte uns. Jedoch werden sie liebe Leserinnen und Leser mehr über die genauere Entwicklung der damals neuen Erdenbürgerin und unseren Sohn Torben, der am 22.03,1998 geboren wurde, erfahren. Bevor mein Töchterchen auf die Welt kam, waren Corinna und ich zusammen nach Schneverdingen in der Lüneburger Heide gezogen in eine angemietete Doppelhaushälfte. Es war ihr Wunsch und ich wurde dem gerecht, obwohl ich meine geliebte Heimat Hamburg dafür verlassen musste.

Nun ja, damals lebte ich nun mal in der Lüneburger Heide, aber in meinem Herzen bleibe ich Hamburger. Heute, am 24.10.2015 lebe ich immer noch in der Lüneburger Heide, aber in Soltau, der Kreisstadt des Heidekreises. Mit meiner jetzigen Partnerin bin ich aber auf dem Sprung nach Hannover, der Landeshauptstadt Niedersachsens. Jetzige Partnerin? Ja, mit Corinna ist schon lange Schluss, aber jetzt wieder der Reihe nach.

Mit meiner Ex-Frau fuhr ich anfangs noch gemeinsam zu unseren unterschiedlichen Arbeitsstellen in meiner Geburtsstadt. Es kam jedoch nach und nach des öfteren vor, dass sie alleine fahren musste, da ich es vorzog, mich häufiger krank schreiben zu lassen. So verbrachte ich den Tag mit Haus – und – Gartenarbeit und wanderte fröhlich mit unseren beiden Hunden durch die schöne umliegende Heidelandschaft mit den sandigen Böden und den unzähligen Heidekraut Pflänzchen. Hier und da erstreckten sich mehr oder weniger weitläufige Waldgebiete mit Kiefern und Laubgehölz. Die meisten Gebiete sind flach. Die höchste Erhebung ist der Wilseder Berg mit 163 Metern in der Nähe von Bispingen. Auf den Feldern der Heide gedeihen Kartoffeln und Spargel besonders gut. Diese Tatsache führt zu leckeren Mahlzeiten in der Spargelsaison, aber weiter zum Leben mit Corinna und mir. Wir beschlossen zu heiraten und zogen es auch vor dem Standesamt in Schneverdingen durch. Die kleine aber feine Hochzeitsfeier fand in einem noblen, mitten im Wald gelegenen Hotel statt. Am Tag darauf fuhren Corinna und ich mit dem schwarzen Saab meiner Eltern mit den weinroten Veloursitzen auf Hochzeitsreise nach Dänemark in ein angemietetes Ferienhaus. Mir gefiel die Reise sehr gut. Bei meiner damaligen Braut war ich mir nicht sicher. Eigentlich war ich mir ihres Gemütszustands nie besonders sicher. Ich konnte nie eine besondere Fröhlichkeit oder Begeisterung bei ihr entdecken. Deshalb lässt sich auch nichts besonders zu unserer Hochzeit erzählen. Es gab nichts amüsantes oder gar romantisches. Wir hatten halt geheiratet, nicht mehr und nicht weniger. Der Unternehmungslustige von uns war eher ich. So kam es auch in beruflicher Hinsicht zu einer gravierenden Veränderung. Ich quittierte meinen Dienst beim Finanzamt und wechselte in den Außendienst. Zunächst verkaufte ich Lexika für ein namenhaftes Unternehmen. Dieses Unterfangen scheiterte jedoch daran, dass mir das Produkt zu teuer erschien und es mir schwer fiel mich mit diesem teilweise mehrere tausend DM teuren Gesamtwerken aus mehreren Einzelbänden wie z.B. der Chronik des 20. Jahrhunderts, zu identifizieren, zumal ich die Bücher an ganz normale Bürger mit durchschnittlichem Einkommen verkaufen sollte. Sicher, es konnte auch in Raten gezahlt werden, aber mal ehrlich Firma B.!? Wer soll das auf Dauer bezahlen? So wechselte ich zu einer großen Versicherungsgesellschaft. Für mich eine gute Entscheidung, für meine noch Ehefrau nicht.

Wie dem auch sei. Ein gemeinsames Glück verband uns weiterhin. Die Geburt meiner Tochter. Sicher, es brachte auch Anstrengung mit sich, aber schöne Anstrengung, auch wenn es nicht immer einfach war, die anfängliche Nachtwache zu schieben. Ab und an übernahm ich dies auch, um Corinna zu entlasten, aber ich musste mich noch um meinen Job kümmern und damit ums liebe Geld. Bei der Versicherung klappte es auf Anhieb und ich merkte schnell, dass die meisten Menschen sich mit dem Thema Versicherungen befassen. Hinzu kam, dass ich feststellte, dass mir die Kunden zuhörten und auch meistens einen Versicherungsvertrag bei mir abschlossen. Mir war es besonders wichtig, gut zu beraten. Die Folge war, dass ich immer mehr Zeit mit meinem Job verbrachte und meistens spät nach Hause kam. Ich stieg dann nur noch in bequeme Klamotten, trank zwei drei Bierchen und schaute dabei fern. Für die Familie blieb nur das gemeinsame Frühstück und die Wochenenden. Mehr Familienleben war nicht drin. Ist so, wenn Frau oder Mann selbstständig ist, aber ich zog es durch und hatte nach mehreren Vorbereitungsseminaren und einer Prüfung vor dem Berufsbildungswerk für die Versicherungswirtschaft nach zwei Jahren meinen Versicherungsfachmann in der Tasche. Inzwischen konnte Jelena längst laufen, im Übrigen schon 11 Monate nach ihrer Geburt, nur ein Hinweis als stolzer Papa, und mein geliebter Sohn Torben war auch auf der Welt. Viel Zeit für Unternehmungen mit Ihnen blieb mir aufgrund des Jobs nicht, aber ich liebe meine Kinder bis heute, obwohl ich seit nunmehr neun Jahren keinen Kontakt mehr zu ihnen habe. Dafür hat Corinna gesorgt, obwohl ich meine Kinder immer gut behandelt habe, aber dazu komme ich noch.

Meine Ehe war jedenfalls nach vier Jahren aus. Sie zog mit den Kindern in eine Wohnung und ich blieb zunächst in dem inzwischen angemieteten Reihenhaus in einem Schneverdinger Neubaugebiet. Alle vierzehn Tage bekam ich meine Süßen übers Wochenende. Corinna behielt die private Familienkutsche, da ich noch einen Firmenwagen zur Verfügung hatte. Bereits 1999 übernahm ich die Schneverdinger Agentur von Herrn L. und bekam somit ein Grundgehalt plus Provision. Die Agentur lief gut und so ging es mir finanziell nicht schlecht, doch dann nahm das Unglück seinen Lauf. Kurz vor dem Auszug der Kinder und meiner Ex-Frau beschloss ich im April 2000 mit einem Kunden und guten Freund namens Jens, eine Kneipentour durch den Ort zu machen. Nicht die erste Aktion dieser Art. Jens war Lebensmitteltechniker und machte gerade seinen Betriebswirt über ein Fernstudium. An ihm hatte ich bereits gut verdient. Nicht nur durch Verträge zwischen ihm und mir, er empfahl mich auch an seine Freunde und Familie weiter. Im Ort und außerhalb, mein Kundenbestand erstreckte sich über den gesamten Heidekreis und darüber hinaus, war ich für gute Beratung und hervorragenden Service bekannt. Ich kann nur jedem zukünftigen Versicherungsfachmann und natürlich auch der weiblichen Fraktion dieses Berufsstandes empfehlen, sauber zu arbeiten und nicht nur an die Provision zu denken.

Die fließt bei vertrauenswürdiger und guter Qualitätsarbeit von alleine. Die Schadensfälle bei meinen Kunden bearbeitete ich zum Beispiel immer persönlich über die Hauptstelle meiner Versicherungsgesellschaft. So wurden auch alle Kosten für entstandene Schäden grundsätzlich übernommen.

Ja, alles in allem machte mich mein Job glücklich. Die Trennung von Corinna machte mir weniger aus. Es tat mir nur wegen der Kinder Leid. Apropos leid. Ich wollte ja von einem Unglück im April 2000 erzählen. Die besagte Kneipentour stand an und ich fuhr an diesem bestimmten Samstag zu Jens. Erst wollte ich vorsorglich das Fahrrad nehmen, aber es regnete an diesem Abend und so nahm ich den Firmenwagen, um zu meinem nur 1,5 Kilometer entfernt lebenden guten Freund zu gelangen. Das Vehikel in blauem Blechkleid stellte ich nach kurzer Fahrt in einer Parkbucht gegenüber von Jens Wohnung ab. Gut gelaunt klingelte ich nach Erreichen der weißen Haustür bei ihm. Er öffnete die Tür und begrüßte mich freudig. Danach nahmen wir in seiner Stube Platz und tranken unser erstes Bier. Anschließend machten wir uns auf den Weg in einen türkischen Imbiss, um einen kleinen Snack einzunehmen und noch ein Bier zu trinken. Dann gingen wir ins Fiasko, unserem damaligen Stammlokal. Dort trafen wir auf Freunde von Jens. Nach weiteren Bierchen in geselliger und fröhlicher Runde nahmen wir uns gemeinsam ein zuvor von der Wirtin bestelltes Taxi ins Mon Marthe. In dieser Kneipe am Schneverdinger Bahnhof spielten wir ausgelassen Billard und tranken dazu unser Bier. Abschließend bestellten wir uns noch ein Taxi in ein Schneverdinger Hotel, um in die dortige Kellerdisco zu gehen. Gegen 2 Uhr morgens spendierte ich noch eine Runde Bier für unsere Truppe und machte mich nach dem letzten Schluck aus meinem Glas auf den Heimweg. Ich musste zu Fuß gehen, da ich kein Geld mehr für ein Taxi zur Verfügung hatte. Nach der Hälfte des Weges kam ich dem Firmenwagen näher und ich beschloss, den Rest des Weges mit dem Auto zu fahren. Wenige Minuten später stand ich neben der Fahrertür und steckte den Schlüssel trotz meines stark alkoholisierten Zustandes sicher in den Schließzylinder. Genau in diesem Moment fuhr ein Auto an mir vorbei. Ich sah dem Wagen nach und entdeckte auffällige, reflektierende Dekostreifen auf dem Blech und Blaulichter auf dem Dach. Na so was, ein Polizeiwagen mitten in der Nacht in dem verschlafenen Nest in der Lüneburger Heide!

Sie fuhren Richtung der ausgeschalteten Ampel am Ende der Oststraße. Natürlich hätte ich ihnen folgen können. Doch in meinem besoffenen Kopf kam mir nach dem Platz nehmen und dem Starten des dunkelblauen Kleinwagens mit Hamburger Kennzeichen der Gedanke, auf der gegenüberliegenden Auffahrt des Zweifamilienhauses aus rotem Backstein in dem Jens im Erdgeschoss lebte, zu wenden. Ein fataler Fehler, wie sich nach kurzer Fahrt heraus stellte, denn als ich gerade nach ca. 200 m Fahrt nach dem Wenden in die Harburger Straße einbog, entdeckte ich im Rückspiegel eine rote Leuchtschrift, welche mich zum Halten aufforderte. Scheiße, die Bullen! dachte ich. Lange Rede kurzer Sinn. Nach dem Pusten ins Röhrchen des Alkoholtesters musste ich schon mal meinen Führerschein dem freundlichen aber bestimmten Beamten, der mich kontrollierte, aushändigen. Anschließend ging es mit beiden Staatsdienern dieser Streife in deren Fahrzeug auf das Soltauer Polizeirevier, denn das Schneverdinger Revier war Nachts nicht besetzt. In Soltau zapfte mir ein hinzu gerufener Arzt Blut aus meinen Adern. Das war für die Blutalkoholkontrolle, denn ich bewegte mich mit meinem Promillewert auf dem Alkoholtester der Polizisten im strafbaren Bereich, denn Fahrten unter Alkoholeinfluss sind kein Kavaliersdelikt. Frau oder Mann gefährdet unter Alkohol sich selbst oder Andere im Straßenverkehr, da die volle Reaktionsfähigkeit nicht mehr gegeben ist. Später erfuhr ich, dass der endgültige Wert bei 1,98 Promille lag. Die freundlichen Beamten fuhren mich noch nach Hause und erzählten mir während der Rückfahrt, dass sie mich nicht angehalten hätten, wenn ich hinter ihnen her gefahren wäre. Erst als einer der Polizisten in den Rückspiegel schaute und mich wenden sah, wurden sie auf mich aufmerksam und wendeten ebenfalls, um eine Kontrolle durchzuführen. Ein schwacher Trost. Doch ich war dankbar für das nach Hause bringen, denn das gehört normalerweise nicht zu den Aufgaben der Beamten im Polizeidienst. Letztendlich schlief ich im Bett schnell ein. Erst nach dem Erwachen wurde mir das ganze Ausmaß meiner Aktion bewusst. Wie sollte ich meine Agentur weiterführen? Kein Führerschein, kein Außendienst. Nach kurzer Trauer über den Verlust dieses wichtigen persönlichen Dokuments, fiel mir mein Kunde Frank ein. Er war arbeitslos, hatte einen Führerschein, hatte Zeit und ein Auto. Ich rief ihn aufgeregt an und bat ihn, mich für die nächsten zwölf Monate gegen gute Bezahlung zu fahren, denn das war meine Strafe. Zwölf Monate Führerscheinentzug, eine kostenpflichtige medizinisch – psychologische Untersuchung (MPU) und 2300 DM Geldstrafe. An dieser Stelle sei gesagt, dass Frau oder Mann sich niemals unter Alkoholeinfluss ans Steuer setzen sollte, auch wenn wir heute, am 25.10.2015, noch die 0,5 Promille Grenze in Deutschland haben. Lassen Sie den Scheiß! Fahren Sie lieber immer mit 0,0 Promille. Der Ärger nach einem Führerscheinverlust lohnt sich nicht. In meinem Falle wurde es besonders teuer, da Frank bereit war, mich zu fahren. Nun musste ich meiner zukünftigen Ex-Frau noch klar machen, dass ich in Zukunft nicht regelmäßig Unterhaltszahlungen leisten konnte. Sie nahm es relativ gelassen hin und bekam auf ihren Antrag hin Geld vom Sozialamt und von der Unterhaltsvorschusskasse. Meinen Firmenwagen fuhr ich im Übrigen noch persönlich ohne Fahrerlaubnis zu meiner Geschäftsstelle nach Hamburg. Dieses Risiko ging ich noch ein, denn ich musste die Kiste ja los werden. Von dem Führerscheinverlust erzählte ich dem liebenswerten Geschäftsstellenleiter, Herrn S., natürlich nicht, sonst wäre mein Job wahrscheinlich gleich weg gewesen. Neben meinen Kindern, die ich auch weiterhin alle vierzehn Tage übers Wochenende bekam, meinen wenigen Freunden und meiner geliebten Familie, hatte ich nur noch meinen Job. Corinna hatte den einzig verbliebenen Hund behalten. Der süße aber freiheitsliebende Dackel Dino war irgendwann zuvor für immer verschwunden, nachdem er sich während eines Spaziergangs mit Corinna in der Heide für immer aus dem Staub gemacht hatte. Lizzy, unseren Schäferhund – Mix, konnten wir immer ohne Leine laufen lassen, Dino war eigentlich nicht zu trauen, aber an dem Tag ließ meine Ex-Frau ihn halt los. Normalerweise fanden wir den kleinen Ausreißer immer irgendwie wieder oder er kam von alleine zurück, aber diesmal eben nicht, obwohl er eine Steuermarke am Halsband trug und eine weitere Blechplakette mit unserer Telefonnummer. Mich machte das damals sehr traurig, aber er war eben nicht treu, der Sack! Ich hoffe, dass er trotzdem noch ein gutes Leben hatte und als letztendlich treuer Hund wiedergeboren wurde.

Wie auch immer. Vorläufig ging mein Leben ohne Führerschein weiter, jedoch behielt ich meine Agentur. Während der Zeit ohne das begehrte Dokument hatte ich erstaunlicher Weise meine produktivste Phase. Trotzdem zahlten meine geliebten Eltern meine Strafe, da die Einnahmen aus meiner Selbstständigkeit für laufende Kosten und vor allen Dingen für meinen Fahrer Frank drauf gingen. Zu den laufenden Kosten zähle ich hierbei natürlich auch Essen und Trinken. Verhungern oder Verdursten musste ich nicht. Die schon erwähnte MPU, also die medizinisch – psychologische Untersuchung, ließ ich bei einem autorisiertem Institut in Hamburg über mich ergehen. Die Woche davor trank ich keinen Alkohol, da ich wusste, dass die Leberwerte über eine Blutkontrolle getestet werden sollten. Diese waren dann auch im grünen Bereich. Nützte aber nichts, da da ich den zuständigen Psychologen nach einem Gespräch nicht von einem zukünftigen abstinenten Leben überzeugen

konnte. Ich benötigte zwar keinen Abstinenznachweis, wie es
heute üblich geworden ist, aber das offiziell befähigte Institut
in meiner eigentlichen Heimat beschloss, mich zu einem Kurs
zur Wiedererlangung der Kraftfahreignung nach Lüneburg zu
schicken. Weitere Kosten wurden fällig. Damals, im Mai 2001,
bereits Euro und zwar 700 Euro, also ca. 1400 DM. Glücklicherweise lieh mir ein guter Freund diese Summe. Meine geliebten Kinder waren bereits tagsüber im Kindergarten und
fühlten sich in dem wohlbehüteten Kreis in Schneverdingen
willkommen. Frühe soziale Kontakte und eine Tagesstruktur
sind halt wichtig für das spätere Leben. Schicken Sie ihr Kind
ruhig in einen Kindergarten, liebe Eltern, es schadet nicht und
ist eine gute Vorbereitung für die darauf folgende Schulzeit.

Im Mai 2001 hatte ich jedenfalls meinen Führerschein endgültig wieder. Insgesamt lieh mir der erwähnte gute Freund, namens Matthias, 1000 Euro, denn ich brauchte noch 300 Euro
um einen Wagen, den ich von Corinna übernahm, anzumelden
und zu versichern. Meine Eltern wollte ich finanziell nicht weiter belasten. Aber es war nicht das letzte Mal, dass ich Geld
von ihnen bekam, denn nachdem ich wieder selbst mobil war,
kam ein Gefühl der Erschöpfung ob des ständigen vorherigen
Drucks unter dem ich stand auf. Ich war ausgelaugt und meine
Produktion ließ nach. Am besten wäre eine Auszeit gewesen,
aber die Rechnungen häuften sich. Manche bezahlten Mama
und Papa, manche finanzierte ich selbst. Alles in Allem war ich
jedoch finanziell im Arsch, auf Deutsch gesagt. Es fehlte mir
aber die Kraft, mit der gleichen Power weiter zu machen. In
dem Reihenhaus lebte ich im Übrigen schon lange nicht mehr.
Für mich alleine war es zu groß und zu teuer. Ich bezog schon
im Juni 2000 eine 3-Zimmer Wohnung in einem Mehrfamilien-
haus mit vier Mietparteien in Schülern, einem Ortsteil im Süd-
westen Schneverdingens. Immerhin hatte ich noch ein Zimmer

für meine Kinder und ein Schlafzimmer für mich. Die meisten Möbel behielt nach der Trennung Corinna, so dass mein Bett aus zwei Lattenrosten und zwei Matratzen aus einem großen schwedischen Möbelhaus bestand, ein Geschenk meiner Eltern. Für die Kinder hatte ich noch je ein Bett, da meine Ex-Frau für ihre Wohnung ein Hochbett für Jelena und Torben kaufte. Ein Zwerg schlief unten, eins oben. Die von mir finanzierte Küche in Corinnas Wohnung baute ich für sie ein. Während der Ehe war ich nicht immer für sie da, aber ich wollte sie nach der Trennung nicht mit den Kindern im Stich lassen.

Die Küche im Reihenhaus gehörte mir und ich baute diese in die Wohnung in Schülern ein.

Guten Morgen, liebe Leute. Es ist jetzt 4.45 Uhr am 27.10.2015. Ich sitze gerade am kleinen Esstisch von meiner geliebten Kerstin und mir. Gestern Abend ging ich schon um 21.00 Uhr ins Bett. Vor einer Stunde erwachte ich nach einem merkwürdigen Traum. Ich träume viel und werde dann wach. Meistens rauche ich dann ne selbstgedrehte Zigarette in unserer Stube und leg mich danach wieder hin, um weiter zu schlafen, aber heute habe ich mal wieder Lust meine Geschichte fortzuführen. Schlafen Sie ruhig noch weiter- Ich lausche weiterhin einem bekannten Hamburger Radiosender mit viel Rock aber auch Pop. Dabei ziehe ich Rockmusik vor. Im Moment läuft deutscher Pop, mein Schatz schläft noch und das Schwein lebt. Vor kurzem dachte ich noch, dass er, Billy Joe, tot ist, weil er sich in seiner Hütte liegend nicht regte, obwohl ich ihm Weintrauben vor die Nase setzte. Nichts, keinerlei Regung! Anstupsen wollte ich ihn auch nicht, denn dann hätte er vor Schreck einen Herzinfarkt erleiden können. Aber Fehlalarm! Er schlief nur extrem fest. Eben erwachte die kleine Sau und stürzte sich auf eine der Weintrauben. Meine Erleichterung war groß und ich gab dem Tierchen noch eine Tomate. Er liebt Tomaten. Das

Meerschweinchen gehört nicht uns. Es gehört Ulrike, einer sehr guten Freundin von uns. Wir haben es zur Zeit zur Pflege, da unsere Freundin in Kürze für längere Zeit auf Kur geht. Ich hätte es mir nie verzeihen können, wenn das niedliche Tier in pechschwarz gestorben wäre, aber wie gesagt, Fehlalarm! Seit Sonntag ist er bei uns und Ulrike hängt sehr an Ihm. Wir kümmern uns gerne um den Kleinen. Im Allgemeinen sind Kerstin und ich sozial eingestellt und kümmern uns gern um andere, aber ohne nicht auch an uns zu denken. Gesunder Egoismus ist völlig okay. Ich war nicht immer so sozial eingestellt, tolerant schon, jedoch nicht unbedingt immer sozial. Mit 48 Jahren habe ich natürlich auch schon eine gewisse Reife erreicht und meine speziellen Lebensumstände ließen mich auf jeden Fall zu einem besseren Menschen werden, sofern es überhaupt den absolut guten Menschen gibt. Perfekt ist der, der weiß, dass er nicht perfekt sein kann. Frau oder Mann sagt ja auch gerne, dass man nie auslernen würde. Da ist auf jeden Fall etwas dran, aber bevor ich gleich mit dem Jahr 2001 weiter mache, trinke ich noch meinen dritten Becher Kaffee und rauche eine Kippe.

So, Kippe auf geraucht, Kaffee weg geschlürft!

Ach ja, Schülern, Küche in der 3-Zimmer Wohnung eingebaut. Dort war ich im Jahr 2000 stehen geblieben. Ein Jahr später hatte ich wie schon erwähnt meine Fahrerlaubnis wieder. Nur mein Job machte nur noch wenig Spaß. Hinzu kam, dass meine für mich zuständige Hamburger Geschäftsstelle Ende 2001 aufgelöst wurde. In der Geschäftsstelle gibt die Mitarbeiterin oder der Mitarbeiter seine abgeschlossenen und unterschriebenen Anträge ab, des weiteren werden alle über Neuheiten informiert. Diese Neuheiten wurden in dieser Geschäftsstelle alle vierzehn Tage in einem größeren Raum mit ausreichenden Stühlen und Tischen, an denen Frau oder Mann Platz nahm, in einem Meeting vom Geschäftsstellenleiter verkündet.

Wir waren immer so um die 20 bis 25 Außendienstmitarbeiter und in der großen Pause gab es auf Firmenkosten belegte Brötchen und ausreichend Kaffee oder Kaltgetränke. Ich mochte diese Meetings nicht immer, da einem dadurch ein Tag verloren ging, um die Produktion anzukurbeln, aber es gehörte halt dazu.

Nun denn, am Ende wurde ich einer Geschäftsstelle in Celle zugeordnet. Vorbei war die Zeit mit Herrn S., dem eher väterlichen Geschäftsstellenleiter mit viel Herz. Er hielt immer zu mir, obwohl er irgendwann während der Zeit ohne meine Fahrerlaubnis eben davon erfuhr. Bis heute bin ich diesem guten Mann dankbar, dass er mir immer wieder Vorschüsse auf abgeschlossene Verträge gab, um meinen ehemaligen Fahrer bezahlen zu können. Sonst hätte ich damals schon aufgeben müssen. In der neuen Geschäftsstelle wehte ein ganz anderer Wind. Der dortige Chef forderte immer mehr Produktion und tat seine Unzufriedenheit kund, wenn es bei dem Einen oder dem Anderen mal nicht so lief. Herr S. War da ganz anders. Von ihm kam nie Druck. Was soll das auch? Wir Außendienstler waren selbstständig und nicht weisungsgebunden, wie es so schön heißt. Frustriert über die Art und Weise in welcher mit uns Mitarbeiterinnen und Mitarbeitern dort umgegangen wurde, ließ auch meine Motivation nach. Ist nicht so, dass ich mit Kritik nicht umgehen kann, aber nur Druck muss ich auf Dauer nicht haben. Ich hatte schließlich noch ein schönes Weihnachtsessen in einem 4-Sterne Hotel in Schneverdingen zu dem ich meine Ex-Frau und meine Kinder eingeladen hatte. Gemeinsam verzehrten wir drei schmackhafte Gänge mit passendem Wein und Softdrinks für unsere Zwerge. Damals konnte ich mir dieses Vergnügen noch leisten und mit meiner Ex-Frau verstand ich mich besser als während der Ehe. Wir lebten halt aneinander vorbei. In dem Restaurant des Hotels Weihnachten 2001 waren die Fronten geklärt. Es ging nur darum, den Kindern zu zeigen, dass die Mama und der Papa nicht wirklich böse aufeinander waren. Es war nur keine Liebe mehr da. Kommt in den sogenannten besten Familien vor. Ist nicht schön, aber an dem Tag verlief alles harmonisch. Nach dem Festschmaus brachte Corinna mich nach Hause und fuhr danach mit den Kindern zu sich. Es machte mir nichts aus, Heilig Abend alleine zu Hause zu verbringen. Inzwischen lebte ich auf einem ehemaligen Gutshof in Wieckhorst, einem anderen Ortsteil Schneverdingens. Die Wohnung bestand aus drei Zimmern, hatte überall Fußbodenheizung und war günstiger als die vorherige Wohnung. Die Küche ließ ich in der alten Behausung, da die neue Unterkunft auch mit einer Einbauküche ausgestattet war. Es war verwunschener Wohnort und absolut ruhig. Der Vermieter, ein Bauingenieur, sanierte einen Teil des großen Hauptgebäudes und baute mehrere schöne Wohnung ein. Eine bewohnte mit seiner Frau und seinem Sohn. Der andere Teil wurde von seinen Eltern bewohnt und war noch sehr ursprünglich, aber in gutem Zustand.

Jetzt ist es 6.00 Uhr und wir haben den 28.10.2015. Hatte meine Story seit gestern Morgen unterbrochen. Beim Schreiben mache ich mal mehr oder weniger lange Pausen, je nach Motivation und Antrieb. Früh morgens habe ich den Kopf aber frei und niemand stört mich bei dieser schöpferischen Tätigkeit. Mein Schatzi erwacht immer erst gegen 8-9.00 Uhr. Bei Gedichten spielt die Tageszeit allerdings keine Rolle. Das kommt oft spontan und schießt mir so in den Kopf. Ich habe schon viele zur Papier gebracht. Einige verschenkte ich, andere habe ich noch handschriftlich in einem Fach unseres wertvollen, alten Küchenbuffets, welches in unserer Stube steht und aufgrund der hellen Farbe hervorragend mit dem hellen Laminatfußboden harmoniert. Zudem sind noch Gedichte und Songtexte auf einem Stick gespeichert. Für mich ist es absolut wichtiges und wertvolles Material, da es ganz persönliche Werke sind. Das Schreiben ist neben dem Schach spielen und dem Kochen mein liebstes Hobby, das vielleicht mal zu einem Beruf wird, aber das entscheide nicht ich, sondern meine lieben Leserinnen und Leser.

Logischerweise verdiene ich an der Menge, die verkauft wird, sofern sich ein Verlag findet, der bereit ist, meine Werke für mich zu veröffentlichen. Das ist als unbekannter Autor schwer. Sicher, es gibt sogenannte Selbstkostenverlage, welche sich die Publikationskosten bezahlen lassen und es sind dabei auf keinen Fall alle seriös. Mit solchen Verlagen hatte ich schon zu tun. Auf deren Homepage ging nicht eindeutig hervor, dass eine Eigenbeteiligung angesagt war und in welcher Höhe. Hinzu kommt, dass ich nicht viel Geld übrig habe. Kerstin und ich haben genug zum Leben, aber am Ende des Monats wird es manchmal eng. So viel dazu. Also, liebe Neuautorinnen und Neuautoren. Denken Sie beim Schreiben lieber nur an die Freude oder Empfindung dabei, in welchem Genre sich ihre Schriften auch immer befinden. Manche von Ihnen schreiben Krimis, manche schreiben gern Sachbücher, andere vielleicht Fantasy Romane. Die Möglichkeiten sind vielfältig. Ich schreibe liebend gern autobiographisch, jedoch nicht unbedingt für Kinder, wie Sie sicher schon bemerkt haben. Mein Werk widme ich unter anderem natürlich auch meinen Kindern, aber meine Leserinnen und Leser sollten schon eher ab dem Jugendalter sein, wenn ich was hier vor Ihren Augen noch entsteht. So, erst eine Kippe und ein Becher Kaffee! Ahhhh, besser! Hab danach noch schnell geduscht und mich rasiert, da mir Hygiene und ein gepflegtes Äußeres wichtig ist. So viel dazu.

Jedenfalls verbrachte ich Weihnachten 2001 alleine zu Hause. Den ersten Weihnachtstag verbrachte ich dann bei meinen

Eltern und übernachtete dort auch. Ich mag Weihnachten, da es ein Familienfest ist und Familie, vor allen Dingen Zusammenhalt in Harmonie, ist mir absolut wichtig. Ansonsten mag ich Feiertage nicht so gern. Die umliegende Welt steht dann so still. Stillstand ist nicht mein Ding. Meistens habe ich den Drang etwas zu unternehmen und wenn es shoppen ist. An Feiertagen nicht möglich. Das ist so eine nervige gesetzliche Zwangspause. Reicht doch, dass die Geschäfte in der Regel Sonntags dicht haben. Allein schon der Name Feiertag. So heute wird gefeiert! Und, wenn ich gerade kein Bock habe zu feiern, ist vielleicht gerade so ein Tag. Was macht die betroffene Frau oder der betroffene Mann dann? Ich bin dann einfach genervt und schlage irgendwie die Zeit tot, obwohl es sinnvoller ist, Zeit zu genießen. Aber wer kann das schon dauerhaft? Wer ist immer gut drauf? Na ja, ich könnte sagen der Vollidiot. Der Vollidiot ist möglicherweise immer zufrieden und kann jede Zeit genießen. Ist die Frage, ob es überhaupt Vollidioten gibt. Ich denke, es ist oft nur der subjektive Eindruck vom Gegenüber, der einen manchmal denken lässt, was für ein Vollidiot! Völlige Gleichgültigkeit ist ja auch ein Merkmal des vermeintlichen Vollidioten. Findet Frau oder Mann ja oft im Straßenverkehr, wenn einem irgendein Arsch, in dem Fall vielleicht auch wieder dieser Vollidiot, schmerzfrei die Vorfahrt nimmt. Nur ein kleines Beispiel.

Apropos schmerzfrei! In der Klappse hatte ich manches mal auch das Gefühl zum Vollidioten zu werden. Frau oder Mann wird dort extrem in Watte gehüllt, also sprichwörtlich, wir liefen dort natürlich nicht voller Watte am Körper herum. Ich meine damit einfach nur, dass das dortige Personal einen derartig vor der Außenwelt schützt und die verschiedenen seelischen Leiden normalerweise lindert, dass Frau, Mann oder gar Kind, Kinder – und Jugendpsychiatrie gibt es zumindest in

Deutschland auch, extrem aufgefangen wird und sein Gehirn abschalten kann, wenn die Fähigkeit dazu da ist. Nun, zur Psychiatrie komme ich ja noch.

Nach den Weihnachtstagen 2001 kam natürlich noch der Jahreswechsel ohne besondere Vorkommnisse. Ich arbeitete noch bis Februar 2002 für meine damalige Versicherungsgesellschaft, dann wurde mein Vertrag in gegenseitigem Einvernehmen aufgelöst. Im gegenseitigen Einvernehmen, da mir dadurch noch die Chance erhalten blieb, bei irgendeiner anderen Gesellschaft anzufangen. Ein Vorschlag des damaligen Geschäftsstellenleiters, aber ich hatte bereits anderweitig vorgesorgt. Während meiner Zeit beim Finanzamt jobbte ich nebenbei bei einem großen Hamburger Party – und Cateringservice. So meldete ich mich telefonisch bei Monika, der Personalchefin, um erneut nach einem Job zu fragen, diesmal Vollzeit. Was soll ich sagen? Es klappte und der Abschied von der Versicherungsgesellschaft, insbesondere von der unmenschlichen Celler Geschäftsstelle, störte mich null. Ich hätte mich auch bei einer anderen Gesellschaft bewerben können und wäre als erfolgreich geprüfter Versicherungsfachmann sicherlich mit Kusshand genommen worden, aber ich brauchte erst mal ne Pause von der Branche. Im März 2002 begann mein Job bei Firma B., welche zum damaligen Zeitpunkt die Fischauktionshalle am Hamburger Fischmarkt westlich der Landungsbrücken gepachtet hatte. Die historische Halle ist ein reiner Veranstaltungsort, den z.B. Firmen buchen können. Mit Fischen wird dort schon lange nicht mehr gehandelt. Auf jeden Fall ist es ein wunderbarer Party Ort direkt am Hamburger Hafen und Sonntags bekam die gesamte Öffentlichkeit, sofern sie das verlangen hatte, Zutritt zur schönen Halle aus rotem Backstein mit den grünen Stahlträgern, welche unter anderem die Emporen stützen. Natürlich kann die Halle nur eine gewisse Menge an feierwütigen

Menschen aufnehmen, aber Firma B. Hatte die Möglichkeit bis zu 2500 Personen zu bewirten. Ein riesiges Geschäft. Der sonntägliche Fischmarkt läuft immer von morgens 5.00 Uhr bis mittags 12.00 Uhr. In der Fischauktionshalle traten immer abwechselnd zwei Live – Bands auf. Eine Bühne war im östlichen Teil der Partymeile, eine im westlichen Teil, jeweils am Ende. Über eine hölzerne Treppe hinter der jeweiligen Bühne erreicht Frau, Mann oder Kind die Toiletten und die Emporen. Auf dreien der vier Emporen wurden Speisen und Getränke serviert, von günstig bis teuer, aber alles von guter bis sehr guter Qualität. Das günstigste Fischgericht war der sogenannte Piratenteller, am teuersten war der fangfrische gebratene Lachs. War aber auch auf der Empore, auf der dieser zubereitet wurde, im Preis inbegriffen. Nur die Getränke kosteten extra. Für das jeweilige Buffet wurde vor den Zugängen zu den Emporen kassiert. Der Eintritt durch die geöffneten stählernen Tore der Halle war frei. In diesem Bereich gab es hauptsächlich Bierwagen. Bier war dann damals auch das Hauptgetränk der erwachsenen Gäste, obwohl ein 0,4 Liter Plastikbecher mit dem Gesöff 4 Euro kostete. Dafür war natürlich die musikalische Unterhaltung kostenlos. Mein Job bestand meistens aus dem Einschenken, Verteilen und Abkassieren der Getränke. Dabei kam es schon mal vor, dass irgendein Mann in Begleitung aufreizend bekleideter Damen eine Runde Bier oder den noch teureren Sekt bestellte und aus einem großen Haufen gebündelter Scheine, welche mit einem Gummiband zusammen gehalten wurden, mindestens einen 50 Euro Schein raus zog und inklusive großzügigem Trinkgeld bezahlte. Ein klares Indiz für einen Zuhälter der weltberühmten Reeperbahn um die Ecke, der mit seinen Mädels noch auf einen Absacker nach Feierabend vorbeischaute. Solange die Frauen anständig bezahlt und behandelt werden, habe ich keine großen Probleme mit der Branche. Es gibt sogar

Frauen, die freiwillig anschaffen gehen und auch keinen Zuhälter haben oder brauchen. Ist schließlich eines der ältesten Gewerbe der Welt. Aber es gibt leider auch genug Zwangsprostitution und Teenager, die anschaffen gehen müssen, weil ihnen ansonsten Gewalt oder gar Tod droht. Das ist natürlich eine große Sauerei. Hinzu kommen Drogenabhängige, welche Sex gegen Geld anbieten, um ihre Sucht zu finanzieren.

Mit 18 Jahren war ich das erste Mal auf dem sogenannten Kiez. Zum Einen in einer Stripshow, in einem Sexkino und in einer Peepshow. Einfach aus jugendlicher Neugier heraus. Meine beiden Kumpels aus R. Und aus Hamburg, die auch dabei waren, und ich fanden das Ganze aufregend, aber sparten es uns, Sex mit einer Prostituierten zu haben. Bis heute habe ich noch nie für Sex bezahlt und möchte das auch nicht. Da kann ich noch so geil sein, aber bezahlen werde ich dafür nicht, Männer, die das jedoch nicht im Griff haben, können diese Möglichkeit nutzen. Ebenso gibt es die Fraktion der nymphomanen Frauen, welche sich dann einen Call Boy buchen. Ist immer noch besser als einfach eines der widerlichsten Verbrechen der Menschheit zu begehen, Vergewaltigung! Wer das jemandem antut, ist eine riesige Sau. Bei der Zwangsprostitution wird sogar noch gegen Geld vergewaltigt. Menschen, die das ihren Opfern antun, gehören nicht in unsere öffentliche Gesellschaft, egal ob über Zuhälter vermittelt oder irgendwo im verborgenen geschehen. Wozu gibt es Sicherheitsverwahrung. Dort gehören diese widerlichen Sextäter hin, denn das, was während dieser Taten geschieht, ist kein Liebesakt, sondern ficken unter Zwang. Solche Leute sind schwer krank und töten ihre Opfer noch oft genug und diejenigen Opfer, die am Leben gelassen werden, wie z.B. bei der Zwangsprostitution, haben mit lebenslangen seelischen Leiden zu kämpfen. Das zeigt, wie grauenvoll, in dem Fall die Täter, Menschen sein können. Ich hoffe halt, dass ich auf dem Fischmarkt in der

Fischauktionshalle vernünftige Zuhälter bedient habe, denn ein angemeldetes Gewerbe in der Rotlichtbranche ist in Deutschland legal und die Prostituierten sind sozialversichert und zahlen Steuern von ihrem Bruttogehalt. Ich weiß das von einem ehemaligen Freund, welcher damals auch bei dem Partyservice arbeitete. Mike hatte Mädels laufen, wie es salopp heißt und betrieb noch eine Kneipe in einem noblen Stadtteil Hamburgs. Privat hatte er eine Frau und ein kleines Kind und lebte in einer normalen Mietwohnung. Er war freundlich, ehrlich und humorvoll. Ein scheinbar normaler Typ, nicht auffällig, zumindest äußerlich. Zu Mike komme ich nochmal im Laufe meiner Geschichte.

Auf jeden Fall gab es bei dem Partyservice genug zu tun für mich und die Bezahlung war für mich als ungelernte Kraft, was die Gastronomie betrifft, nicht schlecht. Es gab 9,70 Euro die Stunde. Zusätzlich hatten wir vom Personal Essen und Getränke frei. Unter der Woche, also während wir die Halle umbauten und für die nächste große Veranstaltung vorbereiteten, gab es morgens Frühstück mit Brötchen und ausreichend Wurst- und – Käseaufschnitt und mittags eine leckere warme Mahlzeit. Das Essen kam aus der Zentrale in Hamburg – Eidelstedt. Wir hatten auch ausreichend Kaffee und Sprudelwasser zur Verfügung. Während die meist große Veranstaltung lief, das war meistens Freitag oder Samstagabend der Fall, gab es auf der Künstlerempore ein köstliches Buffet für eben die Künstlerinnen und Künstler. An diesem durften wir uns in den abendlichen Pausen auch bedienen. Absolut verboten war für uns vom Personal der Alkohol und davon stand für die Gäste der jeweiligen Veranstaltung und die Künstlerinnen und Künstler ausreichend zur Verfügung. Das war natürlich okay für uns. Wir mussten ja fit bleiben für unseren Job. Ab und an hatte ich auch kleinere Einsätze im Cateringbereich innerhalb Hamburgs. Dabei gefiel es mir am besten, auf einem der Alsterdampfer eine Party auszurichten. Dort gab es auch immer ein üppiges Trinkgeld für uns vom Personal. Alles in allem war ich mal mit Ab – oder Umbau, mit dem Service am Tisch, mit dem Aufdecken der Tische, mit dem Polieren des Bestecks und der Gläser oder als Barkeeper beschäftigt. Manchmal überließ mir auch Heiko, der damalige Chef in der Fischauktionshalle, die Aufsicht über das transportable Telefon. Mit allen Jobs hatte ich keine Probleme. Schon nach kurzer Tätigkeit in der historischen Halle am Hamburger Hafen nannte mich Heiko Mr. Perfekt. Einmal, als ich wieder besonders gut eine Tätigkeit ausführte, meinte Heiko, der dieses erfolgreiche Unterfangen meinerseits aus der Ferne beobachtete, dass ich nochmal ein wichtiger Mitarbeiter für die Fischauktionshalle werden würde. Er rief es durch die ganze Halle in meine Richtung. Natürlich baute es mich auf, aber ich mach halt einen Job ganz oder gar nicht und das möglichst perfekt, wenn ich vor allen Dingen von meinem Arbeitgeber gut behandelt werde. Bei Firma B. war das der Fall.

Was mir erst gar nicht so bewusst wurde, war die Tatsache, dass ich während der Arbeit hauptsächlich von attraktiven Kolleginnen umgeben war. Bis dato hatte ich viele Jahre nicht mehr mit einer Frau geflirtet. Es war nicht so, dass ich das irgendwie vermisste, aber bei Firma B. konnte ich vor allen Dingen beim Besteck – und – Gläser polieren diese Seite an mir wieder neu entdecken, da wir vom Personal uns in kleinen Gruppen um die Kisten mit den Gläsern und dem Besteck setzten und polierten. Währenddessen waren auch Unterhaltungen zwischen den Frauen und den Männern möglich, denn es herrschte Ruhe und die Hektik und der Lärm während der Veranstaltungen standen erst noch an. So redeten und scherzten wir gemeinsam vor uns hin, während wir diese notwendige Ar-

74

beit verrichteten. Schnell merkte ich, dass ich bei der Damenwelt gut ankam. Sie mochten meinen Humor und ich ihren. Im
Allgemeinen sind Männer mit gutem Humor meist beliebter bei
den Frauen, als irgendwelche stocksteifen Typen. Liebe Single
Männer, redet locker mit Frauen und bringt auch mal den ein
oder anderen Scherz über die Lippen. Redet bloß nicht nur über
Arbeit und wie lange ihr schon alleine seit und euch ne Partnerin wünscht, außer ihr werdet vielleicht mal konkret gefragt.
Wichtig ist halt, dass ihr nicht verzweifelt rüber kommt, auch
wenn ihr es vielleicht seid. Und seid immer ein zuvorkommen-
der Gentleman. Nur ein kleiner Tipp vom Casanova von Firma
B. So bezeichnete mich jedenfalls einmal ein homosexueller
Arbeitskollege als ich einmal zum Arbeiten in der Halle auftauchte. „ Ah, da kommt ja der Casanova von B. !`` rief er
wortwörtlich aus als er gerade in einer Gruppe aus Kolleginnen
und Kollegen auf der Empore saß, über die wir zu den Garde-
roben gelangten. Ich nahm es so hin, obwohl mir diese Titulie-
rung nicht sonderlich zusagte. Ein Casanova möchte ich gar
nicht sein. Die eine richtige Partnerin ist viel wichtiger, aber
ich hatte halt viel verbalen Kontakt und Spaß zur Damenwelt
der Firma B. Es schien nur irgendwie das Gerücht zu kursieren,
dass ich mehr mit einigen der Frauen laufen hatte, dem war jedoch nicht so. Dafür sollte Frau oder Mann sich erst mal näher
kennen lernen. Sex ist nicht immer gleich große Liebe. Gehört
zu einer Partnerschaft dazu und ist schön, aber ist noch lange
nicht das Wichtigste. Grundsätzlich sollte es insgesamt harmo-
nieren. Heute, am 23.11.2015, lebe ich jedenfalls immer noch
in einer glücklichen Partnerschaft mit Kerstin, die im Moment,
wir haben es 5.04 Uhr morgens, in unserem großen weißen
Doppelbett liegt und schläft. Nachher habe ich noch ehrenamt-
lichen Dienst in der Soltauer Teestube. Als voll erwerbsgemin-
derter Mensch suche ich mir halt so meine Aufgaben, um auf

Trapp zu bleiben. Seit August 2012 bin ich seitens des Walsroder Gesundheitsamtes so eingestuft worden. Ich bekomme nur keine Rente von der deutschen Rentenversicherung, da ich als ehemals Selbstständiger nicht 3 Jahre lang Pflichtbeiträge innerhalb von 5 Jahren vor Ausbruch der Schizophrenie gezahlt habe. Meine Einnahmen bestehen aus der sogenannten Grundsicherung vom Sozialamt. Mehr Geld als ich zur Zeit, bekommen die meisten Frührentner auch nicht, aber die Sache hat so ihre Tücken. Während ein Frührentner, der von der deutschen Rentenversicherung Rente bezieht, 450 Euro hinzu verdienen darf, darf ein Grundsicherungsbezieher nur 100 Euro hinzu verdienen. Alles was darüber hinaus geht, wird zum größten Teil vom Sozialamt gegen gerechnet, obwohl die eine Person ja den gleichen Status hat wie die andere Person, nämlich die Erwerbsminderung. An dieser Stelle ein sehr wichtiger Tipp: Schließen Sie möglichst schon als Berufsanfänger eine private Berufsunfähigkeitsversicherung ab!!! Aber was soll`s! Hauptsache überhaupt Geld, um einigermaßen existieren zu können. Ich habe ein Dach über dem Kopf und genug zu Essen und zu trinken. Ab und an neue Klamotten sind auch noch drin, ansonsten gibt es ja glücklicherweise Kleiderkammern vom DRK. In Soltau gibt es neben der Kleiderkammer noch einen richtigen Second Hand Shop vom DRK. Kerstin geht dort gerne hin, denn sie bekommt im Moment auch Geld vom Amt, solange sie noch keine Umschulung absolviert hat. In Hannover besteht die Möglichkeit, eine Umschulung zur Hauswirtschafterin zu machen. Soltau hat keine Hauswirtschaftsschule. Mit ein Grund für den Umzug nach Hannover. Ich möchte dort in die Hannoverschen Werkstätten gehen, um meine Altersrente aufzubessern und vernünftige Beschäftigung zu haben. Es ist halt ein geschützter Arbeitsbereich wie auch die Behindertenwerkstatt in Soltau, auf die ich noch komme. Hat nur mehr als

Firma M. In Soltau zu bieten. Die individuelle Förderung wird eine bessere sein. Davon bin ich überzeugt. Nun ja, ich will jetzt nicht zu sehr ausschweifen.

Anfang Mai 2002 arbeitete ich weiterhin sehr fleißig bei dem großen Hamburger Partyservice. Die Tage davor flogen nur so dahin. Viel Freizeit hatte ich nicht, aber ich dachte daran, mich selbst zu belohnen, als ich zwei Karten für das Musical Mozart in der Neuen Flora in Hamburg besorgte, obwohl ich noch gar nicht wusste, wen ich mitnehmen sollte. Das ganze Unterfangen sollte mein Schicksal für die nahe Zukunft besiegeln und damit kommen wir zu einem entscheidenden Kapitel in meinem Werk.

Gefangen im Heidekreis und der eigenen Haut

Kurz vor meinem 35. Geburtstag stand nun das Musical an. Ich hatte nur noch keine weibliche Begleitung. Gegen 16.00 Uhr war ich an dem besagten Tag der Aufführung in der neuen Flora wieder auf dem Hof in Schneverdingen und hatte Feierabend. Woher nun die weibliche Begleitung? Ich ging in meine Wohnung und griff zum Telefonhörer, um die Nummer von Marlies zu wählen. Marlies ist die Schwester meines ehemaligen Fahrers. Eine liebe Person. Sie war auch Single zu dem Zeitpunkt und hätte mich begleiten können, ohne Ärger mit einem vermeintlichen Partner zu bekommen, wenn sie denn Zeit gehabt hätte. Hatte sie aber nicht, wie ich nach dem Telefonat feststellen musste. Mir fiel die Ehefrau meines Vermieters ein,

welche kurz zuvor im Garten habe arbeiten sehen. Also verließ
ich die Wohnung wieder, um Frau V. Zu fragen. Sie freute sich
über die Einladung, lehnte aber dankend ab. Nun wurde es
Zeit, denn das Musical sollte gegen 20.00 Uhr starten. So kam
ich auf die Idee, mich schick zu machen und dann mit den Karten im Gepäck nach Hamburg zu fahren, um ins Musikcafe
September zu gehen und dort eine Frau für den Abend zu suchen. Genauso verfuhr ich dann auch. Ich duschte mich, rasierte mich, benutzte Rasierwasser und Deo und zog eine dunklen
Anzug an. Dazu ein weißes Hemd, schwarze Socken, eine rote
Krawatte und schwarze Schuhe. So ausgestattet machte ich
mich mit meinem Kleinwagen auf den Weg in meine geliebte
Heimat. Im Allgemeinen plante ich schon damals, zurück in
den Ort meiner Geburt zu ziehen. Im Heidekreis hielt mich
nichts mehr. Okay, ich hatte dort ein paar Freunde und meine
Kinder, aber die hätte ich auch von Hamburg aus besuchen
können da ich ja ein Auto hatte, besser gesagt zwei, denn neben
meinem kleinen Mazda hatte ich noch einen alten aber fahrbe-
reiten Campingbus, welchen ich noch abgemeldet unter dem zu
meiner Wohnung gehörenden Carport stehen hatte. Auch wenn
ich „ nur `` ein Auto behalten hätte, bestand die Möglichkeit
meine geliebten Kinder alle vierzehn Tage aus Schneverdingen
abzuholen und nach einem Wochenende in der Weltmetropole
Hamburg zurück zu bringen. Apropos Weltmetropole! Als ich
1996 mit Corinna in Schneverdingen ankam, sagte unser neuer
Nachbar von Gegenüber zu mir, nachdem er erfuhr, dass ich
Hamburger bin:

„ Da möchte ich ja nicht tot über dem Zaun hängen .``
Bitte? Das war wohl nur ein schlechter Witz, zumindest hoffe
ich das bis heute noch. Wenn er das ernst gemeint haben sollte,
kann ich nur sagen, dass der Typ irgendwie den Bezug zur Realität verloren hat. Vielleicht hat sich seine Meinung bis heute

zum Positiven geändert, aber Schneverdingen ist für mich nur auszuhalten gewesen, weil ich damals, von Februar 1996 bis Sommer 2002, noch ein Auto hatte. Okay, zwischendurch den schon besagten Fahrer Frank, aber der hat auch genug Lohn dafür kassiert. Wie auch immer. Schneverdingen ist im Verhältnis zu Hamburg ein kleiner Fleck in der Heidelandschaft mit ca. 22.000 Einwohnern. Hamburg ist Weltstadt und lebt Tag und Nacht. Ohne Auto oder ausreichend Geld für die Bahn, welche Hamburg mit Hannover verbindet, ist Frau oder Mann in Schneverdingen aufgeschmissen. Natürlich gibt es alles für den täglichen Bedarf und ein paar Kneipen, aber was ist mit Theatern, großen Museen, Auftritten von Weltstars aus dem musikalischen Bereich, Kunstausstellungen großer Künstler, dem Trubel in einem Welthafen, Hafenrundfahrten, Fahrten mit einem Alsterdampfer, einer Fußballmannschaft in der ersten Bundesliga, welche seit Bestehen der Liga noch nie abgestiegen ist, der Reeperbahn, welche nicht nur Erotik zu bieten hat, der Vergnügungsmeile namens Dom usw., usw. Liebe Schneverdinger, habt ihr das auch? Noch fragen?

Aber ich will mich nicht aufregen. Stress ist ja nicht gut für Schizophrene. Wie sagte mal ein Therapeut aus Bad Fallingbostel zu mir: „ Herr Roth, Sie sollten ein ruhiges geregeltes Leben führen!‘‘. Das war damals im Mai 2002 nicht gerade der Fall, aber erst mal stand ja die Tour zum Musikcafe September an, um eine weibliche Begleitung fürs Musical Mozart zu finden. Gegen 18.30 Uhr traf ich dort ein. Noch eineinhalb Stunden bis zur Aufführung des Stücks, auf das ich mich riesig freute. Nun denn. In dem besagten Lokal befindlich begab ich mich gleich zur Bar und schilderte dem aufmerksamen Barkeeper die Situation. Er meinte höflich, dass ich kurz warten solle, er würde sich um die Lösung des Problems, sprich dort eine passende Begleitung zu finden, kümmern und begab sich ins

Getümmel des großen Cafe`s. Ich bedankte mich im Voraus und geduldete mich. Einige Minuten später kam der Barkeeper wieder und meinte, dass an einem Tisch am Fenster zu meiner rechten eine junge Dame sitzen würde, welche Interesse hätte. Ich freute mich und begleitete den Barkeeper nach seiner höflichen Aufforderung zu dem Tisch. Zu meiner positiven Überraschung saß dort eine äußerst attraktive junge Frau. Ich bedankte mich bei dem Barkeeper für seine Hilfe und setzte mich an den besagten Tisch zu dieser zunächst fremden weiblichen Person. Ihre langen dunklen Haare hatte sie zu einem Pferdeschwanz nach hinten gebunden und sie begrüßte mich mit einem bezaubernden Lächeln aus ihrem ebenmäßigen Gesicht. Wir kamen schnell ins Gespräch. Sie hieß Steffi, war 25 Jahre alt und kam aus Hamburg. Soweit ich mich erinnere war sie Studentin. Die Chemie zwischen uns stimmte sofort. Nochmals erklärte ich die Situation bezüglich der Karten fürs Musical und sie verstand es, freute sich über die Einladung und machte sich nur Sorgen über ihre lockere Garderobe, ob diese für den bevorstehenden Abend angemessen sei. Sie trug ein enges Top und eine Jeans. Ich betonte, dass das völlig in Ordnung sei und sie war beruhigt und entspannt. Genau wie ich, denn sie stellte die perfekte Begleitung dar.

So tranken wir noch bei nettem Small Talk unsere Getränke aus und machten uns auf den kurzen Weg nach Hamburg – Altona. Im Auto sitzend und in Richtung Neue Flora fahrend scherzten wir noch vor uns hin und freuten uns unseres Lebens. Die anschließende Aufführung war dann bombastisch. Die bewegende Lebensgeschichte des Genies Mozart wurde genial präsentiert. An der Stelle, als es um den bereits durch Neid und Missgunst am Königshofe zerrütteten Wolfgang Amadeus Mozart ging, konnte Steffi ihre Tränen nicht mehr zurück halten und ich, auch tief berührt, aber nicht direkt weinend, ergriff ihre Hand, um sie zu beruhigen. Es funktionierte und in dem Moment schaute sie mich an und meinte, sie könne tief in meine Aura sehen. Die gesamte Situation war schwer romantisch und ich vergaß kurz meinen Alltagsstress. Ich fühlte nur Liebe zwischen uns inmitten unserer damaligen Welt mit ihren positiven als auch negativen Seiten. Für mich gab es nur Steffi und mich, solange das Stück lief und bis wir aus unserem glücklichen Dasein durch den abschließenden grandiosen Applaus der anderen Zuschauer aus diesem Zauber gerissen wurden.

Steffi und ich verließen aufgewühlt die Neue Flora und begaben uns noch in eine Bar in der Nähe des Aufführungsortes des Musicals. Dort bestellte diese reizende Begleitung meiner Person noch einen Drink von uns. Doch nach kurzer Zeit der angenehmen Unterhaltung mit der schönen Steffi ergriff uns ganz einfach die Müdigkeit und ich musste ja noch ganz nach Schneverdingen auf den einsamen, wildromantischen Hof zurück und nächsten Morgen wieder zur Arbeit. Also verließen wir nach dem Austrinken unserer Drinks und dem Bezahlen die Bar und ich bot ihr an, sie noch nach Hamburg – Stellingen, ihrem Wohnort, zu bringen. Steffi nahm das Angebot dankend an und ich war glücklich über die Tatsache, sie noch sicher nach Hause bringen zu dürfen. Brav setzte ich Steffi vor irgendeinem Wohnblock nach kurzer Fahrt ab. Natürlich stieg ich noch mit aus, um mich anständig zu verabschieden. So standen wir uns schließlich gegenüber und Steffi bedankte sich höflich für den schönen Abend. Ich war glücklich und zufrieden und erlaubte mir noch, ihr einen kleinen Kuss auf die linke Wange zu geben. Sie ließ es zu und wünschte mir noch eine angenehme Heimfahrt. Am Ende gingen wir jeder unsere Wege, aber ohne unsere Adressen oder Telefonnummern ausgetauscht zu haben. Das ging irgendwie unter. Vielleicht hätte sie es auch nicht gewollt. Ich wusste ja nicht mal ihren Nachnamen. Nach diesen Daten zu fragen, habe ich auch irgendwie ganz verpennt, aufgrund der äußerst positiven Aura, welche sie umgab. So blieb es bei dem Hauch ihres Antlitzes, welchen ich einen wundervollen Abend lang genießen durfte.

Die äußerst angenehme Aura meiner jetzigen Partnerin Kerstin und vieles mehr genieße ich nun schon seit mehr als drei Jahren. Im Moment, wir haben den 1. Dezember 2015 und es ist 6.49 Uhr, schläft sie noch. Sie war im Übrigen Dreiunddreißig als ich sie kennen lernte und ist nach dem chinesischen Horoskop im Jahr der Ziege geboren und das Jahr 2015 ist wieder ein Jahr der Ziege. Das Jahr der Ziege findet im 12 Jahres Zyklus statt. Im Jahre 2015 begann das Jahr der Ziege am 19. Februar, dem Jahr der Holz – Ziege und verspricht sanftere, Konsens orientierte Herangehensweise. Das Element Holz bedeutet jedoch auch, dass das Ziegenjahr „ kantig `` werden kann und nicht alles glatt ablaufen wird, dafür aber mit gesunden Schritten und in nachhaltigem Rahmen. Trifft wahrscheinlich auf viele Leute und auch andere Jahre zu, aber zufälliger Weise bin ich auch im Jahr der Ziege geboren, nur zwölf Jahre vor meinem Schatz, deshalb interessiert mich das Thema und meine Kerstin hat mich erst darauf gebracht. Von Ziegen sagen die Chinesen unter anderem auch, dass sie friedliebend, verständnisvoll, sanftmütig, kreativ und intelligent sein sollen. Kerstin ist für mich sehr intelligent. Ihr Schulabschluss spiegelt das nicht wieder, sondern ihre wirklich sanftmütige, tolerante und tatsächlich friedliebende Art. Sie hat kein Abitur oder Studium, aber ihr fällt immer der richtige und auch beruhigende Kommentar zu einem Problem das ich manchmal habe ein. Sie geht äußerst diplomatisch mit Konflikten um, während ich eher mal sauer auf manch anderen in der Außenwelt, der Welt außerhalb unserer gemütlichen Wohnung, werde. Nein, gewalttätig werde ich nicht. Ich versuche mich verbal zu wehren oder fresse es in mich hinein. Kerstin bemerkt dann meinen inneren Konflikt nicht nur, sondern sie löst diesen dann auch auf wundervolle verbale Art. Sie ist mein großer Halt im Leben. Und die Zahl dreiunddreißig beziffert nicht nur ihr Alter, als wir uns kennen lernten, sondern hatte zu dem Zeitpunkt noch eine Bedeutung, aber dazu komme ich noch. Auf jeden Fall sagen die Chinesen den Ziegen auch

nach, dass sie gern unter Menschen sind, dabei nicht gern im Mittelpunkt stehen und am liebsten Zuhause sind. Da ist für mich auf jeden Fall etwas dran. Eine gewisse Dosis anderer Menschen am Tag ist mir wichtig, im Mittelpunkt stehe ich auch nicht gern und kehre freudig in mein Zuhause zurück wenn ich genug von der Außenwelt habe und besonders seit Kerstin hier mit mir lebt. Noch abschließend eins zum chinesischem Horoskop und der Ziege. Ein guter Beruf für Ziegen soll unter anderem Autor sein. Kein Witz! Jedenfalls kehre ich nun in dieser Funktion zu meiner eigentlichen Geschichte zurück-.Zwei Tage nach dem grandiosen Abend mit Steffi suchte ich nach Feierabend die Kneipe von Mike dem Zuhälter auf, aus Gründen sich einer eventuell sich anbahnenden Freundschaft und weniger, weil er Mädchen laufen hatte. Davon wollte ich mich lieber distanzieren.

Ich lernte dann eine Brasilianerin, keine von seinen Mädchen, kennen, die mit zwanzig Jahren schon Restaurantleiterin einer großen Hähnchen Grill Kette war. Ich fand sie zwar sehr interessant, aber sie blieb kühl auf Abstand. Was genau sich aus dieser Begegnung hätte entwickeln können, blieb mir bis heute verborgen. Ich weiß nur noch allzu genau, wie der Abend endete. Nachdem mein Zuhälter Freund seine Kneipe an dem Abend schloss, fuhren wir noch auf einen Absacker in eine ihm bekannte Bar. Dort spendierte er mir einen speziellen Drink, den ich neben einem älteren Herren an der Bar einnahm. Plötzlich sprach der Mann zu mir und sagte, mit Kopf nickendem Zeichen in Richtung der Brasilianerin:,, Das ist doch eine Nutte."

Diese Worte stießen mir sauer auf und ich ging zu meinem Freund, um es Ihm zu erzählen. Der wiederum schoss sofort auf diesen Typen los und knallte ihm mit der flachen Hand voll ins Gesicht. Danach schmiss er ihn aus der Bar.

Das ganze erschien mir etwas suspekt und ich war froh, als die Brasilianerin mich zu meinem Auto zurückfuhr. Dort verbrachte ich in Liegeposition die Nacht, da ich stark angetrunken war. Am nächsten Morgen fuhr ich mit Restalkohol im Blut zurück auf den Hof nach Schneverdingen.

Bei der Arbeit sprachen wir nicht mehr über diesen Vorfall. Das wollte ich mir bei dem Gewaltpotenzial meines Freundes auch nicht erlauben. Trotzdem lud ich ihn zu meinem bevorstehenden 35. Geburtstag ein. Denn hinter seiner Fassade war er ein netter Kerl, der es verdient hatte, normal behandelt zu werden.

Na, jedenfalls stand ja mein Geburtstag bevor, den ich zusammen mit einem Nachbarn, der einen Tag vorher Geburtstag hatte, feiern wollte. Als Zeitpunkt suchten wir uns einen Samstag aus, an dem keine Veranstaltung in der Fischaktionshalle stattfand. Von der Firma lieh ich mir das gesamte Equipment für eine Bar. Diese bauten wir mit weißer und blauer Lackfolie und zwei großen Kerzenleuchten unter dem riesigen Carport meines damaligen Vermieters auf. Alle kamen an diesem Abend, auch mein Hamburger Freund mit seiner Frau und kleinem Kind. Meine eigenen Kinder kamen mit meiner Ex-Frau bereits am Nachmittag und waren am frühen Abend wieder verschwunden. Rührender weise schenkten sie mir selbst beklebte Gläser für Kerzen. Darüber freute ich mich riesig. Jeder staunte an diesem Abend über die Bar. Der Party Service stellte

mir sogar eine erstklassige Zapfanlage inklusive richtigen Bier-
gläsern zur Verfügung. Nur für die drei Bierfässer musste ich
bezahlen.

Wie dem auch sei. Insgesamt ging die Feier das gesamte
Wochenende hindurch. Es war eine Art rauschende Ballnacht.
Als wollte ich mich schon mal vorzeitig von meinem bisheri-
gen Leben verabschieden. Einige Tage nach der Feier, fragte
mein damaliger Chef nach den Sachen, sprich der Zapfanlage
und den Utensilien für die Bar.

Es trug sich zu, dass ich damals ja noch den Campingbus
hatte. Ich benutzte ihn schon. Da mir auch das Geld für die An-
meldung fehlte, schraubte ich einfach die Kennzeichen von
meinem Mazda an den Bus, fuhr also ohne Versicherungs-
schutz durch die Gegend. Für einen Versicherungsfachmann
vollkommen Realitätsfremd.

Was mich aber bis dato nicht los lies, war der vorherige
Kontakt zu Steffi. Dieser Abend mit Steffi veränderte meine
Konzentrationsfähigkeit auf die Arbeit beim Party Service. Es
gab plötzlich etwas bzw. jemand anderes als nur die Arbeit.
Erst ab diesem Zeitpunkt merkte ich ein wenig wie einsam ich
eigentlich war. Ich hatte eine schöne Wohnung, komplett mit
Fußbodenheizung, eine große Küche und ein großes Badezimmer, aber außer zeitweilig mit meinen Kindern, konnte ich es
mit niemanden teilen. Bis dato war mein einziger Lebensinhalt
die Arbeit beim Party Service und zwei, drei Bierchen nach er-
ledigter Arbeit. Wie trist. Arbeiten, Essen, Trinken, Fernsehen,
Schlafen, das war alles. Nach zwei Jahren getrennt von meiner
Frau lebend sehnte ich mich plötzlich wieder nach einer Partnerschaft. Im Ganzen blühte ich zwar während der Arbeit mehr
auf, jedoch war ich insgesamt recht einsam. Im Gedächtnis
blieb Steffi. Ich weiß noch die nächste Veranstaltung nach mei-

nem Geburtstag. Es wurde alles wie üblich aufgebaut. Die Tische waren schon eingedeckt und die Gläser und das Besteck schon poliert. Auch an den Bars herrschte schon reges Treiben. Nur die Gäste waren noch nicht da.

Auf der Bühne übte eine Sängerin Stücke für den Abend ein. Dabei war ein Stück aus dem Musical Mozart. Als ich das hörte, bekam ich eine Gänsehaut und Steffi kam mir in den Sinn. Ich beruhigte mich danach wieder, aber während der Veranstaltung wurde dieser Titel wieder gespielt. Plötzlich wurde mir ganz wackelig um die Beine und ich zitterte am ganzen Körper. Ich musste mich wahnsinnig in Steffi verliebt haben. Weshalb sollte ich sonst so empfindlich reagieren? Das Ganze fand eine Woche nach meinem Geburtstag statt. Der Chef der Fischauktionshalle während der Arbeit des Folgetages auf mich zu und verlangte die Sachen zurück, die ich für meine Feier geliehen hatte. Zudem sagte er noch:" Kein Bier heute Abend." Dieser Satz brannte sich in mein Gehirn. Ich fuhr verwirrt nach Hause und schon zu diesem Zeitpunkt fielen mir Passanten am Straßenrand oder an der Bushaltestelle stehend auf, die wahrscheinlich zufällig in meine Richtung guckten. Für mich schien das kein Zufall zu sein. Ich dachte, dass irgendetwas im "Busch" ist. Wussten die anderen, wer ich bin? Wussten sie, dass ich an dem Abend kein Bier trinken sollte? Waren es Freunde und Bekannte von Steffi, die mich beobachten ließ? Waren ich oder Steffi adeliger Abstammung und wollte schauen, ob ich in ihre Kreise passe? War ich adeliger Abstammung? Bin ich was Besonderes?

Auf all diese Fragen konnte ich mir keinen Reim machen. Meine Stimmung schlug im Minutentakt von himmelhochjauchzend in extrem betrübt um. Normalerweise hätte ich gar nicht weiterfahren dürfen. Ich hätte zu diesem Zeitpunkt einen Arzt gebraucht, aber auf die Idee kam ich nicht. Völlig durcheinander setzte ich die Fahrt fort. Kurz vor Schneverdingen kam mir die Idee, dass der höchste Chef vom Party Service etwas Schönes für mich in irgendeinem Restaurant organisiert hätte. Für einen verdienten Mitarbeiter quasi. Aber wo? In welchem Restaurant? Ich fuhr an Schneverdingen vorbei nach Neuenkirchen. Dann setzte ich die "Höllenfahrt" Richtung Rotenburg/Wümme fort. Dort angekommen, mit einem völligen Chaos in meiner Gefühlswelt, aber der Hoffnung etwas besonderes würde mich erwarten, hielt ich an einem Hotel. Dort stieg ich aus und wanderte in einer glänzenden Jeansjacke, eher was für die Disco, in Richtung Foyer. Letztendlich nahm ich an einem leeren Tisch Platz. Gerade als ich ausgiebig Essen bestellen wollte, sagte der Kellner zu mir, ob ich mir das überhaupt leisten könne. Ich war erstaunt. Nicht der oberste Chef vom Party Service hätte bezahlt, ich hätte selber zahlen müssen. In der Tat hatte ich nur noch 10 Euro bei mir. Das hätte gerade mal für einen Kaffee gereicht, vielleicht noch Kuchen dabei, so vornehm war das Hotel. Peinlich berührt suchte ich ohne etwas zu bestellen das Weite und ließ den Kellner verwirrt zurück.

Nachdem ich ein Stück weiter gefahren war, stieß ich auf ein nobles Restaurant. Ich hielt und stieg aus und änderte diesmal meine Strategie, in dem ich beim Empfangschef nach dem Boss von der Firma in Hamburg fragte. Niemand kannte ihn dort oder wollte zugeben ihn zu kennen. Verwirrt und traurig verließ ich das Haus und fuhr schließlich nach Hause.

Dort kam ich erst mal zur Ruhe und schaute fern. Plötzlich kam mir der Gedanke, dass die Überraschung in Hamburg stattfinden musste. Ich ging unter die Dusche, rasierte mich und zog meinen dunklen Anzug an. Dabei grinste ich in den Spiegel, weil ich dachte, die Bosse vom Party Service würden mich über eine Spiegelkamera beobachten. Halt! Stopp! Bevor ich mich frisch machte packte ich erst einmal den Bus mit der gesamten Bar und der Zapfanlage voll. Nachdem dies alles vollzogen war, startete ich den VW und fuhr munter und gut gelaunt drauf los. Ich bewegte den Wagen Richtung Autobahn, fuhr rauf und gab Gas Richtung Hamburg. Während der Fahrt kam mir wieder Steffi in den Sinn. Sie musste für mich auch mit dem Spiel zu tun haben. Dann fiel mir das Hotel Riz ein, in dem mal für eine Nacht zwei Mitarbeiterinnen untergebracht waren. Dort musste die Überraschung für mich stattfinden. Kurz vor Hamburg fiel mir ein amerikanisches Cabriolet, das vor mir fuhr, auf. Urplötzlich hatte dieser Pkw damit für mich mit der Überraschung zu tun. Ich fuhr dem unbekannten Wagen hinterher und folgte ihm bis zur Abfahrt Hamburg-Bergedorf. Dort fuhren wir runter. Dieser Wagen führt mich zu Steffi, dachte ich. Der Wagen fuhr schließlich auf den Parkplatz eines rosafarbenen Hotels. Ich fuhr auch darauf. Aber das Cabriolet wendete nur und so ging die Fahrt weiter bis in die Bergedorfer Innenstadt. Dort bog das amerikanische Fahrzeug in eine Seitenstraße und schließlich auf den Hinterhof eines Restaurants mit dem bezeichnenden Namen

"Bei Steffi". Jetzt war der Ofen bei mir ganz aus. Kein Benzin mehr im Tank, irgendwo in Bergedorf und ein Restaurant mit dem Namen der Frau meines Herzens. Ich schaltete den Motor aus und verließ mein Fahrzeug. Da es schon spät war, hatte das Restaurant nicht mehr geöffnet. So ging ich auf das Restaurant Personal zu, dass am Hintereingang eine Abschlusszigarette rauchte und fragte atemlos nach Steffi. Die Frau und der Mann meinten beide, keine Steffi zu kennen ,und dass nur das Restaurant so hieße. Jetzt war die Verwirrung bei mir sehr, sehr groß.

Was nun, Karsten? Ich hatte noch ca. 5 Euro in meiner Tasche und ein paar Zigaretten. Mit scheinbar cooler Miene zündete ich mir eine Zigarette vor den Augen der Restaurant Mitarbeiter an und ging weg, verließ den Hinterhof, um auf die Seitenstraße zu gelangen. Dort stand ein anderes, ziemlich großes Wohnmobil am Straßenrand. Just in dem Moment, als ich an dem Reisefahrzeug vorbeiging, kam mir der Gedanke, dass mich aus dem Fahrzeug heraus Teilnehmer des Spiels beobachten und sich amüsieren. Mir war aber nicht mehr zum Lachen. Weit entfernt von meiner Wohnung, frisch rasiert im Anzug, war ich am Ende mit meinem Latein. Keine Überraschung, keine Steffi, kein Party Service, kein gar nichts. Allein in Hamburg und finanziell ausgebrannt, die letzten Cent in meiner noblen Anzugtasche, schritt ich fort auf die Hauptstraße zu und ging ohne Grund nach links.

Schließlich kam ich an einer Kneipe vorbei und kehrte dort ein. Ich bestellte eine Cola, da ich ja kein Bierchen trinken sollte. So saß ich einsam an einem Tisch dieser Kneipe und grübelte vor mir hin. Am Tresen befanden sich junge Leute, die irgendein Geburtstag feierten. Mir war nicht mehr nach feiern. Ich wusste nur eines, meine Party fand dort nicht statt. Nachdem ich das Glas geleert hatte, machte ich mich genervt auf den Weg Richtung Wirtin, um sie abschließend für den Abend nach Steffi zu fragen. Auch sie verneinte und meinte, sie nicht zu kennen. Erst glaubte ich ihr nicht und schaute noch in alle öffentlichen Nebenräume des Lokals, aber dort konnte sie natürlich nicht sein und war auch nicht dort. Ich zahlte und verließ das Lokal, ging wieder nach links und wechselte ohne Grund die Straßenseite. Dort befanden sich auf einmal Kreidezeichnungen auf dem Bordstein, welche Pfeilrichtungen und Meter Angaben beinhalteten. Ich folgte der "Spur". Eventuell eine Spur zu Steffi? Oder zur Party? Ich wusste es nicht. Urplötzlich fand ich mich vor einer Haustür wieder. Hinter dieser Tür wurde höllisch laut Musik gespielt. Eine Party! Endlich eine Party! Ich dachte, ich sei am Ziel und klopfte an. Aber niemand öffnete, da aufgrund der lauten Musik niemand das Klopfen hören konnte. Es war ca. 23.00 Uhr als ich meine Suche nach meinem vermeintlichen Glück aufgab und machte mich auf den Rückweg zum Bus. Auf dem Weg dorthin hielt eine Polizeistreife neben mir und die Beamten fragten, ob alles in Ordnung sei. Ich bejahte. Anscheinend sahen andere mir meine Verwirrung an. Die Polizisten fuhren trotzdem weiter und überließen mich unbewusst meinem Schicksal. Auf Höhe der Kneipe angekommen, kehrte ich dort durstig noch mal ein, um mein letztes Geld in eine Cola zu investieren. Danach brach ich zum Camper auf. Ich setzte mich schließlich auf den Fahrersitz, steckte den Schlüssel ins Zündschloss und drehte ihn. Nur eines fehlte. Das Startgeräusch und der sich drehende Motor. Mist, dachte ich. Der Wagen sprang nicht an. Erst nach mehreren Fehlversuchen bemerkte ich, dass ich keinen Sprit mehr im Tank hatte. Wie sollte ich jetzt nach Hause kommen? Da stand ich nun. Kein Sprit mehr im Tank , kein Geld mehr und den Bus voll mit einer Bar und der Zapfanlage mit zugehörigen Fässern.

Ich stieg wieder aus und war irgendwie sauer auf mich. Welcher Teufel hatte mich geritten, mich in solch eine Situation zu bringen. Was nun, Karsten? Wohin? Weshalb? Warum? War es so wie es war? Letztendlich beschloss ich zur Kneipe zurück zu gehen, um ein Taxi bestellen zu lassen. Über die Kosten machte ich mir noch keine Gedanken. Das Lokal wollte gerade schließen, als ich dort ankam, aber sie bestellten zum Glück noch ein Taxi für mich. Als das Taxi kam, stieg ich ein und nannte dem Fahrer meine Adresse, den Zielort. Den Bus überließ ich seinem Schicksal auf dem fremden, privaten Hinterhof des Mietblocks. Nachdem wir schon ein Stück gefahren waren, fragte ich den Taxifahrer, ob er an einem Geldautomaten halten könnte. Er tat, wie ich ihm geheißen. Eigentlich hätte mir bewusst sein müssen, dass kein Geld drauf war, doch unbewusst setzte ich meinen Gang fort. Nachdem ich die Karte rein gesteckt hatte, verfolgte mich noch der Gedanke, dass jemand unbekanntes mir eine große Summe überwiesen hätte. Das war nicht so. So setzte ich mich frustriert ins Taxi zurück, machte aber keine Anstalten, die Fahrt zu beenden. Ich wollte nach Hause. In mein komfortables 3 Zimmer Domizil nach Wieckhorst bei Schneverdingen. Als der Taxifahrer sich mit mir auf der Autobahn befand, fiel mir noch ein Verrechnungsscheck über hundert Euro ein, der mir als Vorschuss vom Party Service überlassen wurde. Damit war ich bezüglich der Bezahlung aus dem Schneider, denn auf Nachfrage beim Fahrer meinte er, er nehme auch einen Scheck. So fuhren wir dahin und ich schlief aufgrund völliger Übermüdung ein, denn ich war schon seit 5.00 Uhr morgens wach und der nächste Morgen war schon längst angebrochen. Gegen 4.00 Uhr morgens an diesem Freitag erreichten wir Schneverdingen und ich war erleichtert. Dem Fahrer übergab ich den Scheck und statt mit 107 Euro, gab er sich mit den 100 Euro zufrieden. Kurz nachdem ich mich hingelegt hatte, schlief ich auch schon weiter. Gegen 10.00 Uhr erwachte ich. Eigentlich hätte ich schon wieder bei der Arbeit sein müssen, doch das war mir für den Moment egal. Mich plagte nur der Gedanke, was mit mir geschehen war. An dem Morgen wurde mir auch bewusst, dass ich ein Problem hatte, aber an ein gesundheitliches Problem dachte ich damals noch nicht. Mein noch nicht bezahlter Bus stand mit den Nummernschildern meines Mazdas in Hamburg auf einem privaten Hinterhof in Hamburg-Bergedorf und ich wollte nach Schneverdingen rein fahren. Es kam erschwerend hinzu, dass ich damals noch nicht einmal ein Fahrrad besaß. Also entschied ich mich, ein mir bekanntes Taxiunternehmen anzurufen und bestellte gegen 13.00 Uhr ein Taxi nach Schneverdingen. Das Taxi kam pünktlich und ich konnte die Kosten dafür anschreiben lassen. So kam ich bequem nach Schneverdingen. Es gab aber keinen besonderen Grund, nach Schneverdingen zu fahren. ich ließ mich mitten in der City absetzen. Dort ging ich in den Biergarten. Meines Erachtens nach der beste Biergarten Schneverdingens. Auf einer größeren Rasenfläche sind Bänke und Tische zwischen Bäumen aufgebaut. Das Ganze ist umrahmt von einer blickdichten Hecke. Zusätzlich gibt es dort eine überdachte Terrasse mit Stehtischen und einem Fernsehbildschirm. Dazu noch eine Bar. Den Chef kannte ich gut und ich ließ auch dort anschreiben. Die Zeit raste irgendwie, obwohl ich nur dasaß und an einem Weizenbier nippte. Dann, plötzlich, wie aus heiterem Himmel, fing ich ohne ersichtlichen Grund an zu weinen. Die Leute um mich herum schauten schon verwundert rüber, als ich eine Durchsage von einem Fahrgeschäft des direkt angrenzenden Jahrmarkts, meine Aufmerksamkeit erweckte.,, Achtung! eine Durchsage: Rotes Portemonnaie gefunden, abzuholen beim Skyliner, danke!"

Schnurstracks folgte ich dem Ruf des Fahrgeschäfts, weil ich dachte, dass Steffi mir ein Zeichen geben wollte. Als ich vor der Fahrkartenkabine stand und nach dem roten Portemonnaie fragte, schauten die mich nur verwundert an und wiesen mich ab. Enttäuscht und wütend zugleich zog ich ab. So schlenderte ich über den Jahrmarkt und schaute jeden zornig an, der mich anschaute. Wieder wunderten sich die anderen über mein Verhalten.

Dann sah ich in der Menschenmenge eine ehemalige Nachbarin von mir. Sie hatte ihren Sohn dabei, der früher öfter mit meinen Kindern spielte. Ich rannte auf sie zu, blieb schnellatmig vor ihr stehen und fragte, ob sie Jelena, meine Tochter, oder Torben, meinen Sohn, gesehen hätte. Sie verneinte. Verwirrt ließ ich die Gruppe, die Nachbarin samt Sohn und ihren

Bekannten stehen. Ich hatte auf einmal extreme Sehnsucht nach meinen Kindern. Sie hätten mir vielleicht durch ihre Anwesenheit aus meiner Verwirrung raus helfen können. Das ich meine Kinder verwirren könnte, kam mir nicht in den Sinn. So kam es, dass ich zum Biergarten zurück ging und den Wirt bat, mich telefonieren zu lassen. Er gab meinem Wunsch nach. Aufgeregt wählte ich die Nummer meiner Ex-Frau. Als sie endlich ran ging, kam ich gleich zur Sache und fragte, ob ich die Kinder haben könnte. Sie verneinte zum Glück, da es nicht das Wochenende war, an dem ein Kinderbesuch bei mir vorgesehen war. Sie verneinte glücklicherweise, da ich damals in dem Zustand gar kein guter Vater für sie hätte sein können. Was hätten die beiden von einem völlig Verwirrten gehabt? Ich hätte sie auch gar nicht abholen können, da die Nummernschilder des Mazdas ja noch am Bus, der bekanntlich noch in Hamburg stand, befestigt waren. Entnervt ließ ich mir noch ein Taxi nach Hause bestellen. Gegen 16.00 Uhr traf ich wieder in der Wohnung ein. Als ich eine Weile in meinen Räumlichkeiten verbracht hatte, fiel mir der Party Service wieder ein und, das ich eigentlich hätte bei der Arbeit sein müssen. So setzte ich mich und wählte die Nummer der Fischauktionshalle an. Am anderen Ende meldete sich Monika, die Personalchefin. Aufgebracht fragte sie mich gleich:,, Karsten, wo warst Du?" Mir fiel nichts besseres ein als kleinlaut:,, Unterwegs." zu sagen. Daraufhin sagte Monika:,, Tut mir Leid, Karsten. Du bist raus." Ich war erschüttert. Job weg, alles weg. Kein Flirten mit dem weiblichen Servicepersonal. Keine Veranstaltungsatmosphäre mehr schnuppern, geschweige denn die Gerüche der verschiedenen Speisen, in der Nase zu haben. Plötzlich alles weg. Zu dem Zeitpunkt wusste ich noch nicht, dass es krankhaft sein kann, seinen Gefühlen und Gedanken nachzugehen, anstatt seinen Verstand zu benutzen und einfach zur Arbeit zu gehen. Es gab scheinbar kein Spiel, welches der Party Service sich hatte für mich als Geburtstagsüberraschung einfallen lassen. Schlagartig befand ich mich in der Realität. Mir wurde schlicht und ergreifend, aufgrund vom Nichterscheinen am Arbeitsplatz, gekündigt. Das war ein harter Fakt. Was sollte ich jetzt tun? dachte ich bei mir und verbrachte den Rest des Tages mit Grübeln, bis zum einschlafen. An dem folgenden Samstag ging ich nicht mehr meinen Gedanken nach. Ich schaute, dass ich irgendwie den Tag herum kriegte, bis ich abends eine der alkoholhaltigen Flaschen mit einem Mixgetränk, ein Geschenk der Nachbarn, öffnete und genüsslich daran nippte. Ich sagte mir, irgendwie wird es schon weitergehen. Wie!? wusste ich nicht. Nachdem ich die erste der zwei Flaschen geleert hatte, klingelte plötzlich das Telefon. Ich nahm den Hörer meines Hausanschlusses vom Ladegerät und musste zu meiner Überraschung feststellen, dass sich am anderen Ende mein ehemaliger Geschäftsstellenleiter von der Versicherung meldete. Ich muss schon gelallt haben, denn er sagte auf einmal mit leicht zornigem Unterton:,, Sie können es nicht lassen, Herr Roth." Natürlich meinte er das Trinken, was sonst. Er hatte sicherlich noch meinen Führerscheinverlust im Hinterkopf.

Ja, mein ehemaliger Geschäftsstellenleiter aus Hamburg hatte Recht, ich konnte es nicht lassen. Ich konnte die Finger nicht vom Alkohol lassen. Nur das Fahren unter Alkoholeinfluss sparte ich mir. Letztendlich versaute ich mir damit meine Agentur. Der Alkoholkonsum ließ hingegen auch nicht nach. Ich trank den Alkohol, meistens Hefeweizen, um meine Nerven zu beruhigen. Was der besagte Anrufer eigentlich von mir wollte, weiß ich bis heute nicht. Er meinte auf jeden Fall noch , dass ich ein ganz großer hätte werden können. Darauf konnte ich mir einfach keinen Reim machen. Schließlich war der Job weg und ebenso tauchte auch Steffi nirgends auf. Ich war einem Hirngespinst nachgelaufen bzw. gefahren und gegangen. An diesem Abend kam ich trotzdem zur Ruhe und schlief entspannt und angetrunken schnell ein. Als ich am Sonntag wieder erwachte, war alles noch beim letzten Stand. Keine Nummernschilder für den Mazda, kein Campingbus und kein Job mehr. Eine innere Leere überfiel mich, als es nachmittags überraschend an der Tür klingelte. Nichtsahnend öffnete ich die Tür. Zu meinem Erstaunen stand meine Ex-Frau vor mir. Die Kinder ließ sie im Wagen, in dem Golf, den ich zum Teil mitfinanziert hatte. Aber das nur am Rande.

Wie dem auch sei. Ich ließ Corinna unbewusst eintreten und reden, nachdem wir in der geräumigen Küche Platz nahmen und Kaffee tranken. Sie meinte, dass es mir nicht gut ginge. Dass ich dachte, woher sie das hätte wissen können, verbarg ich tunlichst. Ich wollte den Starken spielen, aber das gelang mir nicht. Sie sagte dann auch noch:,, Ich gehe morgen mit Dir zum Arzt." Ich wunderte mich, freute mich aber auch über diese Fürsorglichkeit. Sie hätte mich ja auch meinem Schicksal überlassen können. Schließlich erklärte ich mich bereit, am nächsten Morgen mit ihr zum Arzt zu gehen, fragte mich aber bewusst, wozu das gut sein sollte. Unbewusst war ich aber auf dem Weg in eine neue Zukunft. Eine Zukunft als psychisch Erkrankter, denn an dem Montag beim Arzt angekommen, traten wir in das Sprechzimmer und der Arzt gab mir erst einmal eine Spritze. Zur Beruhigung, meinte er dann so ganz nebenbei. Nach der Spritze eröffnete mir dieser Allgemeinmediziner, dass ich in die Psychiatrie eingewiesen werden müsse. Tausend Fragen schossen mir durch den Kopf. Natürlich auch die, nach dem Warum? vom Wieso? Weshalb? ganz zu schweigen. Ich sollte in die Walsroder Psychiatrie kommen. Erst lehnte ich ab, dann sagte der Arzt fast schon drohend:,, Seien Sie froh, dass Sie nicht nach Lüneburg kommen!"

Ich überlegte kurz, sah aber auch keine Alternative und stimmte letztendlich zu. Der Arzt freute sich und vereinbarte telefonisch einen Termin in Walsrode für drei Tage später. Mit dieser überraschenden Tatsache verließen meine Ex-Frau und ich die Arztpraxis. Danach brachte sie mich nach Hause und überließ mich meinem Schicksal. Ich war erst mal bedient und wurde auf einmal extrem müde. Auf leicht wackeligen Beinen bewegte ich mich ins Schlafzimmer mit dem blauen Teppichboden, den zwei Lattenrosten und den passenden Matratzen dazu. Ich schlief sofort ein. Nach dem Erwachen, ich schlief bis gegen 17.00 Uhr, musste ich mich erst mal neu orientieren. Im Hinterkopf kam mir der Gedanke an die Psychiatrie. Eine unbewusste Panik ergriff mich. Mein Körper fühlte sich irgendwie steif und taub an. Ich bewegte mich nur mühsam durch die Wohnung, war völlig verkrampft.

Ich bekam immer mehr Angst. Aber wovor? Auf dem riesigen Hof mit den vielen Eichen und in der Wohnung war alles ruhig. Es gab keinen Grund, Angst zu haben. Vielleicht verursachte das Versagen meines Körpers diese Angst. Schließlich griff ich bewusst zum Hörer meines schnurlosen Telefons und rief bei meiner Ex-Frau an. Nach kurzem Klingeln ging sie ran. Ich sagte, nachdem sie sich namentlich gemeldet hatte:„ Du musst mir helfen. Ich kann mich kaum bewegen. Beim Sprechen hatte ich Schwierigkeiten meine Zunge unter Kontrolle zu bringen. Meine Ex-Frau sagte daraufhin:„ Mach Dir keine Sorgen. Ich ruf den Arzt an." Danach verabschiedete sie sich und legte auf. Erneut ergriff mich Panik. In meiner Not kam ich auf meine geliebten Eltern. Dort rief ich an und teilte ihnen meine Situation mit. Meine Mutter sagte daraufhin:„ Lass den Arzt nicht rein. Wir kommen so schnell wir können." Danach verabschiedeten wir uns und ich war erleichtert. Das Problem war nur, dass meine Eltern vom schleswig-holsteinischen R. aus sicherlich länger brauchen würden, als der Arzt vor Ort, um bei mir zu erscheinen. Meine Verzweiflung nahm wieder zu. Verwirrt bewegte ich mich so gut es ging durch meine Wohnung. Gegen 18.00 Uhr schellte es dann an der Tür. Die Stunde der Wahrheit war gekommen. Brav drückte ich den Türöffner für den Haupteingang, um anschließend die Wohnungstür zu öffnen. Es war der Arzt samt Arztkoffer, der dort erschien. Ich ließ ihn ohne Gegenwehr eintreten in meinen gefliesten Flur. Wir begaben uns dann in das mit blauem Teppichboden ausgelegte Wohnzimmer. Der Doktor setzte sich aufs Designersofa und ließ sich meine Beschwerden schildern. Wieder bereitete er eine Spritze vor und ich ließ sie mir verpassen. Kurz darauf, der Mediziner war schon wieder weg, übermannte mich ein wohliges Gefühl und die Krämpfe lösten sich. Gegen 19.00 Uhr klingelten endlich meine Eltern an der Tür. Ich erzählte Ihnen gleich, dass der Arzt schon da war und ich ihn gewähren ließ. Sie bedauerten diesen Umstand und zogen nach kurzer Zeit wieder ab. Gegen 20.00 Uhr bekam ich plötzlich wieder Krämpfe. Wieder wurde der Arzt, Dr. W. gerufen. Wieder bekam ich eine Spritze von ihm und er alarmierte einen Rettungswagen. Nachdem dieser auf den Hof gefahren war und die Sanitäter in die Wohnung eingetreten waren, geleiteten sie mich Häufchen Elend in den Krankenwagen. Ich begab mich auf die Liege im Inneren des Fahrzeugs und schlief abrupt ein. Erst am Eingang zur Notaufnahme des Heidekreis - Klinikums erwachte ich wieder. Die Rettungskräfte brachten mich durch die Krankenhausflure zur Station, auf die ich kommen sollte. Nachdem wir die Glastür der Station durchschritten hatten, musste ich im Flur auf Anweisung warten. Ich schaute mich um und sah hinter einer Glaswand auf einen Raum mit zwei roten Sofas, mehreren Tischen und Stühlen und eine große, integrierte und helle Schrankwand mit danebenliegendem Buffet.

Die Arbeitsfläche des Buffets war mit einer dunkelbraunen Arbeitsplatte bedeckt. Es sollte für die nächsten drei Jahre mein zweites Zuhause werden. Das ahnte ich an dem Abend natürlich noch nicht. Nach ca. 10 Minuten Warten, kam ein Arzt aus dem verglasten, gegenüberliegenden Raum. Er bat mich, mitzukommen. Wir schritten Richtung Eingangstür. Links ging noch ein Zimmer ab und zwei Zimmer rechts. Als ich in die letzte Tür rechts eintrat, sah ich eine Sitzgruppe, einen Schreibtisch mit PC und eine Krankenliege. Wir setzten uns an den Tisch der Sitzgruppe. Der Arzt gab mir zuvor noch eine Spritze. Diese schlug ein wie der Hammer. Plötzlich redete ich wie ein Wasserfall. Der Doktor fragte mich unter anderem, ob ich Stimmen gehört hätte. Ich musste die Frage bejahen. Auch andere ungewöhnliche Dinge, nach denen ich befragt wurde, musste ich mit ja beantworten. Ich freute mich riesig über die guten Kenntnisse des Mediziners über das Geschehene, obwohl er ja nicht genau wissen konnte, was geschehen war. Ich wollte ihm eigentlich alles erzählen, kam aber nicht dazu. Nach ca. einer halben Stunde brach der Arzt das Gespräch ab und untersuchte meinen Körper. Nach dieser Prozedur begleitete mich eine Schwester in eines der vielen Zimmer, die sich gegenüber dieses Traktes befanden. Dort befanden sich zwei Kleiderschränke, ein Tisch mit zwei Stühlen und zwei Betten nebst Nachtschränken. Alles in hellem Holz gehalten. Der Fußboden war mit hellgrauem Linoleum ausgekleidet. Das Badezimmer war gleich neben der Eingangstür. Die Krankenschwester wünschte mir noch eine gute Nacht und ich legte mich nach dem Ausziehen ins leere Bett. In dem Anderen schlief schon jemand und schnarchte vor sich hin. Am nächsten Morgen, ich war gerade aufgestanden, kam gleich ein freundlicher, riesiger Kerl mit Brille, rundem Gesicht ohne Bart, auf mich zu und begrüßte mich überschwänglich:„ Hallo, ich heiße Klaus!" sagte er und grinste bis über beide Ohren. Ich gab ihm die Hand und sagte:,, Hallo, ich heiße Karsten." Danach meinte Klaus, dass es jetzt Frühstück gäbe. Also verließen wir unser Zimmer und begaben uns in den Raum mit den roten Sofas. Wir nahmen Platz und genossen die frischen Brötchen. Die Brötchen und der Aufschnitt nebst Marmelade und Honig waren auf dem Buffet aufgebaut. Nach dem Frühstück bauten die anderen Patienten die Stühle in einem Kreis auf und setzten sich. Ich setzte mich dazu. Kurze Zeit später erschien ein Pfleger

und eine Schwester im Gemeinschaftsraum, setzten sich dazu und begrüßten uns zur Morgenrunde. Der Pfleger fragte dann:,, Wer möchte beginnen?"

Eine hübsche, zierliche Frau mit kurzem, dunklem leicht gewellten Haar meldete sich zu Wort und sagte, dass es ihr nicht gut ginge und sie schlecht geschlafen habe. Danach sprach Klaus von Alpträumen, welche er in der Nacht gehabt hätte.

Merkwürdig das Ganze, dachte ich so bei mir. Dann kam ich an die Reihe. Ich sagte nur, dass ich gut geschlafen hätte und das es mir gut ginge. Nachdem alle durch waren, verteilten sich die anderen Patienten und ich. Ich setzte mich kurz in mein Zimmer und fragte mich, weshalb ich dort war. Nach kurzer Zeit kam mir der Gedanke, dass ich zur Entgiftung im Krankenhaus war. Für mich die einzig plausible Erklärung. Ich eilte aus dem Zimmer und ging zu den Schwestern und Pflegern. Dort angekommen, bat ich um ein Telefonat mit meinen Eltern. Mein Wunsch wurde entgegengenommen und ich durfte von dort aus telefonieren. Als ich schließlich meine Mutter am Apparat hatte, erzählte ich ihr aufgeregt, dass ich in einer Klinik in einer psychiatrischen Abteilung zur Entgiftung sei. Sie nahm diese Tatsache relativ gefasst auf und sagte, sie würden mich am nächsten Tag besuchen kommen. Ich freute mich darüber.

Wie ich den Rest des Tages verbrachte, weiß ich nicht mehr. Ich weiß nur noch, dass ich einen Therapieplan bekam auf dem unter anderem Sport, Cogpack und Ergotherapie aufgeführt worden war. Sport war klar, aber Cogpack und Ergotherapie? Damit konnte ich nichts anfangen. Nun, denn! Ich musste mich zwangsläufig auf eine neue Welt einstellen. Es war nicht unbedingt schlecht. Zu den Therapien gehörte auch das Kochen, für das ich mich gleich anmeldete. Es wurde außer Samstags und Sonntags jeden Tag frisch gekocht.

Vorher musste dafür beim Discounter um die Ecke eingekauft werden. Als ich mit dem Kochen dran war, beschlossen wir in der Gruppe meine Spinat –Thunfisch - Lasagne zu machen und einen Tomaten - Ruccola Salat dazu. Das Kochen war kein Neuland für mich. Schon seit ich Anfang 16 bin, koche ich sehr gerne. Nur hier sollten wir für ca. 20 Personen kochen. Eine neue Herausforderung. Also gingen wir einkaufen. Wir, die Kochgruppe und ich, kauften gefrorenen Blattspinat, Lasagne Blätter, frische Tomaten, Milch, Thunfisch in eigenem Saft, Zwiebeln, Ruccola Salat, Käse zum Überbacken und noch Speisequark und Mandarinen aus der Dose, denn es sollte noch Quarkspeise zum Nachtisch geben. Alles in allem waren wir mit 35 € dabei. Eine runde Sache. Alle übrigen Zutaten wie Mehl, Zucker, Salz und Pfeffer, Muskatnuss, Balsamico Essig, Olivenöl und Zitronensaft gab es noch auf Station. Am nächsten Tag sollte das Kochen selber stattfinden. Ich schlief wieder gut in dieser Nacht. Am nächsten Morgen ging es dann auch nach Frühstück und Morgenrunde mit den Vorbereitungen für das Kochen los. Wir holten Schüsseln, Töpfe und Schneidebretter hervor. Die Küchenmesser gab es separat beim Pflegepersonal, damit sich niemand selbst etwas antun konnte. Schließlich war nach 3 Stunden das Drei –Gänge - Menü fertig. Es schmeckte allen hervorragend, und wir als Kochteam erhielten großes Lob von den Mitpatienten und dem Pflegepersonal. Es war insgesamt sehr angenehm mit den anderen helfenden Händen gemeinsam zu kochen. Ich war stolz auf unsere Leistung. An diesem Tag passierte nicht mehr viel.

Ich lernte nach und nach die anderen Patienten kennen und verbrachte viel Zeit im Raucherzimmer, welches direkt neben dem Gemeinschaftsraum lag. Dort gab es eine Sitzbank, die mit blauem Kunststoff überzogen war, zwei Stühle mit dem gleichen Bezug, eine Stehlampe mit weißem Stoffschirm und ein Regal, in dem sich auch der Fernseher befand. Eine Radioanlage war in die Wand integriert. So hatte man zumindest zwei Medien zur Verfügung, um sich ein wenig abzulenken. Zerstreuung muss sein, um sich nicht all zu sehr in seinen Gedanken fest zu beißen. So taten auch die Gespräche mit den weiblichen und männlichen Mitpatienten gut. Es war eine bunte Mischung aus Alkoholikern, Depressiven, Psychotikern und Borderlinern. Borderliner sind Personen mit Persönlichkeitsstörungen, die sich unter Anderem manchmal selbst verletzen. Meistens ritzen sie sich in die Haut. Gabi war eine von ihnen. Ihre Arme waren schon extrem vernarbt. Sie war eine ruhige, zurückhaltende Person, die immer freundlich war und immer ein Lächeln an geeigneter Stelle übrig hatte. Dann gab es noch Jane, die wegen Depressionen dort war. Sie strahlte mit ihren 20 Jahren schon eine große Güte aus. Klaus war ein gesprächsfreudiger Mensch mit großem Allgemeinwissen, was er auch gerne aber unaufdringlich zum Besten gab. Auch Klaus, der sanfte Riese, war wegen einer Psychose da. Ich dachte immer noch, ich sei zur Entgiftung dort. Welch ein Trugschluss. Aber ich konnte mich auch nicht beschweren. Es gab genug zu Essen und zu Trinken, ich befand mich in netter Gesellschaft, Klaus, Jane, Tina und ich bildeten ein harmonisches Quartett und es gab auch diverse Gesellschaftsspiele im Schrank des Gemeinschaftsraums. Manchmal ist es besser, das einfache zu genießen, als sich mit Schwerem zu belasten. Am darauffolgenden Tag hatte ich dann zum erstem Mal Ergotherapie und Cogpack. In der Ergotherapie konnten wir wählen zwischen dem Malen eines Mandalas, beim Mandala malt man freie Felder von Linienmustern beliebig bunt aus, Seidenmalerei, Holzarbeiten, Korbflechten und Tonarbeiten. Ergo heißt frei übersetzt Handeln, das heißt, in dieser Therapie sollte gehandelt werden, in dem irgendetwas von den möglichen Gegebenheiten in die Tat umgesetzt wurde. Beim Cogpack handelt es sich um ein Computerprogramm. Es eignet sich gut zur Ermittlung der eigenen Leistungsfähigkeit, in dem man zum Beispiel Rechenaufgaben löste. Cogpack begeisterte mich sofort, während ich in der Ergotherapie das Ausmalen eines Mandalas wählte. An Größeres traute ich mich noch nicht heran. In dem Trakt im Erdgeschoss, in dem diese Therapien stattfanden, befand sich auch ein Raum mit einer Tischtennisplatte, Schlägern und Ball, welche einem frei zur Verfügung stand. Zum anderen befanden sich von diesem Flur abgehend auch der Sportraum, der Fitnessraum mit Fitnessgeräten und ein Raum für Gespräche mit dem Psychologen. Im Übrigen diagnostiziert der Psychiater die einzelnen Krankheiten und der Psychologe behandelt sie. Das ist der nicht unerhebliche Unterschied. Auch ich hatte Gespräche beim Psychologen.

Bei den Gesprächen ging es grob gesagt um das psychische Allgemeinbefinden und die Wünsche und Ziele für die Zukunft. Ich empfand die Gespräche als angenehm. Ich hatte das Gefühl, dass mir endlich jemand richtig zuhört. Eigentlich das erste Mal in meinem Leben. Gut, grundsätzlich gehöre ich nicht zu den Personen, die zuerst reden, aber trotzdem habe ich etwas zu sagen. Ich meine damit nicht etwas zu sagen zu haben im Sinne von Wortführung, sondern dass jeder irgendwann und irgendwie, bewusst oder unbewusst, das Bedürfnis verspürt, sich mitzuteilen. Beim Psychologen war mir dieses Tor endlich geöffnet worden. Wie schwer ist es doch in dieser Gesellschaft, seine Gefühle los zu werden. In unserer Hochleistungsgesellschaft sind wir doch hauptsächlich Gedanken gesteuert, das Seelische bleibt liegen. Vor allen Dingen, wenn Frau, Kind oder Mann nichts dagegen unternimmt. Als Kind war ich noch unbefangen. Mit Beginn der Lehre begann ein anderer Abschnitt. Es wurde nur noch gefordert aber kaum gefördert. Die Lehrer meiner damaligen Berufsschule bemerkten noch nicht einmal, ob bewusst oder unbewusst, dass der Unterrichtsstoff an mir vorbeilief. Sie zogen den Unterrichtsstoff einfach durch, weil sie es so machen mussten. Eine persönliche Note fehlte bei dem Ganzen.

Zurück zur Psychiatrie. Alles in allem fühlte ich mich dort recht wohl. Nach ca. einer Woche ließ dieses Gefühl etwas nach. Ich fing an, mich zu langweilen. Kleines Highlight war noch das gemeinsame Joggen mit Tina um den Walsroder Klostersee. So benannt, da sich in Walsrode ein intaktes Kloster am See befindet. Sehr schön dort. Langsam fragte ich mich auch, wie ich wieder an meine Autokennzeichen kommen sollte. Ich rief meine Eltern an, um sie um Hilfe zu bitten. Zu meiner Überraschung hatten sie schon alles organisiert. Der rechtmäßige Eigentümer des Campingbusses hatte diesen bereits wieder und die Nummernschilder schickten sie per Post. Nicht nur in solchen Dingen ist auf meine Eltern hundertprozentig Verlass. Nachdem ich das geklärt hatte, stand die erste Visite der Ärzte für mich an. Diese sollte im Therapieraum auf Station, in dem sich auch eine kleine Bibliothek befand, stattfinden. Neben der Tür vom Pflegepersonal wurde eine Liste mit unseren Namen und der damit verbundenen Reihenfolge aufgehängt. Ich war ziemlich gelassen ins Zimmer getreten, als ich aufgerufen wurde. Nach einer kurzen Befragung durch den Chefarzt, konnte ich mich äußern. Ich sagte:,, Ich möchte nach Hause." Daraufhin sagte der Oberarzt:,, Das ist noch zu früh." Ich antwortete salopp:,, Na, wir wollen doch die Krankenkasse nicht weiter belasten." Der Oberarzt schaute empört drein und sagte:,, Das überlassen Sie mal uns, wie wir das abrechnen.`` Sie sollten noch mindestens zwei Wochen hier bleiben. Enttäuscht verließ ich den Raum. Nun gut, dachte ich. Dann musst Du eben noch bleiben. Inzwischen hatte ich den Restlohn vom Party Service erhalten. So konnte ich mir auch einmal was leisten, wie z.B. ein Eis in meiner Lieblingseisdiele in der Walsroder Moorstraße. Oft fuhr ich mit einem von der Station geliehenen Fahrrad dorthin. Auch sonst fuhr ich gern mit dem Fahrrad durch die Gegend. Klamotten hatte ich im Allgemeinen genug dabei. Damals, bevor der Rettungswagen auftauchte, konnte ich noch ein paar Sachen zusammenpacken. So verbrachte ich eine Art Urlaub im "Psychohotel", wie ich es scherzhaft nannte. Im Krankenhaus gab es auch Sozialarbeiter, die sich um persönliche soziale Angelegenheiten kümmerten. Für mich stand noch ein Besuch der Bundesagentur für Arbeit, damals noch Arbeitsamt, an. Dorthin fuhr ich mit der charmanten Frau B. . Beim Arbeitsamt teilte mir die Sachbearbeiterin mit, dass kein Anspruch auf Arbeitslosengeld bestünde und ich Sozialhilfe beantragen müsste. Ich nahm diese erschreckende Tatsache ziemlich gelassen auf. So fuhren Frau B. und ich zum zuständigen Sozialamt nach Schneverdingen. Nach kurzer Wartezeit, begab ich mich nach Aufforderung des Sachbearbeiters in sein Büro und setzte mich ihm gegenüber. Ein freundlicher Mann mittleren Alters mit Brille und Schnauzbart saß nun vor mir und stellte mir einige Fragen zu meinen wirtschaftlichen Verhältnissen. Schnell stellten wir fest, dass ich mit Nichts dastand, außer einem alten Auto mit Unfallschäden, Bekleidung, ein wenig Geschirr, gebrauchten Möbeln, einem Fernseher und einer Stereoanlage. Daraufhin fragte mich der Sachbearbeiter, ob ich den Höchstsatz beantragen möchte. Ich sagte bescheiden und idiotisch zugleich, dass dies nicht nötig sei. Somit wurde mir mitgeteilt, dass ich einen Bescheid zugeschickt bekäme. Des weiteren durfte ich noch einen Antrag auf eine Waschmaschine, einen Kleiderschrank und ein Bettgestell stellen. Die alte Waschmaschine, sowie auch die meisten anderen Möbel überließ ich ja nach der Trennung meiner Ex-Frau und meinen Kindern. Alles in allem war ich mit dem Besuchsergebnis beim Sozialamt zufrieden und fuhr gemeinsam mit der Sozialarbeiterin glücklich in die Klinik zurück. Sozialhilfe musste ich beantragen, da ich vorher selbstständig tätig war und nicht in irgendwelche staatlichen Kassen eingezahlt hatte. Die Zeit beim Party Service reichte für einen Anspruch auf Arbeitslosengeld nicht aus. Sozialhilfe beantragen zu müssen, ist für mich keine Schande. Das kann jedem passieren. Bei mir war es wegen meiner mir noch nicht bekannten Krankheit. Aber jeder, der in diese Lage kommt, sollte versuchen, Chancen zu nutzen, um aus der Sozialhilfe raus zu kommen. Sie ist nur als vorübergehende Hilfe gedacht. Grundsätzlich braucht sich deswegen keiner dafür zu entschuldigen. Wenn es so ist, dann ist es so.

Aber wir waren ja auch bei der Klinik und nicht bei Sozialpolitik. Dort wieder angekommen, ließ ich mir das Mittagessen schmecken und genoss den Rest des Tages, indem mich aufs Stationsfahrrad schwang und zum Eis Cafe fuhr, um einen Pfefferminz Tee einzunehmen. Der Preis hierfür war noch erschwinglich. Schließlich musste ich mehr als vorher auf mein Geld achten. Dort saß ich nun und träumte vor mich hin, als sich eine junge, blonde Frau mit Baseballcap an einen gegenüberliegenden Tisch setzte. Sie sah toll aus. Ein ebenmäßiges frisches Gesicht und die Haare zum Pferdeschwanz gebunden.

Ihr attraktiver Körper war von sportlicher Kleidung umhüllt. Das Gesamtbild passte und ich überlegte nicht lange, nahm allen Mut zusammen, stand auf, bewegte mich auf sie zu und fragte:,, Darf ich mich zu Dir setzen?" Sie antwortete:,, Ja, gern." Ich war hocherfreut. Ich stellte mich namentlich vor und fragte sie nach ihrem Namen. Sie sagte daraufhin mit sanfter Stimme:,, Ich heiße Eva." Wir kamen gut ins Gespräch und ich erfuhr, dass sie selbstständige Steuerberaterin war. Ich erzählte ihr, dass ich gerade in der Klinik zur psychischen Behandlung sei. So ging der Nachmittag wunderbar dahin und wir verabredeten uns für den nächsten Tag für 12.00 Uhr. Überglücklich zog ich von dannen und sagte zu mir: " Hey, Karsten. Klappt doch!" Am nächsten Morgen erwartete ich schon leicht sehnsüchtig auf das Date mit Eva. Diese Frau ging mir nicht aus dem Kopf und sie war genau wie damals Steffi, real. Eine große Chance auf eine eventuell feste Beziehung, dachte ich. Aber vorher hatte ich noch Therapien. Unter anderem Sport bei der attraktiven Frau S. , für ihr Alter, Mitte 40, hatte sie noch eine fantastische Figur und ihr Sportprogramm machte mir viel Freude. Nicht ihrer Figur wegen, sondern wegen der Übungen, welche sie mit uns durchführte. Bewegung schadet nicht.

Ich war mal bei einer Englandreise mit meiner damaligen Freundin Tanja im Londoner Zoo. Dort zeigte uns ein Experte für Spinnen eine Vogelspinne. Er nahm sie auf seine Hand und sie bewegte sich nicht einen Millimeter und ich fragte, warum sie sich nicht bewegen würde. Der Mann antwortete: " Why move." Richtig, eine Spinne braucht sich nur zu bewegen, wenn sie ihr Netz spinnt und sich anschließend Beute darin verfängt, ansonsten liegt sie halt auf der Lauer. Bei uns Menschen funktioniert das nicht. Wir müssen uns bewegen, um etwas bzw. gerade Veränderungen zu bewirken. So war es auch bei mir und Eva. Wir mussten uns zur Eisdiele bewegen, um uns eventuell besser kennen zu lernen. Mit dem Aufstellen eines Netzes funktioniert das nicht, wobei die jeweilige Frau natürlich keine Beute ist. Eine Partnerschaft sollte aus einem harmonischen Zusammenspiel bestehen, auch wenn die Zeiten mal schlechter sind. Eva und ich hatten erst einen sehr kleinen Anfang geschaffen, mehr nicht. Dessen war ich mir damals bewusst. Ich hatte keine Hirngespinste mehr und auch nicht vor, solchen nachzugehen. Dies hatte ich den mir verabreichten Medikamenten zu verdanken. Dessen war ich mir nicht bewusst. Nachdem ich den Vormittag mit den verschiedenen Therapien verbracht hatte, und ich mich aufgrund der bevorstehenden Verabredung für das Mittagessen abgemeldet hatte, machte ich mich um zehn Minuten vor Zwölf auf den Weg zum Treffpunkt. Pünktlich traf ich dort ein, setzte mich und bestellte wie üblich einen Pfefferminz Tee. Ich wartete und wartete und wartete. Gegen 12.30 Uhr hatte ich die Nase gestrichen voll. Eva kam nicht.

Das zehrte an meinen ohnehin schon angeschlagenen Nerven. Auf dem Rückweg befindlich, zermarterte ich mir das Gehirn. Wieso kam sie nicht? Lag es an meiner damaligen Situation? Für mich war es letztendlich der Umstand, dass ich mich in der Psychiatrie befand. Eine plausible Erklärung. In Deutschland ist die Psychiatrie eben noch nicht gesellschaftlich anerkannt. Auch nach meiner ersten Behandlung musste ich diese bittere Erfahrung machen. Aber das ist falsch. Wer mal hinter die Kulissen dieser Institution schaut und ich öffne mich gerne dafür, sollte wissen, dass dies jedem Mal passieren kann, der nicht vernünftig mit Körper, Geist und Seele umgeht oder psychisch krankhafte Anteile vererbt bekommen hat. In der Psychiatrie halten sich Menschen wie du und ich zeitweilig auf, um wieder auf den richtigen Weg gebracht zu werden. Stellt sich die Frage, welches der richtige Weg ist. Auf jeden Fall entließ man mich nach drei Wochen, da es mir gut ging, So beschloss ich noch am Abend vor meiner Entlassung, eine Abschiedsfeier mit meinen mir liebgewonnenen Mitpatienten Jane, Tina und Klaus durchzuführen. Es sollte auch Wein geben, obwohl in der Klinik und während des Aufenthalts striktes Alkoholverbot herrscht. Mich interessierte das nicht, da ich ja sowieso entlassen werden sollte. Außerdem dachte ich, die Klinik und somit die Psychiatrie nie wieder sehen zu müssen. Ein Trugschluss wie sich raus stellen musste, aber das ahnte ich noch nicht. Auch nicht wie wichtig die richtigen Tabletten für mich sein sollten. Nun denn, für den damaligen Abschied musste noch Wein her. Wir durften ja rein und raus wie wir wollten. Nur zu den Mahlzeiten und den Therapien mussten wir anwesend sein und Abends wurde die Station für alle geschlossen. Klaus hatte jedenfalls einen Rucksack dabei, welchen wir nutzten, um zum Discounter zu gehen und für die Party einzukaufen. Ich kaufte ausreichend Knabberzeug, einen roten und einen weißen Wein. Alles zusammen verstauten wir im Rucksack. Danach schlichen wir uns am Personal der psychiatrischen Station D1 vorbei und begaben uns in unser gemeinsames Zimmer. Sofort versteckte ich den Wein in meinem Kleiderschrank und freute mich auf den bevorstehenden Abend. Nach dem Abendbrot und der Medikamenteneinnahme machte ich mich auf den Weg in das Zwei-Bett-Zimmer, um die Party vorzubereiten. Ich hatte noch vier Gläser dabei. Diese stellte ich auf dem Tisch ab. Anschließend besorgte ich noch Orangensaft und Selter aus der Küche. Alkoholfreie Getränke und Essen auf dem Zimmer war ja erlaubt. Zum Schluss packte ich noch den Knabberkram auf den Tisch und besorgte noch zwei Stühle vom langen Flur für die Mädels. Kurze Zeit später trafen dann auch alle Partygäste ein und wir hatten Spaß. Nur Klaus und die Frauen wollten keinen Wein, so dass ich fast alles alleine trank. Glücklicherweise schaute kein Pfleger oder eine Schwester in unser Zimmer. Sonst hätten sie vielleicht den Alkohol gerochen und ich wäre verständlicherweise noch in der Nacht aus der Klinik geflogen. Gegen 23.00 Uhr verabschiedeten sich Jane und Tina und verließen das Zimmer. Ich räumte noch auf und musste auch noch die Stühle vom Flur zurück bringen. Dies tat ich dann auch und sehe mich noch heute mit den beiden Sitzmöglichkeiten über den mit Linoleum belegten Flur wanken als die äußerst lockere Schwester Susanne hinter mir rief: „ Herr Roth, haben Sie Räumungsverkauf. Ich drehte mich beduselt und gleichzeitig erschrocken um und grinste nur breit und verlegen zugleich, um dann meinen Weg bis ans Ende des Flures fortzusetzen. Bis heute weiß ich nicht, ob sie meine Trunkenheit bemerkt hatte. Auf jeden Fall ließ sie es damals auf sich beruhen. Schwein gehabt!

Guten Morgen, liebe Leute! Es ist 4.45 Uhr an diesem Freitag, dem 18. Dezember 2015. Meine ersten beiden Kaffee habe ich bereits weg und genieße den frühen, ruhigen Morgen. Nein, ich bräuchte nicht mehr arbeiten. Ich könnte bis zum Ende meines Lebens in den Tag hinein leben. Geld würde ich vom Staat bekommen, aber das widerstrebt mir. Es gibt nur ein Problem. Gebe ich bei Vorstellungsgesprächen meine Schizophrenie an, bekomme ich im Normalfall auch nicht den jeweiligen Job. Verschweige ich jedoch die Krankheit und ich erleide trotz Tabletten einen Rückfall und der jeweilige Arbeitgeber erfährt dann davon, bin ich den Job mit großer Wahrscheinlichkeit wieder los. Das Beste wäre die Selbstständigkeit. Dafür fehlt mir das nötige Kapital, nur dann bräuchte ich niemanden gegenüber Rechenschaft ablegen, solange ich funktioniere und meine Zeit könnte ich selber einteilen .In jedem Fall rate ich allen psychisch Erkrankten dazu, zu ihrer jeweiligen Krankheit zu stehen. Ein offener Umgang mit seiner Erkrankung hilft, unnötige Selbstbemitleidungen zu vermeiden, macht aber das Finden einer Arbeitsstelle nicht gerade leicht. Mir bleibt im Moment auch nur eine Werkstatt für psychisch Behinderte. Natürlich könnte ich hier und da ehrenamtlich tätig sein, aber dafür gibt es nur selten Geld in Form einer Aufwandsentschädigung. Das Selbstwertgefühl ist natürlich stärker, wenn sie oder er durch eigene Hände Arbeit Geld verdient. Im Moment habe ich jedoch noch die Option offen, für einen Versicherungsmakler tätig zu werden. Geht nur, wenn ich auch bezahlt werde. Da habe ich leider schon mal eine äußerst negative Erfahrung gemacht, aber darüber berichte ich noch. Ich mache mir darüber keinen großen Kopf. Ist sowieso besser, nicht allzu viel zu grübeln. Das hat mich eine Zeit lang verrückter gemacht, als ich es laut Diagnose ohnehin schon bin. Also, liebe psychisch Erkrankten, versucht unbedingt das ständige Grübeln in geordnete Gedanken umzuwandeln. Ich habe dafür Jahre gebraucht, denn eines ist klar, bei einer chronischen Erkrankung wird eben diese zum ständigen Begleiter. Das fängt bei der morgendlichen Einnahme der Pillen an. Im Prinzip erwacht betroffene Frau, betroffenes Kind oder betroffener Mann jeden Morgen damit. Solange dies aber nicht lebensbedrohlich ist, sondern „nur`` zu einer gewissen Einschränkung führt, sollte man lernen, damit umzugehen, um nicht in der Gesellschaft unterzugehen. In unserer heutigen, schnelllebigen Gesellschaft ist es nicht immer leicht, sich anzupassen oder mitzuhalten. Alleine die Technik schreitet scheinbar unaufhaltsam fort. Kerstin und ich besitzen nicht die allerneueste Technik. Unser Fernseher ist zum Beispiel noch ein Röhrenfernseher, aber mein Schatz findet die sowieso besser. Kerstin hat ein Smartphone aus 2014. Das ist das neueste technische Gerät, welches wir besitzen. Mein Smartphone ist aus 2012, also schon völlig veraltet und What`s App ist mit meinem Betriebssystem gar nicht möglich, aber ich

telefoniere sowieso lieber. Ist für mich einfach persönlicher.
Dafür habe ich eine Prepaid All Net Flat vom Discounter. Ich
bin damit sehr zufrieden. Zur Zeit haben wir einfach nicht das
Geld, um immer die neueste Technik anzuschaffen, aber das
stört uns nicht, solange unsere Geräte funktionieren. Das Wich-
tigste ist unser Laptop. Dieses habe ich 2014 von Privat bei E
– Bay ersteigert. Hat mit Versand nur 105 Euro gekostet und
läuft hervorragend. Bereits seit Dezember 2012 haben wir
einen Prepaid Stick von einer Kaffee Röster Kette fürs Internet.
Ist nicht immer das Schnellste, aber es funktioniert. Sollte das
System mal ausfallen, haben wir noch die Möglichkeit, in die
Soltauer Bibliothek Waldmühle zu gehen, um dort jeweils eine
Stunde pro Tag kostenlos das Internet zu nutzen. Dafür bedarf
es noch nicht einmal eines Büchereiausweises. Eine Eintragung
in eine Liste mit Uhrzeit und Unterschrift genügt. Insgesamt
möchte ich nur darstellen, dass man auch mit wenig Geld, z.B.
mit der Welt, sprich Internet, verbunden sein kann. Unsere Internet Flat vom Stick kostet uns nur 10 Euro im Monat. Alles in
allem wehre ich mich auch dagegen, als eigens vom Amt Ab-
hängiger, zu sagen: ,, Ich habe doch kein Geld!`` Wir vom Staat
lebenden Menschen haben natürlich nicht viel Geld, aber man
kann davon leben. Zwischendurch hatte Kerstin auch mal einen
1 – Euro Job und wir hatten somit 120 Euro mehr in der Kasse.
Aktuell wird unsere komfortable Wohnung mit Gästezimmer
bezahlt und zusätzlich erhalten wir 692 Euro im Monat. Davon
gehen noch 55 Euro für Strom und Wasser weg. Den Rest können wir verwenden wie wir möchten und ein Auto müssen wir
nicht finanzieren. Innerhalb Niedersachsens und Hamburgs
nutzen wir gerne das Niedersachsenticket der Bahn, um mal
aus Soltau raus zu kommen. Für zwei Personen kostet dieses
Ticket aktuell 27 Euro und gilt ab 9.00 Uhr morgens für den
gesamten Tag. So kommen wir beispielsweise auch günstig zu

meiner Schwester und ihrer Familie nach Ostfriesland. Damit komme ich auch zurück zu meinem Single Dasein im Juni 2002, denn meine geliebte Schwester spielt hierbei eine Rolle.

Es war Mitte Juni, als ich mich mit meinem Auto auf den Weg nach Schleswig – Holstein machte, um die Hochzeit meiner Schwester zu feiern. Seit einigen Tagen nahm ich meine Medikamente nicht mehr, da ich dachte, dass es auch ohne geht, denn Genaues zu meinem damaligen Zustand wurde mir seitens der Klinik nicht mitgeteilt. Ich wusste nur, dass ich nicht zur Entgiftung dort war. Meine liebste Gesprächsgruppe dort war die Psychosegruppe. Dort fühlte ich mich verstanden und diskutierte eifrig mit. Mir war nur nicht richtig klar, dass ich dort genau richtig war, da niemand vom Personal direkt zu mir sagte, was mit mir los ist. Ich machte halt alles gern mit, da es so interessant und human war in dieser neuen Welt. Auf dem Weg zur Hochzeit meiner Schwester, dachte ich nicht daran, dass etwas passieren könnte. Doch schon auf der Autobahn Richtung Hamburg veränderte sich meine Wahrnehmung. Mir schien es so, als wäre ich nicht der Einzige, der gerade auf dem Weg zu dieser bevorstehenden Hochzeit war. Für mich fuhren die meisten der privaten Fahrzeuge mit ihren jeweiligen Insassen zu diesem Event. Dieser völlig unrealistische Gedanke spornte mich an, Gas zu geben und ich holte aus meinem kleinen Mazda alles raus, was seine paar Pferdestärken hergaben. Für mich stand fest das die Hochzeit meiner kleinen Schwester ein riesiges, rauschendes Fest werden sollte. Zudem schaute ich immer wieder auf die Aufschriften auf den Lastwagen, an denen ich vorbei zog, um festzustellen, ob sich eine Verbindung zu dem Fest herstellen lässt. Hätte eine Spedition z.B. irgendeinen Namen aus der Verwandtschaft oder den eigenen Familiennamen gehabt, hätte das für mich eine klare Verbindung zu meiner Schwester und mir als vermeintlich besonders wertvollen Gast ergeben, aber es gab keine konkrete Aufschrift auf irgendeinem Brummi, welche mich und meine Gedanken betätigt hätte. Nach einer Zigarettenpause auf einem Rastplatz hinter Hamburg verflog der Spuk, der mich viele Kilometer begleitete, wieder. Schließlich erreichte ich mein Elternhaus. Ich war erschöpft, denn psychotische Phasen strengen an. Das wusste ich zum damaligen Zeitpunkt natürlich noch nicht, da ich für mich ja nicht wirklich krank war. Normalerweise hätte ich regelmäßig Medikamente nehmen müssen, um veränderte Wahrnehmungen der Umwelt zu verhindern, aber wie hätte ich das ernst nehmen sollen, da ich auf der Station D1 der psychiatrischen Abteilung des Heidekreis – Klinikums ja nur halbherzig aufgeklärt wurde. Sicher die Schwestern und Pfleger waren sehr freundlich und zuvorkommend und es mangelte auch nicht an Nahrung und Getränken, aber zumindest in dieser Abteilung in Walsrode muss die Patientin oder der Patient viel Eigeninitiative in Puncto Aufklärung über den Grund des jeweiligen Aufenthalts an den Tag legen, sprich bei den Ärzten immer wieder nachfragen, wie man sich in Zukunft verhalten sollte und wie wichtig die Medikamente wirklich für einen sind. Problem war auch, dass der Chefarzt auf die Mischung aller Krankheitsbilder schwor und nicht daran dachte, dass gerade Schizophrene eine spezielle Station benötigen. Kurz um. Wir Betroffenen mussten uns immer wieder auf neue Situationen und Eindrücke auf Station einstellen. Da gab es die verschiedenen psychisch Kranken und die Suchtkranken. Es waren auch nicht immer alle friedlich. Mittendrin hing ich, die nach dem chinesischen Horoskop besagte, friedliche und sanftmütige Ziege.

Wie auch immer .In jedem Fall sollten Schizophrene Reizüberflutungen durch die Außenwelt vermeiden. Deshalb war die bevorstehende Feier eine große Gefahr für mich, wegen der nicht eingenommenen Medikamente. Wie schon gesagt kam ich Mitte Juni auf dem Hof meiner Eltern an, um zu feiern. Von meinem Erlebnis auf der Autobahn erzählte ich meinen Eltern nicht, nachdem ich sie herzlich begrüßte. Ansonsten war außer uns noch niemand da. Es sollte auch nur noch mein älterer, geliebter Bruder erscheinen. Die Trauung zwischen meiner kleinen Schwester und meinem zukünftigen Schwager sollte erst am nächsten Tag im Familienkreis stattfinden. Auch bei der anschließenden Feier sollten nur Familienmitglieder teilnehmen. Ich war somit wieder in der Realität. Keine Riesenparty mit Gästen aus dem ganzen Bundesgebiet, wie ich es mir noch auf der Autobahn im zeitweilig krankhaften Zustand einbildete. So gab es erst mal ein normales aber leckeres Mittagsessen, meine Mutter kocht sehr gut, und anschließend warteten wir auf die Ankunft meines Bruders aus Berlin. Er wollte mit der Bahn kommen und so kam es, dass ich ihn am Abend vom Bahnhof in Wrist abholen sollte. Dies tat ich dann auch. Auf dem Weg dorthin hatte ich dann wieder eine merkwürdige Erscheinung. Kurz vor dem Bahnhof hörte ich eine Stimme zu mir sprechen, welche mir mitteilte, dass er gleich eintreffen würde und das alles in Ordnung sei. Komisch, dachte ich. Wie konnte mein Bruder auf die Art mit mir kommunizieren, denn es entstand ein richtiger Dialog zwischen uns. Ich erklärte es mir damit, dass mein intelligenter und studierter Bruder ein Computersystem entwickelt hat mit dem er dieses Wunder vollbringt. Zu dem Zeitpunkt hatte ich auch schon eine Erhöhung unter der Kopfhaut, ein sogenanntes Atherom. Ein Atherom ist eine relativ harmlose Zyste unter der Haut. Ich dachte damals hingegen, dass mir dort irgendwann ein Sender und Empfänger eingepflanzt wurde. Nur wie und wann sollte das von mir unbemerkt geschehen sein? Der Dialog zwischen meinem Bruder und mir war jedenfalls angenehm und so kam ich schließlich am Bahnhof an. Das Stimmenhören war auch weg und so konnte ich meinen Bruder sehr herzlich begrüßen, als er endlich ankam. Gemeinsam fuhr ich mit ihm zurück zu unseren Eltern. Von meinem Erlebnis mit den Stimmen erzählte ich nicht. Vielmehr nahm ich es als gegeben hin und freute mich auf die gemeinsame Zeit mit meiner Familie. Doch abends nach der Sauna und einem gemeinsamen Beisammen sitzen auf der Terrasse gingen alle früh ins Bett, um am nächsten Morgen fit zu sein für die bevorstehende Hochzeit, blieb ich noch sitzen. Ich saß so auf einem der gepolsterten Gartenstühle und rauchte eine Zigarette. Plötzlich kam mir der Hamburger Partyservice in den Sinn und ich steigerte mich immer mehr in Wahnvorstellungen bezüglich dieser Firma bis hin zu der Idee, dass die Führungskräfte dort zur Mafia gehören und mich umbringen wollen. Während dieser Phase verspürte ich enormen Druck auf meinem Gehirn, als würde jemand tatsächlich mit der Handfläche auf das offen liegende Gehirn drücken. Es waren furchtbare Minuten, welche so plötzlich vergingen wie sie gekommen waren. Anschließend entspannte ich mich extrem. Die unbewusste psychotische Episode war vorbei. Der Rest des Abends verlief absolut ruhig, so dass auch ich irgendwann ins Bett ging und sanft aber leicht verwirrt einschlief. Am nächsten Morgen erwachte ich früh aber ausgeruht. Ich war gespannt auf die bevorstehende Hochzeit meiner einzigen Schwester. Meine Eltern waren auch schon wach. Nur mein Bruder schlief noch. Gegen 10.30 Uhr erschien Paul, ein alter Freund meiner Eltern aus Hamburg. Seine Tochter war auch dabei, denn sie gehörten zu den geladenen Gästen. Inzwischen war auch mein Bruder erwacht und gegen 11.00 Uhr waren alle bereit, zur standesamtlichen Trauung nach Itzehoe zu fahren. Die kirchliche Trauung sollte in Kellinghusen stattfinden. Im ersten Moment verlief alles normal und harmonisch. Jedoch war nach der Trauung bei mir mal wieder nicht alles normal. Als wir das Standesamt verließen, stellten die Kennzeichen der Fahrzeuge auf dem davor liegenden Parkplatz Symbole für mich da. Hauptsächlich die Buchstaben sollten für mich Verbindungen zu Personen aus meinem Leben darstellen. Ein Pkw hatte als Buchstaben z.B. ein T. Für mich deutete das auf Tina aus der Psychiatrie. Wie ein Detektiv suchte ich auf den Nummernschildern nach weiteren Hinweisen auf Personen und Ereignisse aus meinem Leben. Erst der fröhliche Aufruf meines Vaters an alle, doch bitte zur kirchlichen Trauung aufzubrechen, unterbrach meinen paranoiden Schub. In der Kirche angekommen, fand eine traumhafte Zeremonie statt. Anschließend fuhr das frisch vermählte Brautpaar mit einer Kutsche zu einem größeren, angemieteten Festsaal. Die restlichen Gäste trafen mit dem Auto ein. Alles war von einem Partyservice vorbereitet worden. Es gab ausreichend zu Essen und zu Trinken. Eigentlich stand einem rauschendem, fröhlichen Fest nichts im Wege. Nur bei mir manifestierte sich auf einmal der Gedanke, dass meine Kinder fehlten und ich dachte, mich auf die Suche nach ihnen machen zu müssen. Sie konnten nicht dort sein, da ich sie ja nicht mit nach Schleswig – Holstein genommen hatte, aber ich war mal wieder gefangen in meiner eigenen Haut, meiner krankhaften Haut. Plötzlich verließ ich den Festsaal und nahm Kurs auf das Dorf, in dem ich aufgewachsen bin, da ich dort meine geliebten Zwerge vermutete, sozusagen als Überraschung für mich von meiner Verwandtschaft organisiert. Nun war ich ja ohne Auto bei der Hochzeitsfeier. Diese Tatsache interessierte mich in meinem Anflug von Sehnsucht und Wahn aber nicht . So wanderte ich zu Fuß die ca. 4 km zu meinem Elternhaus, während alle anderen ein rauschendes Fest feierten. Am Haus angekommen, fand ich Jelena und Torben jedoch nicht vor. Enttäuschung machte sich bei mir breit. Aber es gab noch was positives. Mein Auto stand ja auf dem Hof und so musste ich wenigstens nicht zu Fuß zurück laufen. Bevor ich mein Vehikel bestieg fiel mir das alljährlich stattfindende Dorffest mit Kinderfest ein und ich machte mich sofort auf den Weg zum Festplatz. Schnell fand ich dort einen geeigneten Parkplatz, parkte ein und machte mich auf die Suche nach meinem Fleisch und Blut. Dieses Unterfangen blieb jedoch auch erfolglos und so fuhr ich genervt von allem zurück zur Feier. Dort angekommen begegnete ich vor dem Saal meinem Bruder. Er fragte und sagte aufgewühlt: „ Wo warst Du solange, wir haben Dich schon überall gesucht!? `` Auf einmal war ich zurück in der Realität. Natürlich, es gab eine Hochzeitsfeier. Niemand hatte heimlich und als Überraschung, meine Kinder organisiert. Ich hätte mich zwar riesig gefreut, aber ich schämte mich plötzlich innerlich und meinte zu meinem Bruder nur kleinlaut, dass ich unterwegs gewesen wäre. Den wahren Grund verschwieg ich, da ich das große Fest nicht versauen wollte. Mein Bruder meinte dann auch glücklicher Weise nur, dass ich ja nun wieder da wäre und das wir reingehen sollten, denn es gäbe nun Kaffee und Kuchen und die Hochzeitstorte sollte angeschnitten werden. So traf ich in dem Gebäude auf eine fröhliche Gesellschaft, welche den Saal fühlte. Ich genoss Tortenstücke und zwei, drei Kaffee und für einen Moment war die Welt wieder in Ordnung, doch dies änderte sich mit Verlauf der wirklich erstklassigen Feier wieder, jedoch nur bei mir und meinem Inneren. Am Abend spitzte sich es derartig zu, dass ich immer aufgewühlter wurde. In mir stieg immer mehr der Gedanke auf, wo denn meine Braut bleiben würde und wer es denn sein sollte. Sollte die schöne aber auch psychisch erkrankte Tina noch auftauchen? Sollte meine zukünftige Braut die Tochter von Paul sein? Sicher, sie hatte eine nette Optik und einmal tanzte ich an dem Abend mit ihr, aber ich kannte sie nicht gut, da Paul uns normalerweise bis

dato nur allein besuchte. Hier und da hörte ich die eine oder andere Geschichte von ihr, aber sollte das reichen, um sie zur Braut zu nehmen? So dachte ich meinem erneuten sich bei mir ausbreitenden Wahn. Einen Großteil des Abends verbrachte ich mit diesem krankhaften Gedankenspiel. Vielleicht sollte meine Braut Jane aus der Klinik sein. Letztendlich kam ich auf keinen Nenner. Wieder entwickelte sich der Gedanke, dass es sich um ein organisiertes Spiel handelte und ich eine positive Überraschung zu erwarten hätte. Am liebsten wäre mir damals auf jedenfall Tina gewesen. Einmal zog ich mir aus dem im Flur des Gebäudes befindlichen Zigarettenautomaten John Player Zigaretten. Es hätte auch ne andere Sorte sein können, aber ich entschied mich für diese Marke. Dies geschah eigentlich nicht bewusst, jedoch kam just in dm Augenblick ein Verwandter meines Schwagers in den Flur und sagte:,, Na, hast gewonnen?``
Sollte nur ein Scherz sein in Bezug darauf, das mir der Automat tatsächlich die Ware lieferte, die ich mir wünschte. Meine Person hingegen sah das im symbolischen Sinne. Natürlich, dieser neue Verwandte bezog seinen Satz auf den Player, den Spieler, der auf der Packung geschrieben stand. Damit hatte er für mich mit dem gesamten Spiel in dem ich mich meiner Meinung nach befand zu tun und wusste bestimmt auch, wer meine Braut werden würde, aber schließlich gingen wir wieder getrennte Wege. Der Verwandte auf Toilette und ich zum Rauchen vor die Tür des Festsaals. Es kam mir in keinem Fall in den Sinn irgendeinen anwesenden direkt nach meiner Theorie zu fragen, denn das hätte ja die Spannung zerstört. Zudem traf das, was ich mir in meiner manischen und auch paranoiden Phase einredete natürlich nicht ein. Erst nach Mitternacht fand ich mich damit ab und am Ende der rauschenden Ballnacht fuhr ich mit meinen Eltern zusammen zum Dorf zurück. Meine Mutter fuhr, da sowohl mein Vater als auch ich einige Bierchen

verdrückt hatten. Sie war komplett nüchtern. Nach einer kurzen Nacht erwachte ich trotzdem entspannt und duschte erst einmal. Danach frühstückte ich gemeinsam mit meinen Eltern, dem Brautpaar und meinem Bruder. Die frisch Vermählten und mein Bruder verabschiedeten sich nach dem Frühstück und ich blieb noch bis zum Mittag. Danach hatte auch ich den Drang, nach Hause zu fahren, obwohl meine Eltern mir das Angebot machten, noch eine Woche zu bleiben. Das hätte ich machen können, da ich sowieso arbeitslos war, aber irgendetwas trieb mich zurück in den Heidekreis. Meine Eltern bedauerten zwar für einen kurzen Moment meinen Entschluss, aber am Ende gaben sie mir noch Spritgeld und brachten mich zu meinem Auto, das noch beim Festsaal stand. Wir verabschiedeten uns herzlich voneinander und ich machte mich auf die Reise. Zunächst verlief die Fahrt normal, doch dies änderte sich auf einem Rastplatz kurz vor Hamburg. Eigentlich hielt ich nur, um eine Zigarettenpause zu machen, da ich im Wagen normalerweise nicht rauche. Während ich nun dort vor dem Auto stand und rauchte fühlte ich mich auf einmal von den anderen Reisenden, welche dort hielten beobachtet. Ich glaubte, dass sie mich kennen würden und von meinem Wunsch nach einer neuen Braut wussten. Aber nicht nur das. Sie wussten meiner damaligen erneuten paranoiden Meinung nach über mein ganzes Leben Bescheid. Mir behagte dieser Gedanke nicht, rauchten schnell zu Ende und setzte die Fahrt fort. Die Fahrzeuge, die sich gleichzeitig hinter mir befanden oder mich während der Fahrt auf der A 7 Richtung Hamburg überholten waren in meiner kranken Gedankenwelt meinetwegen unterwegs, um mich nach Hause zu begleiten. Aber wer waren die Insassen in den Fahrzeugen? Waren sie mir wohl gesonnen oder machten sie sich vielleicht einen Spaß aus meiner damaligen Situation? Eine neue Frau nach Corinna zu haben, war nicht das Wichtigste. Mir fehlte auch ein neuer

Job, denn die Sozialhilfe hielt mich nur bedingt über Wasser. Alles in allem war ich verwirrt und unterbrach meine Heimfahrt kurz hinter dem bekannten Hamburger Elbtunnel. Irgendwo in einem Industriegebiet war eine größere Rasenfläche. Dort hielt ich und stieg aus und ging anschließend ein paar Schritte, bis ich nicht mehr konnte. Ich fiel ins Gras und begann elendig zu weinen. Aus meiner eigenen unbewusst erkrankten Haut, besser gesagt meinem Seelengefängnis konnte ich nicht entkommen. Ich hätte professionelle Hilfe, sprich die Klinik gebraucht, aber darauf war ich in keinster Weise gekommen. Nachdem ich mich schließlich aus geheult hatte, setzte ich die Höllenfahrt fort. Es setzte zwar eine leichte Erleichterung ob der Tränen wegen ein, aber ich war in keinem Fall gesund. Schließlich verließ ich die A7 und fuhr auf die Autobahn Richtung Bremen. Ich wollte die Abfahrt Buchholz i.d. Nordheide nehmen, als es plötzlich ein Hupkonzert seitens aller anderen Verkehrsteilnehmer gab. Das Hupkonzert fand aber nicht wirklich statt, sondern in meinem Kopf. Zu allem Überfluss entwickelte sich eine akustische Halluzination, eben dieses vermeintliche Hupen. In mir entwickelte sich daher der Gedanke, dass dieses Hupen eine freundliche Verabschiedung von der Autobahn sein sollte. So fuhr ich dann auch die bereits besagte Abfahrt ab und setzte die Fahrt Richtung Rotenburg/Wümme fort. Kurz bevor sich die Bundesstraße Richtung Westen mit der Richtung Süden kreuzte bog ich in einen Feldweg ein, hielt, stieg aus und bekam wieder einen Weinkrampf. Nach diesem erneuten psychischen Absturz rauchte ich ne Zigarette, um danach weiter zu fahren. Ich kam an die Kreuzung und bog Richtung Süden ab, um später kurz vor Wintermoor Richtung Schneverdingen abzubiegen. Während der Fahrt ereilte mich dann der Gedanke, dass Shakira meine Braut werden würde, da gerade ein Song von ihr im Radio lief. Sicher, völlig utopisch, aber in meinem damals noch kranken Hirn, kam ich zu der Überzeugung. Des weiteren dachte ich noch, dass auf dem ehemaligen Gutshof, auf dem ich damals noch lebte eine große Feier für mich organisiert worden ist inklusive der potenziellen Braut. Wer auch immer es sein sollte. Dieses schöne Gefühl hielt bis zum Eintreffen auf dem Hof an, doch als ich dort an dem sommerlichen Sonntag eintraf, fand ich nur meine Nachbarn vor, die gelangweilt unter dem Schatten spendenden großen Carport saßen. Eine große Ernüchterung, aber zum damaligen Zeitpunkt war ich noch komplett machtlos gegen meine Hirngespinste, da ich medikamentös nicht eingestellt war. Besser gesagt, ließ ich meine Pillen einfach weg, da ich ja noch nicht wusste, was mir fehlte. Eines fehlte aber in jedem Fall an diesem Tag auch; Strom. Nachdem ich die Wohnung betreten hatte und fern sehen wollte, sprang dieser nicht an und auch alle anderen elektrischen Geräte funktionierten nicht. Es war auf einmal klar, dass mir der Strom abgestellt wurde. Irgendetwas musste schief gegangen sein. Erst später war mir klar, dass ich Strom und Kaltwasser vom laufenden Lebensunterhalt zahlen musste. Das Amt zahlte nur die Warmmiete. Brachte mich an einem Sonntag natürlich nicht weiter, Völlig aufgelöst verließ ich mein Domizil, setzte mich ins Auto und fuhr zu meiner Ex-Frau und meinen Kindern. Nachdem ich eintraf begrüßte sie mich freundlich, bemerkte aber gleich, wie fertig ich ausgesehen haben muss. Sie meinte dann, dass ich mich auf unserem ehemaligen Ehebett erst mal ausruhen sollte, sie würde in der Zwischenzeit in der Walsroder Klinik anrufen. Ich dachte mir nichts dabei und tat wie mir geheißen. Eine halbe Stunde später trat Corinna ins Schlafzimmer und meinte, sie würde mich am nächsten Tag in die Klinik fahren. Es überkam mich irgendwie eine Erleichterung, da ich ja keine schlechte Erinnerung an die psychiatrische Abteilung hatte. Letztendlich fuhr ich zurück in meine Wohnung und verbrachte den Abend bei Kerzenschein und Totenstille in der geräumigen Stube. Meinen Frust über den mir abgestellten Strom spülte ich mit ein paar Bier runter. Irgendwann in der Nacht ging ich schlafen und erwachte dann wieder gegen 7.00 Uhr morgens. Nun ging es ans Koffer packen. Und schließlich wartete ich auf die Mutter meiner Kinder. Die Kinder waren im Kindergarten untergebracht. Sie tauchte dann auch gegen 9.00 Uhr auf und brachte mich zur Station D 1 der Walsroder Psychiatrie. Die vorausgegangene Fahrt dorthin mit meiner Ex-Frau verlief harmonisch und auch ruhig. Corinna blieb nicht lange auf Station und überließ mich meinem Schicksal. Im anschließenden Vorgespräch mit einer Ärztin schilderte ich die gesamten Geschehnisse während der Hochzeitsfeier und was danach geschah. So wurde ich erneut in den Schoß der Sozialpsychiatrie aufgenommen. Der Aufenthalt brachte auch keine besonders neuen Erkenntnisse, nur das es mir gefiel, zu schreiben. Ich kaufte mir eines Tages einen Schreibblock, setzte mich danach in meinem Zimmer an den Tisch und begann zu schreiben. Es beruhigte mich und meine Seele und tut es heute noch. Mittlerweile haben wir den 19. Januar 2016 und es ist 23.57 Uhr. Morgen muss ich wieder zur Arbeit, denn ich arbeite jetzt als Aushilfsfahrer und Wagenpfleger bei einer großen Autovermietung, welche eine Mietstation in Soltau betreibt. Eine äußerst glückliche Fügung, denn solche guten Jobs sind sehr selten in Soltau. Auf jeden Fall schreibe ich nebenher noch. Jedem, der dies auch machen möchte, sollte sich in einer sehr ruhigen Minute einfach hinsetzen und schreiben, egal was. Mir hilft das Schreiben immer wieder, den Alltag auch Alltag sein zu lassen. Ich vergesse jedes Problem dabei. Die Welt kann mir einfach gestohlen bleiben, wenn ich kreativ bin. Wie so vieles ist es natürlich Geschmackssache, aber ich denke, das in jeder oder jedem von uns ein kleiner oder sogar großer Geschichtenerzähler steckt. Also, in diesem Sinne, ran an den Schreibstift, die Schreibmaschine oder den PC! Ich mache jetzt Pause, denn ich bin hundemüde. Wer müde ist kann nicht locker und entspannt schreiben. Ich habe ja kein Druck durch irgendeinen Verlag. Mein E-Book Verlag überlässt den Autoren, wann sie veröffentlichen möchten. Also, in diesem Sinne ,bis dann und Gute Nacht!

Im August 2002 befand ich mich in der Tagesklinik Soltau, aber zunächst berichte ich, was diesem Aufenthalt vorausging. Ich hatte die Zeche bei einem Schneverdinger Hotel geprellt, juristisch Mietendbetrug. Die Rechnung belief sich auf 460 €, die ich nicht hatte. Ich arbeitete bis dato wieder in meinem Beruf als Versicherungsfachmann für eine Art Makler Gesellschaft in Schneverdingen. Neben Versicherungen boten sie auch Geldanlagen und bei Bedarf anwaltliche Vertretung an. Es machte alles einen guten Eindruck und der Chef schien in Ordnung zu sein, aber es kam anders. Bis zu der Sache mit dem Hotel, hatte ich keine versprochenen 4000 Euro Monatsgehalt gesehen. Nur mein Wagen wurde zwei, dreimal betankt. Ich lebte immer noch von Sozialhilfe, obwohl ich erfolgreich mehrere Lebensversicherungen verkauft hatte und im firmeneigenen Ranking an erster Stelle lag. Ach ja, einmal bekam ich vom Chef persönlich eine Tüte mit Lebensmitteln. Dabei begann alles gut. Die Firma war sehr froh, mich als Experten für Versicherungen zu haben. Sie hängten sogar meine Fachmann Urkunde in einem gläsernen Rahmen in meinem Büro auf. Klar, von meinem Gebiet verstand ich was, aber eigentlich wollte ich auch was vom verdienten Geld sehen, traute mich aber aufgrund meiner schlechten seelischen Verfassung nicht zu fragen. Ich war eigentlich noch nicht fit für den Job. Wie dem auch sei. Ich lud Anfang August 2002 meine frisch vermählte Schwester und meinen Schwager zu mir ein. Auf dem Hof wollte ich aber nicht bleiben, da meine Vermieter noch sauer waren, weil noch 800 Euro Miete offen waren. Das Sozialamt zahlte zwar schon, aber aus der Zeit davor war dieser Betrag noch offen geblieben. Insgesamt war die finanzielle Lage schlecht. Erst zu einem späteren Zeitpunkt erfuhr ich, dass ich 25 Gläubiger und 40.000 Euro Schulden im Nacken hatte. Keine guten Aussichten. Das Geld, das ich hätte verdienen sollen, wäre eine große Hilfe gewesen.

Trotzdem kam ich auf die nette Idee, meine Schwester, meinen Schwager und mich, in ein gutes Schneverdinger Hotel ein zu quartieren, fuhr dort am Vortag hin und bestellte auf den Namen der Firma zwei Doppelzimmer für eine Nacht. Ich wollte unbedingt, dass es für alle besonders schön wird. Über die Kosten dachte ich nicht nach und auch in der Firma wusste keiner etwas von meinem Plan. Einen anderen Plan hatte ich meinem Chef verraten. Ich wollte sowohl meine Schwester als auch meinen Schwager, der bei der Bundespolizei verbeamtet ist, mit in die Firma einbinden. Also bestellte ich die Beiden in die Firma. Der Firmensitz war im Privathaus des Chefs bzw. in dessen zweigeschossiger Doppelgarage untergebracht. Statt eines Gartentores bestand der Eingang aus einer Glasfront nebst Eingangstür. Ein Schild im Vorgarten wies darauf hin. In der Garage gab es insgesamt sechs Räume. Das Büro des Chefs. Der Vorraum mit Empfangstresen, ein Büro für den zweiten Chef und ein Büro nebst Sekretärin. Im Obergeschoss befanden sich zwei Räume voll mit Computern an denen Softwareentwickler und Webdesigner saßen, denn ein weiteres Gebiet dieser Company waren Internetpräsentationen für Firmen. Mein eigens für mich geschaffenes Büro befand sich im Keller des Haupthauses. Ein recht geräumiger Raum mit Internetanschluss und Telefon. Ich war damit sehr zufrieden. Meine Aufgabe war nicht nur der Verkauf von Versicherungen, sondern auch das

Herstellen von Kontakten zu potenziellen neuen Partnern, die Datenerfassung und das rekrutieren neuer Mitarbeiter. Aber bevor ich jetzt anfange belangloses Zeug über meinen Job zu erzählen, komme ich zurück auf das besagte Wochenende. Eingeladen hatte ich meinen Verwandten zu um 15.00 Uhr. Vorher erledigte ich noch meinen Job. Ich hatte noch im Büro zu tun, und noch ein Verkaufsgespräch bei einem alten Stammkunden von mir zu führen. Die Zeit bis zum Eintreffen von Birte und Michael verging schnell. Als sie pünktlich erschienen, führte ich die Beiden gleich ins Büro meines damaligen Chefs. Ich wartete in meinem Büro auf das Ende des Gesprächs. Nach einer halben Stunde kamen sie verwirrt dreinschauend in den Keller. Sie hatten nicht damit gerechnet, dass ich den Plan hatte, sie für die Firma arbeiten zu lassen. Beide lehnten ab. Anschließend fuhren wir getrennt voneinander zu meiner Wohnung. Ich wollte noch ein paar Sachen packen. Dort angekommen, folgten mir Beide in mein Domizil. Noch verwirrter schauten sie , als ich Klamotten in meine Sporttasche packte. Dies bemerkend sagte ich:,, Ich habe noch eine Überraschung für Euch; fahrt mir gleich einfach hinterher. Sie taten wie Ihnen geheißen und zu guter Letzt hielt ich auf dem Hotelparkplatz und parkte den Wagen. Nachdem alle ausgestiegen waren, machten Birte und Michael nur große Augen. Ich löste die Verwirrung auf und sagte:,, Wir schlafen heute hier." Sie schauten freudig überrascht. So checkten wir nach Erledigung der Formalitäten an der Rezeption ein und bekamen zwei Zimmerschlüssel. Wir gingen dann, als meine Schwester und mein Schwager ihr nobles Zimmer begutachtet hatten, in mein Zimmer. Ich öffnete gleich die Minibar und spendierte alkoholhaltige Drinks. Freudig und aufgeregt zugleich erzählte ich meinen Verwandten gleich von den 4.000 Euro Gehalt, die ich bekommen sollte und stieß mit ihnen an. Danach bestellte ich über den Zimmerservice einen Tisch für abends im Restaurant. So saßen wir dort glücklich vereint und in Party Laune. Gegen 19.00 Uhr machten wir uns in unserer Alltagskleidung auf den Weg zum Essen. Ein freundlicher Kellner begrüßte uns beim Betreten des Speisesaals. Wir fühlten uns fast königlich. Der nette Herr brachte uns an einen Tisch mitten im Restaurant. Es war schon für drei Personen eingedeckt worden. Wir setzten uns und genossen unser rühmliches Dasein als Gäste eines noblen Hotels. Dann, nachdem jeder a la Carte bestellt hatte, kamen nach einiger Zeit die Speisen. Zuvor wurden schon die Getränke serviert. Ich labte mich an Geschnetzeltem und wir plauderten gerade in ausgelassener Stimmung dahin als mir an einem Nebentisch eine junge Frau auffiel. Sie trug eine dunkle Kurzhaarfrisur, hatte eine wohlgeformte Figur und leicht gebräunte Haut. Besonders faszinierend waren für mich ihre dunklen Augen. Sie rundeten das Gesamtbild ab. Ich zögerte nicht lange, ließ mich bei Birte und Michael entschuldigen und unterbrach das Essen, um genau auf diese Dame hinzu zu gehen. Vor ihrem Tisch, ihr gegenüber saß ein kleiner Junge, blieb ich stehen und fragte selbstbewusst:,, Würden Sie mir die Freude bereiten, mich und meine Gäste heute Abend in die Disco zu begleiten?" Sie sagte sofort:,, Ja, gern." Ich entfernte mich gut gelaunt, um zu meinen Liebsten zurück zu kehren. Meine Schwester fragte verwundert:,, Was hast Du gemacht?" Ich antwortete:,, Ich habe die Dame eingeladen, uns in die Disco zu begleiten." Sie grinste erstaunt und schelmisch zugleich.

Nachdem wir den Hauptgang verzehrt hatten, kam der Kellner, um abzuräumen. Doch bevor er wieder ging, fragte er überraschender Weise:,, Darf ich Ihnen zu Ehren und auf Kosten des Hauses ein gemischtes Eis zum Dessert anbieten?" Ich ließ mir als Einziger meine Überraschung nicht anmerken und nahm das Angebot gelassen an. Dann verließ uns der Herr wieder. Birte und Michael schauten mich voller Bewunderung an, freuten sich aber auch irgendwie, so zuvorkommend behandelt worden zu sein. Nach dem Dessert gingen wir wieder auf unsere Zimmer, um uns für den Disco Abend vorzubereiten. Ich duschte ausgiebig, rasierte mich und frisierte meine Haare. Nachdem ich diese Prozedur genussvoll hinter mich gebracht hatte, zog ich mich an, verließ mein Zimmer und holte meine zwei Gäste ab. Das Essen im Restaurant ließ ich im Übrigen ganz cool auf Zimmernummer schreiben. So verfuhr ich auch die restliche Zeit meines Aufenthalts, nur um im Vorfeld zu klären, wie man mit gerade mal fünf Euro in der Tasche im Hotel überlebt. Sie müssen nur sicher genug auftreten. Das ist bei psychisch Kranken in manischen, also hoch euphorischen Phasen kein Problem. Natürlich half auch das Einchecken über den Namen der Firma. Das Gesamtbild muss schon passen. Aufgrund meines Zustands war mir das gar nicht mehr bewusst und nachdem uns der freundliche Kellner zuvor schon so ehrenvoll behandelt hatte, wurde ich um so mehr in meinem Auftreten bestätigt. So handelte ich, wie es mir gerade passte, um es uns, meinen Familienmitgliedern und mir, so schön wie möglich zu machen. Getreu dem Motto "Wozu gibt es Personal?" Das Personal war gut geschult und jeder Gast wurde zuvorkommend behandelt. Mir gefiel diese Aufmerksamkeit, die uns zu Teil wurde.

So schritten wir auch gut gelaunt in die hoteleigene Tanzbar. Nachdem wir uns hingesetzt hatten, tauchte auch schon die Dame meines Herzens auf und stand sanft lächelnd vor uns. Ich bat sie , sich zu setzen. Sie folgte der Einladung. Ich bestellte sogleich für jeden einen Cocktail und stellte sie, ihr Name war Olga, Birte und Michael vor. Von guter Laune beschwingt forderte ich die schöne Olga schon kurze Zeit später zum Tanzen auf. Sie erklärte sich sofort bereit dazu. Kurz darauf glitten wir nur so mit zeitweilig eingebauten Drehungen über die Tanzfläche. Meine Tanzerfahrung bezüglich Paartanz beruhte gerade mal auf zwei Stunden in einer Tanzschule, trotzdem klappte es an diesem Abend hervorragend. Als hätte ich nie etwas anderes gemacht.

Ein paar Drinks später, kam ich auf die Idee, zum Billard spielen ins Mon Marthe zu fahren. Michael und Birte stimmten zu. Nur Olga wollte nicht mit. Sie wollte sich lieber um ihren Sohn kümmern. Bei uns stieß das auf vollstes Verständnis und wir verabschiedeten uns von ihr. Es war zwar schade, aber was soll ` s. Meine Verwandten und ich fuhren schließlich mit einem Taxi, Birte und Michael zahlten, ins Mon Marthe. Dort eingetroffen, bestellten wir uns erst einmal einen Drink, um anschließend zu spielen. Wer an diesem Abend gewann, weiß ich nicht mehr, ist ja auch nicht so wichtig. Mich fing es nur an zu wurmen, dass ich Olga aus den Augen verloren hatte und beschloss, gegen 23.00 Uhr, zu gehen. Da ich mir kein Taxi leisten konnte, ging ich zu Fuß. War ja auch nicht weit entfernt. Etwa einen Kilometer. Endlich wieder angekommen, begab ich mich gleich auf mein Doppelzimmer. Dann setzte ich mich ans Telefon, um Olga anzurufen. Ihre Zimmernummer, zugleich auch die Zimmertelefonnummer, kannte ich ja. Sie meldete sich schon nach kurzem Klingeln. Und was soll sagen? Sie meinte, sie würde mich nicht kennen. Sie war total abweisend. Nachdem ich das Gespräch beendet hatte, legte ich enttäuscht den Hörer auf. Mich nicht kennen, dachte ich. Kurz zuvor hatten wir noch ausgelassen getanzt. Verbittert und müde legte ich mich in das bequeme Doppelbett und schlief ein. Am nächsten Morgen begab ich mich nach dem Duschen und Anziehen einigermaßen gut gelaunt in den Speisesaal. Es war schon gegen 8.00 Uhr gut gefüllt und ich machte mich über das üppige Frühstücks Buffet her, setzte mich an einen leeren Tisch und schaute mich nach Birte und Michael um. Sie waren nicht da. So aß ich allein vor mich hin und gönnte den Beiden ihren Schlaf. Gegen 9.00 Uhr, mein Frühstück hatte ich beendet, wunderte ich mich, dass meine Verwandtschaft immer noch nicht erschienen war, wollte sie aber auch nicht durch Klopfen an die Zimmertür stören. So ging ich in den hoteleigenen Garten. Gerade war ich auf Höhe des Pools der Saunalandschaft angekommen, sah ich durch die große Fensterfront Olga in Persona im Bademantel am Pool stehend. Na so was, dachte ich. Da ist sie ja. Das brachte mich auf die Idee, auch dorthin zu gehen und begab mich aufs Zimmer, um meine Badesachen zu holen. Zusätzlich nahm ich auch die Handtücher des Hotels mit. Nachdem ich alles gepackt hatte, stolzierte ich Richtung Saunabereich vorbei an der Squash Halle. Im Saunabereich angekommen, zog es mich auch gleich dorthin. Ich hatte keine Lust, nach der Abweisung vom Vorabend, Olga zu suchen. Schließlich habe ich auch meinen Stolz, obwohl ich gerade dabei war, mich ins nächste Verderben zu stürzen. Nur zur Erinnerung. Ich hatte nur 5 Euro und auch nicht das O.K. der Firma für mein Wellness Wochenende. Wie auch immer. Ich öffnete die Tür der 90 Grad Sauna. Als halber Finne war ich diese Sauna Temperaturen gewohnt und bin mit Sauna, im Hause meiner Eltern, groß geworden.

Leider war der Raum aber kalt. Ich war enttäuscht. So begab ich mich im Bademantel zur Rezeption, um nachzufragen. Folgende Antwort bekam ich von einer äußerst freundlichen Hotelangestellten zu hören:„ Wir werden die Sauna sofort für Sie temperieren, Herr Roth." Was für eine göttliche Aussage. Mit einem Hochgefühl begab ich mich zurück zur Sauna. Die Zeit bis zum Warmwerden des Badezimmers für Arme, überbrückte ich mit gemächlichem Schwimmen im Pool. Badezimmer für Arme deshalb, weil die Sauna früher einmal als Raum für die

Körperpflege von ärmeren Leuten genutzt wurde. Nur hierzulande und in der heutigen Zeit wird sie als Luxus angesehen. Kaum jemand kennt den genauen Hintergrund. Aber das nur am Rande. Hier noch eine allgemeine Mitteilung zum Hotelleben. Gute Hotels waren für mich in dem Sinne nichts Neues. Während meiner Zeit als Versicherungsfachmann bzw. bei Schulungen für eben diesen Beruf, war ich fast jedes Mal in einem Hotel mit vier Sternen untergebracht. Nur einmal wurden wir in einem Garni Hotel ein quartiert, in denen die warmen Speisen von außerhalb kommen. Zudem gab es auch Aufenthalte in feinen Hotels zu unseren Weihnachtsfeiern. Zur Hundertjahrfeier meiner damaligen Versicherungsgesellschaft waren meine Ex-Frau und ich sogar im noblen Maritim Hotel in Bremen untergebracht, in dem das Zimmer scheinbar mit Mahagoni vertäfelt war. Ökologisch nicht sinnvoll, ich meine jetzt das Mahagoniholz in Bezug auf die Abholzung des Regenwaldes, aber beeindruckend. Wie dem auch sei.

Nach dem Schwimmen begab ich mich in die vorgeheizte Sauna und genoss den zeitweiligen Aufguss, der die heißen Dämpfe aufsteigen ließ. Sauna ist zwar einfach, aber gesundheitlich wertvoll, da der Kreislauf wieder angeregt wird und der Dreck aus allen Poren über den Schweiß austritt. Mag sein, dass Sie diese Tatsache jetzt eklig finden, aber anschließend duscht man sich ja mit Seife ab. Im Übrigen sollten Sie nicht länger als 15 Minuten in der Sauna verbleiben und das zwei dreimal mit Pause, sonst wird es eher wieder ungesund.

Alles in allem konnte ich, nachdem ich alles hinter mir hatte, wieder gut in den Tag starten. Als ich mich wieder außerhalb der Saunalandschaft befand, war wieder nichts von meinen Gästen zu sehen. An der Tür klopfen wollte ich erneut nicht. Also kam ich auf die Idee, meine geliebten Kinder, Jelena und Torben, zu holen. Mir war bekannt, dass sie bei ihrer

Mutter waren und die Großmutter, meine immer freundlich auftretende Ex-Schwiegermutter einhütete. So fuhr ich , nachdem ich mich fertig angezogen und den Zimmerschlüssel an der Rezeption hinterließ, mit meinem zerbeulten Wagen zur Wohnung meiner Ex-Frau. Die bevorstehenden Kosten für den Hotelaufenthalt ließ ich völlig außer Acht. Ist bei einer Manie nichts ungewöhnliches. Ich wollte mich an diesem Tag auch nicht mit Finanzen belasten. Vielmehr stand immer noch Spaß und Erholung auf dem Programm bzw. im Vordergrund. Gut gelaunt tauchte ich letztendlich bei meiner Ex-Frau auf. Damals hatten wir noch ein recht gutes Verhältnis zueinander. Ich parkte den Wagen vor dem Garten, denn dort sah ich meine beiden Süßen schon spielen. Deren Hamburger Oma Gerda saß auf der Terrasse, rauchte eine Zigarette, trank Kaffee und genoss die Sonnenstrahlen. Ich stieg aus und schon kamen die Beiden freudig auf mich zu. Ich gab jedem ein Küsschen und begab mich dann zu Gerda auf die Terrasse. Ich erklärte, dass ich die Kinder gern kurz mitnehmen würde. Sie willigte ein und ich begab mich mit den Kleinen zum Hotel. Dort angekommen, setzten wir uns in eine ruhige Ecke im Erdgeschoss. Kurz darauf kam die Bedienung und nahm die Bestellung auf. Für die Kinder gab es Eis, für mich Kaffee und Kuchen. Nachdem das Bestellte serviert worden war, machten wir uns gleich darüber her und alle waren zufrieden. Dann tauchte plötzlich Olga und ihr Sohn aus Richtung des Saunabereichs auf und kamen an unseren Tisch. Nanu, dachte ich, kannte sie mich doch noch? Ich lud sie ein, sich mit ihrem Sohn an unseren Tisch zu setzen. Sie lehnte ab und entschuldigte das mit ihren nassen Haaren. Mich hätte es nicht gestört. Nun ja, das war`s auch schon. Sie verschwand sich freundlich verabschiedend und tauchte nie wieder auf. Ich traf sie zumindest nicht mehr. Weder an dem Tag noch an dem darauffolgenden Tag. Einfach weg! Das war `s mit Olga. Schade, aber ich behalte sie trotzdem in guter Erinnerung. Wozu sollte mir auch gleich jede Frau um den Hals fallen? Aber es war wie verhext. Nach Steffi und Eva, die nächste Pleite in Punkto kennen lernen einer potenziellen Partnerin.

An einer gewissen Attraktivität mangelt es mir nicht, aber es war damals in der Hinsicht der Wurm drin. Also genossen die Kinder und ich weiter die gemeinsame Zeit.

Gegen 11.00 Uhr wurde es mir mit Birte und Michael zu bunt. Immer noch keine Spur von ihnen. Ich beschloss, nach oben zu gehen, um nach dem Rechten zu sehen. So wanderten die Kinder und ich von der Lounge in Richtung Zimmer der Beiden. Wir nahmen den Fahrstuhl ins zweite Stockwerk des zweigeschossigen Hotels und machten uns, nachdem wir oben angekommen waren, auf den Weg zur Zimmertür. Ich klopfte und Birte öffnete völlig verstört und weinend die Tür:,, Michael wacht nicht mehr auf!" sagte sie mit verheulter Stimme. Sofort ging ich hinein und die Kinder folgten mir. Er lag regungslos auf dem Bett. Die Augen waren verschlossen. Zur Krönung fragten die Kinder noch:,, Ist der tot?" Ich sagte:,, Nein, der ist nicht tot." Danach beruhigte ich meine Schwester, indem ich ihr mitteilte, dass ich an der Rezeption nach einem Arzt fragen würde. Sofort ging ich mit meinen Kindern nach unten und fragte an der Rezeption nach einem Arzt. Sie meinten, sie würden sofort einen rufen. Inzwischen brachte ich meine beiden Schützlinge zurück zur Großmutter. Sie sollten nicht weiter mit der Situation konfrontiert werden. Als ich wieder zurück im Hotel war, stand Michael zum Glück wieder auf den Beinen. Der Doktor hatte ihn wieder zum Leben erweckt. Ich erfuhr, dass sie noch zusammen mit einem Schneverdinger Wirt bis gegen 6.00 Uhr morgens gefeiert und unter anderem Heidegeist, 50 prozentiger Schnaps, getrunken hätten. Ich sagte leicht schmunzelnd und erleichtert:„ Das dürft ihr doch auch nicht machen."

Im Allgemeinen können die Schneverdinger schon ausgiebig feiern. Das sieht man auch beim alljährlichen Heideblütenfest, bei dem der Alkohol drei Tage lang in Strömen fließt. Aber das konnten die Beiden nicht ahnen. Hinzu kommt, dass es auch schon mal vorkommt, dass einem irgendeine Droge von irgendjemandem ins Glas gegeben wird.

Birte packte dann schon mal deren Tasche, da sie lieber nach Hause wollte, um Michael zu pflegen. Fürs Frühstück war es eh zu spät. In der Zwischenzeit ging ich zur Rezeption, um meinen Aufenthalt um eine Nacht zu verlängern. Ich hatte noch keine Lust, in meine vereinsamte Wohnung zurück zu kehren. Ich begann, den Service im Hotel zu genießen. Gegen 11.50 Uhr kamen meine Verwandten runter, während ich im Foyer auf einem bequemen Sessel wartete. Sie begaben sich noch zur Rezeption, um ihr Zimmer selbst zu bezahlen, sie bestanden darauf. Ich ließ sie gewähren. Danach wanderten wir zu dritt zu deren Auto und fuhren Richtung meine Wohnung, da ich mir noch ein paar Sachen holen wollte. Plötzlich drehte Michael, der hinten saß völlig durch. Er brüllte:„ Haltet an, lasst mich hier raus!" und hämmerte mit seinen Handballen gegen meine Kopfstütze. Ich bekam es ein wenig mit der Angst zu tun. Kurz vor dem Ziel beruhigte sich mein Schwager wieder etwas, aber ich überlegte schon, ihn in die Psychiatrie nach Walsrode zu bringen. Michael ist sonst ein liebenswerter, ausgeglichener Mensch. Wir wussten nicht, was in ihn gefahren war. Wahrscheinlich hatte er tatsächlich irgendeine Droge eingeflößt bekommen.

So schnell ich konnte, wollte ich die Sachen aus der Wohnung holen, nachdem wir dort gehalten hatten. Aber, was soll

ich sagen. Als ich wieder rauskam, waren sie weg, einfach ab-
gefahren. Ich verstand die Welt nicht mehr. Irgendwie war zu
damaliger Zeit alles Gute weg. Ich hätte gern noch Zeit mit ihnen verbracht, auch wenn meines Schwagers Zustand alles andere als gut war. Mein Glück bezüglich guter Gesellschaft ließ
mich komplett im Stich. Nun stand ich da, ohne alles. Nur eine
kleine Tasche mit Klamotten in der Hand, da sah ich wie ein
Mercedes Coupe am Straßenrand hielt. Ich ging auf den Wagen
zu, blieb vor diesem stehen und klopfte an die Seitenscheibe
der Beifahrertür. Eine Frau ließ das elektrische Fenster herunter
und schaute mich erstaunt an. Ich fragte:,, Könnten sie mich
zum .....Hotel mitnehmen?" Der Fahrer antwortete barsch:,,
Nein!" Die Frau ließ das Fenster wieder hoch.

So startete ich zu Fuß, um die ca. vier Kilometer Strecke zu
bewältigen. Ich ging und ging und ging und erreichte schließlich erschöpft das Hotel. Ich ging rauf aufs Zimmer und machte
es mir vorm Fernseher bequem. Schon nach kurzer Zeit, die
Balkontür hatte ich geöffnet und draußen wehte ein laues Som-
merlüftchen, schlief ich ein. Nach dem Erwachen machte ich
mich kurz frisch. Ich überlegte, was ich tun könnte und entschied spontan, Stammkunden und gleichzeitig Freunde von
mir zu besuchen. So machte ich mich an diesem sommerlichen
Sonntag zu Fuß auf den kurzen Weg dorthin. Das Auto ließ ich
bewusst stehen, um Sprit zu sparen. Viel Geld hatte ich ja eh
nicht. Als ich schließlich bei Iris und Matthias auftauchte, freuten die sich über meinen Besuch. Matthias bot mir gleich ein
Bier an und ich nahm es dankend entgegen. So tranken wir und
sprachen über dies und jenes. Die Beiden kannte ich bis dato
schon lange. Bei ihnen hatte ich fast alles versichern können
und auch deren Finanzierung für einen Hausumbau, sie bauten
das alte Haus seiner Mutter um, vermitteln können.

Es war so üblich, vor allen Dingen bei Matthias, den ich

sehr schätzte, beim Bier zusammen zu sitzen. Gegen 19.00 Uhr verließ ich das nette Paar dann wieder, um ins Fiasko zu gehen. Dort konnte ich als Stammgast anschreiben lassen. Als ich mich schließlich, nach kurzem Fußmarsch und dem Betreten des rustikalen Lokals, an den Tresen setzte, bestellte ich bei der überaus attraktiven, blonden Bedienung ein Hefeweizen, mein damaliges Lieblingsgetränk. Harte Sachen waren nie mein Fall. Es schmeckt mir einfach nicht.

Das Fiasko ist wie schon erwähnt rustikal mit dunkelbraunen Eichenmöbeln ausgestattet. Eine gemütliche Kneipe. Das Publikum von alt bis jung, aber eher von Arbeitern als von Menschen mit höherer Bildung besucht. Jens war einer der wenigen Ausnahmen. Auch ihn traf ich an diesem Abend. So ging der Abend dahin bei Bierchen und Gesprächen. Plötzlich bekam ich ein ungutes Gefühl, als würden mich alle beobachten. Da dieses Gefühl immer unangenehmer wurde, verließ ich das Lokal, um frische Luft zu schnappen und aus der Enge des Zustandes raus zu kommen. Aber es wurde nicht besser. Ich fühlte mich von allen Seiten beobachtet. In meiner Vorstellung durch versteckte Kameras und Personen. Es wurde immer schlimmer. In meiner Panik flüchtete ich in den direkt nebenan gelegenen, gern von türkischen Mitbürgern besuchten, Imbiss. Als ich eintrat, schauten alle Gäste auf mich. Die innerliche Panik musste nach außen sichtbar geworden sein. Zitternd setzte ich mich an einen der Tische und fragte einen Mann türkischer Nationalität, ob ich dort sicher sei. Er sagte, beruhigend auf mich einwirkend:,, Keine Angst, hier bist Du sicher."

Eine Viertelstunde später ging es mir schon besser und ich traute mir zu, das Lokal zu verlassen. Ich bedankte mich und ging. Als ich dann so Richtung Hotel ging, kam das Gefühl der Angst wieder auf und ich beeilte mich, mein Ziel zu erreichen. Irgendwie machte mir ganz Schneverdingen Angst. Erneut war ich Opfer einer Psychose geworden, ohne es zu wissen. Zum damaligen Zeitpunkt hatte ich die Tabletten wieder abgesetzt, nur mein Schlafmittel nahm ich weiter ein. Dies hielt ich noch für sinnvoll, da ich große Einschlafprobleme hatte, denn ich war mal wieder dabei alles für diese eine Firma, für die ich arbeitete, zu tun. Ohne auf irgendetwas Rücksicht zu nehmen. Das Vorwärtskommen stand im Vordergrund. So eine unbewusste Art Geltungssucht hatte sich bei mir eingestellt. Schon beim Party Service war das der Fall. Vor allen Dingen, als der Chef der Veranstaltungshalle damals direkt zu mir sagte:,, Du wirst noch mal ein wichtiger Mitarbeiter der Fischauktionshalle."

Beim damals aktuellen Arbeitgeber sagte die Sekretärin einmal zu mir:,, Herr Roth, Sie werden noch mal der wichtigste Mitarbeiter hier."

So gab es in beiden Fällen extreme Vorschuss Lorbeeren, die mich beflügelten und mich veranlassten, mich nicht darauf auszuruhen. Ich wollte Gas geben. War praktisch in einen positiven Rausch geraten, der sich aber, aufgrund meiner Krankheit, offensichtlich negativ auswirkte.

Möglichst schnell hatte ich das Bedürfnis, die drückende Schuldenlast loszuwerden. Eine bevorstehende Zechprellerei war natürlich nicht förderlich, aber dessen war ich mir einfach nicht im Klaren. Ich hatte längst die Kontrolle verloren, obwohl ich ansonsten und im Allgemeinen, besonders bei meinem Chef und meinen Kollegen, den Eindruck erweckte, alles unter Kontrolle zu haben. So unterschiedlich war damals mein Auftreten. Beruflich stark, privat eher desolat.

Wie auch immer. An diesem Abend erreichte ich mein Quartier gegen 23.00 Uhr. Erleichtert schritt ich durch die gläsernen, sich automatisch öffnenden Schiebetüren und begab mich auf mein Zimmer. Hundemüde fiel ich ins Bett und schlief ruhig bis gegen 8.00 Uhr. Ich duschte mich, zog mich an und ging frühstücken. Mal wieder machte ich mich übers Buffet her und die Angst vom Vortag war gewichen. Gegen 9.30 Uhr fiel mir ein, dass ich mich wieder an die Arbeit machen musste. So fuhr ich, den Magen gut gefüllt, zu meiner Wohnung. Als ich gerade dabei war, meinen Anzug anzuziehen, tauchte überraschender Weise der schwarze Firmenbus, ein neuerer VW Bus, auf dem Hof auf, was ich gut durch das Stuben Fenster sehen konnte. Gerade fertig mit dem Anziehen, begab ich mich in den Hof und stieg in den Bus ein. Der Kollege begrüßte mich und meinte, er solle mich abholen. Ich dachte mir nichts dabei, nur das dies ja ein netter Service sei. So fuhren wir die Straße Richtung Schneverdingen, als ich auf die Idee kam, mich ins Hotel fahren zu lassen. Dafür gab es keinen speziellen Grund und der Fahrer wunderte sich, als ich ihm gegenüber diesen Wunsch äußerte. Er tat einfach wie ich es ihm aufgetragen hatte und fuhr mich dorthin. Hatte ich ausnahmsweise keine Lust zum Arbeiten? Bis heute weiß ich nicht, welcher Teufel mich damals geritten hatte, aber sei es drum. Letztendlich hielten wir vor dem Hotel und ich stieg aus. Danach ging ich zur Bar und bestellte mir gut gelaunt ein Hefeweizen. Der schönen, blonden, weiblichen und noch jungen Bedienung demonstrierte ich noch freundlich, wie ein Weizenbier richtig eingeschenkt wird. Sie wirkte etwas unbeholfen dabei, aber ein echter Gentleman hilft ja gern aus, besonders bei attraktiven Frauen. Sie bedankte sich mit einem strahlendem Lächeln. Anschließend genoss ich mein Getränk. Ich war glücklich und fühlte mich vollkommen frei, da meine Angst auch komplett verflogen war. Im Grunde genommen war ich zu diesem Zeitpunkt auch alles andere als arbeitsfähig. Dessen war ich mir gar nicht bewusst. So verging die Zeit mit Smalltalk zwischen der Bedienung und mir. Gegen

12.00 Uhr brach ich auf Richtung Speisesaal und setzte mich nach Betreten des Restaurants an einen leeren Tisch. Der Kellner erschien und fragte diesmal nicht nach meinem Wunsch, sondern sagte sichtlich nervös:,, Der Geschäftsführer möchte Sie gerne sprechen."

Ich wunderte mich. Wollte er Geschäfte mit mir machen? dachte ich noch so bei mir, als ich dem Kellner auf Bitten folgte. Im Foyer stellte er mich einem verdrießlich dreinschauenden Mann, Mitte 40 mit Brille und ohne Bart, vor. Wir gaben uns die Hand und er fragte direkt, wann ich denn gedenke, meine Rechnung zu begleichen. Ich fiel aus allen Wolken und war empört und schockiert zugleich. Aber ich besann mich und musste dem Herrn Recht geben. Die Hotelrechnung musste langsam beglichen werden. ,, Wie viel ist es denn?" fragte ich kleinlaut. Er antwortete mit fester Stimme:,, Die Rechnung beläuft sich mittlerweile auf 460 Euro." Spontan sagte ich:,, Ich kläre das mit der Firma ab, wenn ich eben telefonieren dürfte."

Der Hotelmanager verneinte und sagte:,, Das haben wir schon getan. Dort teilte man uns mit, dass es keinen Vertrag mehr mit Ihnen geben würde."

Den gab es sowieso nicht. Alles, was bis zu diesem Tag mit der Firma vereinbart war, geschah rein mündlich. Von daher eigentlich ein Witz. Trotzdem wurde mir klar, dass ich in Schwierigkeiten steckte. Schließlich fiel mir Marlies ein, eine alte Bekannte. Sie wird mir möglicherweise das Geld leihen, dachte ich. Der Geschäftsführer willigte, nach nochmaliger Nachfrage, mir ein Telefonat zu gewähren, ein. So ging ich zur Rezeption. Dort reichte mir ein Hotelangestellter das Telefon. Aufgeregt wählte ich die Nummer meiner Bekannten. Nachdem sie mit mir gesprochen hatte, sagte sie, sie würde vorbeikommen. Das teilte ich nach dem Auflegen des Hörers dem

Chef des Hotels mit. Der wollte sich noch gedulden, bis zum Eintreffen von Marlies. Bange Minuten vergingen, als ich sie endlich durch die Schiebetür kommen sah. Ich nahm sie zur Seite, um sie diskret nach 460 Euro zu fragen. Leider hatte sie das Geld nicht. Verbittert musste ich mich von meiner Bekannten wieder verabschieden. Nun musste ich meinen Mann stehen und dem Geschäftsführer mitteilen, dass ich das Geld nicht aufbringen könnte. Nachdem ich ihm diese Tatsache aufgetischt hatte, sagte er nur:,, Dann muss ich die Polizei rufen, so leid es mir tut."

Daraufhin sagte ich am Boden zerstört:,, Okay, dann tun Sie das." Ich ließ mich erschöpft auf dem Sessel im Foyer nieder. Es dauerte etwas, bis die Polizei eintraf. Sie fuhren mit einem VW Bus vor. Als die Beamten auf mich zukamen, wurde mir Angst und Bange. Ich hatte keine Idee, welche Erklärung ich abliefern sollte. So war ich den Polizisten schutzlos ausgeliefert. Zuvor hatten sie schon mit dem Geschäftsführer die Sachlage geklärt, so dass ich im Grunde gar nichts erklären musste. Ich war erleichtert. Ich sollte nur meine Sachen packen und das Zimmer so schnell wie möglich räumen. Danach hatte ich nur noch, den Polizeibus zu besteigen, um die Staatsdiener aufs Revier zwecks einer Aussage zu begleiten. Dort angekommen, waren alle sehr freundlich mir gegenüber. Einige Beamte schmunzelten vor sich hin. Anscheinend hatte ich, im Nachhinein, sprichwörtlich den Vogel an diesem Tag abgeschossen, was Polizeimeldungen betrifft. Solche Dinge schienen in Schneverdingen noch völlig neu zu sein, aber ich hatte die Tat ja auch irgendwie unbewusst bewusst begangen. Soll heißen, dass ich noch die Abläufe, was Bestellung des Zimmers etc. betraf, organisieren konnte, aber über die eventuellen und letztlich tatsächlich eingetroffenen Folgen nicht nachdachte. Im Sinne der Anklage, tun wir mal so, als stünde ich vor Gericht, war ich unschuldig, da ich in krankhafter Weise handelte.

Meine Krankheit schützte mich und unbewusst bat ich die Polizisten damals auf dem Revier, meinen Arzt, Dr. W., anzurufen. Den mit den Spritzen. Sie taten dies, da sie selbst merkten, dass mit mir etwas nicht stimmte. Ich saß ja auch nicht kalt und abgebrüht auf dem Revier und tischte den Beamten irgendwelche Geschichten auf. Im Gegenteil. Ich saß als kleines Häufchen Elend auf dem Stuhl eines Dienstzimmers der Schneverdinger Polizeiwache. In gewisser Weise schuldig unschuldig. Auch gab es für mich keinen Anlass, die Flucht zu ergreifen. Wo sollte ich auch hin. In die Firma oder in die Wohnung? Beides hätte mich vor neue Probleme gestellt. In der Wohnung war niemand und in der Firma hätte ich mich erklären müssen. Für Beides war ich zu schwach. Ich musste aufgefangen werden. Nachdem der Arzt eingetroffen war, diskutierte ich es mit ihm aus und er beschloss bzw. überzeugte mich davon, mit dem Rettungswagen in die Klinik nach Walsrode zu fahren. Irgendwie war ich erleichtert, als der Krankenwagen auf den Parkplatz fuhr und zwei, eine Sanitäterin und ein Sanitäter mich abholten. Auf dem Weg über die vielen Landstraßen Richtung Walsrode, erlaubte ich mir sogar einen kleinen Flirt mit der Sanitäterin. Es musste mir schon wieder ganz gut gehen, aber dem war natürlich nicht so. Alles in allem war ich nach diesem Abenteuer ziemlich erschöpft gewesen.

Nach ca. einer halben Stunde Fahrt, kamen wir in der Notaufnahme an. Ich kam wieder auf die Station D1 des Klinikums. Es gab zwei psychiatrische Stationen. Die D1 im ersten Stock und die D0 im Erdgeschoss. Sie lagen übereinander und waren baugleich und relativ gleich möbliert. Hier und da gab es Unterschiede bei den an der Wand hängenden Bilder, die zum Teil in der Ergo gefertigt wurden und die D0 hatte noch ein extra Raucherraum außerhalb der Station unmittelbar vor dem

Haupteingang auf der westlichen Seite. Auf der östlichen Seite gab es noch einen Nebenraum mit Tresen und Küche für das einmal wöchentlich stattfindende Cafe Sonnenschein. Ein Zufluchtsort für jedermann mit sehr günstigen Preisen für Kaffee, Kekse und Kuchen. Eine Nebentür auf der östlichen Seite führte auf eine große Süd –Ost - Terrasse. Im Anschluss daran befand sich ein Garten, der von den Patientinnen und Patienten unter Aufsicht der Sporttherapeutin gepflegt wurde. Im Übrigen kam zu einem späteren Zeitpunkt zu den Stationen D1 und D0 noch die A1 hinzu. Die psychiatrische Abteilung expandierte. Offensichtlich gibt es immer mehr Bedarf. Kein Wunder in unserer Welt, in der ein knallharter Konkurrenzkampf im Arbeitsleben zu einer negativen Entwicklung des Miteinander beiträgt. Heutzutage ist fast jeder sich selbst der Nächste. Neid und Missgunst geben oft den Ton an. Neid und Missgunst tötet die Seele der Menschheit. Anstatt gerne zu teilen und seinen Nächsten zu schätzen, wird untereinander mit harten Bandagen gekämpft. Besonders deutlich wird das in der deutschen Industriegesellschaft. Eine knallharte Ellenbogengesellschaft hat sich entwickelt, in der, der Eine dem Anderen nicht die Butter auf dem Brot gönnt. Die Spanne zwischen Arm und Reich wird immer größer.

Ich gehörte damals zu den Armen unter uns. Trotzdem wurde ich im Krankenhaus mit Respekt behandelt. Als ich an diesem Tag dort ankam, von dem ich aktuell immer noch erzähle, Fragte mich eine der Schwestern sorgenvoll, Schwester Lydia, ob ich denn schon gegessen hätte. Nur eine kleine Geste der Höflichkeit und Nächstenliebe, welche zwar nur einen Moment dauerte, aber sie war damals dort zu spüren. Nur meine Herkunftsfamilie gab mir damals noch mehr als Nächstenliebe, außerhalb der Psychiatrie. In der Firma hatte der Chef nur Interesse an Produktion bzw. Umsatz. Da konnte er einem noch so nett gegenübertreten, der Hintergrund seiner Freundlichkeit war klar. Es war eher eine aufgesetzte Freundlichkeit. Natürlich trägt das zu einem besseren Betriebsklima bei. Ist der Chef unfreundlich, so ist auch das allgemeine Befinden unter den Kollegen gestört. Das Ganze wirkt sich nicht nur aufs Betriebsklima, sondern auch aufs Geschäft insgesamt aus. Gutes Klima bedeutet in der Regel auch gutes Geschäft. Schlechtes Betriebsklima kann schnell zum Misserfolg führen. Das sollte eigentlich jedem klar sein. Ich persönlich arbeite auch lieber für einen freundlichen Chef, aber wer tut das nicht. Zur damaligen Zeit war aber wieder ein guter Job eventuell flöten gegangen. Obwohl der Chef einen freundlichen Eindruck machte, so konnte er meinen Ausflug ins Hotel unter dem Namen der Firma zumindest fürs Erste nicht dulden. Ob nun unbewusst oder bewusst, ich hatte den Bogen eindeutig überspannt. Glücklicherweise fing mich die Klinik wieder auf. So fiel ich etwas sanfter und beschützt auf den Boden der Tatsachen zurück. An dieser Stelle könnte ich auch sagen, dass die Firma ja das versprochene Geld nicht zahlte und indirekt die Schuld zuweisen, aber hier hatte irgendwie keiner Schuld. Es hatte sich nun mal so entwickelt. Nun musste Schadensbegrenzung betrieben werden. Zum Einen schädigte ich den Ruf der Firma gegenüber dem Hotel, zum Anderen hatte ich mir selbst geschadet. Gut, dass ich mich unter dem schützenden Dach der Psychiatrie befand, aber schon gar nicht möchte ich anderen einen Freibrief verpassen, es mir nachzumachen. Ich war wahrscheinlich unschuldig und, um es vorweg zu nehmen, kam ich Dank der Fürsprache der Ärzte zu meinen Gunsten von einer Anklage vor Gericht weg. Stolz bin ich darauf nicht, auch wenn die Geschichte amüsant anmutet. Die Rechnung ist mit in meine Privatinsolvenz gegangen, aber dazu komme ich noch.

Damals war es erst einmal wichtig, wieder auf die Beine zu

kommen, um nach der Entlassung, neu starten zu können. Nachdem nun die Schwester mich fragte, ob ich schon gegessen hätte und ich bejahte, sollte ich mich noch einen Moment gedulden, bis zur Aufnahme durch die zuständige Ärztin. So begab ich mich ins Raucherzimmer. Dort traf ich auf andere verlorene Seelen. Einer von ihnen lag mit angewinkelten Knien auf der Bank. Drei andere saßen auf den Stühlen. Zu meiner Überraschung traf ich auch Jane vom ersten Aufenthalt dort an und freute mich, sie wiederzusehen. Wir kamen ein wenig ins Gespräch, aber für Ausführlicheres fehlte mir die Kraft.

Es war der dritte Aufenthalt. Bei diesem Aufenthalt gab es zwei Highlights. Der Mann der bei meinem Eintreffen auf der Bank im Raucherzimmer lag, sein Name war Thomas, brachte mir das Schachspielen bei. Bis heute bin ich dankbar dafür. Für mich gibt es kein schöneres Spiel. Mein Vater wollte mir das Spiel oft nahe bringen, verlor jedoch immer schnell die Geduld, wenn ich mich mal ein bisschen zu " blöd" anstellte. Niemand ist für dieses Spiel zu blöd. Der Eine braucht nur mehr Zeit als der Andere, um es zu lernen. Bei meinem Vater schaltete ich auf stur und verweigerte mich bezüglich des Spiels der Könige, wie Schach auch genannt wird.

Thomas, ein großgewachsener mächtig wirkender Mann mit dunklen Haaren, brachte mir das Spiel sehr geduldig bei. Er ließ mich auch Fehler machen. Bekanntlich lernt Frau oder Mann oder Kind aus Fehlern. Nobody is Perfect. Perfekt ist im Grunde die - oder derjenige, die oder der weiß, dass sie oder er nicht in allem perfekt sein kann. Schließlich sind Menschen keine Maschinen und selbst die funktionieren nicht ewig und hundertprozentig.

Was soll ` s. Thomas schaffte es, mich binnen weniger Tage, zu einem einigermaßen spielenden Schachspieler auszubilden.

Er tat dies ohne Hintergrund. Es machte ihm Freude und auch mir. Ich genoss geradezu die Zeiten, in denen wir Schach übten. Zwischen den Therapien gab es auch genügend Zeit dafür.

Der zweite Höhepunkt des Aufenthalts war das Kennen lernen meiner gesetzlichen Betreuerin, Frau B.E.

Sie stand mir ab der zweiten Woche zur Verfügung, um finanzielle, behördliche und gesundheitliche Dinge zu regeln. Eine Betreuung hatte ich bereits bei meinem zweiten Aufenthalt, nach der Hochzeit meiner Schwester, beantragt. Nur beiläufig hörte ich von dieser Möglichkeit. Nun endlich lernte ich sie kennen. Sie war eine durchaus attraktive Frau mit langem rotem Haar und blauen Augen. Sie hatte mittleres Alter. Ist natürlich unerheblich. Die Hilfe, die sie mir gewähren konnte war wichtiger. Sie hatte weitreichende Befugnisse und konnte vieles durchsetzen, wozu ich die Kraft nicht gehabt hätte. Das Einzige, was mich erschütterte, war die Tatsache, dass sie meinen Wagen verkaufen wollte. Sie meinte, dass dies wegen der bevorstehenden Privatinsolvenz notwendig sei. Verbittert stimmte ich zu. Somit hatte ich in Zukunft kaum noch Besitz. Nur noch ein wenig Hausrat und die Klamotten an meinem Leib. Mehr nicht. Das musste damals zum Leben reichen. in gewisser Weise konnte ich mich damit anfangs noch arrangieren. Was hatte ich auch als Sozialhilfeempfänger zu erwarten. Es ist und bleibt eben nur eine Stütze, um die Existenz zu sichern. Kleidung hatte ich eh noch genug. Es brauchte sonst nur noch etwas zu Essen und zu Trinken da sein. Zweimal im Jahr sollte es zudem noch Bekleidungsgeld geben. Meine Betreuerin teilte mir 40 Euro wöchentlich zu, im Krankenhaus 20 Euro, um noch etwas nebenher anzusparen, für größere Anschaffungen. Mehr sollte nicht drin sein. Für gesellschaftliche Dinge, wie z.B. Kinobesuche, reichte das Geld vorne und hinten nicht. Gesellschaft hatte ich im Krankenhaus noch genug. Wie es danach weiter gehen

144

würde, wusste ich noch nicht. Jedenfalls war die Zeit für große Sprünge vorerst vorbei.

In einem Gespräch mit Frau B.E. ging es um die Zukunft. Klar war unter anderem, dass ich in die Privatinsolvenz gehen musste. Wie es beruflich weitergehen würde und ob ich so schnell wieder an Geld kommen würde, war zu ungewiss. So vereinbarten wir, dass die Insolvenz von ihr beantragt werden würde. Im Grunde genommen war ich zum damaligen Zeitpunkt, trotz aller Umstände, noch einigermaßen zufrieden. In anderen Fällen wäre es vielleicht sogar bis hin zur Obdachlosigkeit gekommen. In diesem Punkt fühlte ich mich irgendwie sicher, dass der Fall nicht eintreten würde, obwohl nur für sechs Monate die Miete für die Wohnung in Wieckhorst übernommen werden sollte. Zu groß und zu teuer für eine Einzelperson. So war ich über kurz oder lang auch gezwungen, mich nach einer neuen Wohnung umzuschauen. Schade auch. Ich hatte mich an meine drei Zimmer mit Fußbodenheizung überall gewöhnt. Wie heißt es so schön? Man kann nicht alles haben.

Nach ca. drei Wochen hatte ich mich trotz allem wieder einigermaßen erholt und die Ärzte, meine Betreuerin und die Pflegekräfte berieten sich über die Zeit nach meiner Entlassung. In der letzten Visite dieses Aufenthalts eröffneten die Psychiater, Pflegekräfte und Psychologen, dass ich in der Tagesklinik aufgenommen werden sollte. Ich sollte mich dort an einem Montag Ende August 2002 melden. Um 8.00 Uhr sollte ich dort sein. Meine Betreuerin organisierte mir eine Bahnfahrkarte. Von meiner Wohnung aus waren es etwa 2 km bis zum Bahnsteig in Hemsen, ebenfalls ein Ortsteil Schneverdingens. So wurde ich nach meiner Entlassung wenigstens tagsüber aufgefangen, denn in der Tagesklinik gingen die Therapien von 8.00 Uhr bis 16.00 Uhr. Dieser Umstand stimmte mich zufrieden. Mein Zimmergenosse, Ronny, ein alkoholabhängiger Rettungssanitäter aus Schneverdingen, freute sich mit mir. Wir teilten ein besonderes Erlebnis in einer der Nächte auf Station. Es war tagsüber und abends alles normal verlaufen. Nur eine Person sorgte für Aufruhr. Eine Dame unbekannten Alters mit schrecklich heruntergekommenen Aussehen ging gerne mal in die Zimmer anderer und verwechselte die jeweiligen Betten mit der Toilette. Sie soll eine ehemalige Kripobeamtin gewesen sein und im Dienst jemanden erschossen haben. Damit soll sie nicht fertig geworden sein und soff sich daher das Gehirn kaputt. Eine bedauernswerte arme Kreatur. Aber aufgrund des Zorns über ihre Spaziergänge in fremde Zimmer, hatte niemand Mitleid mit ihr. Nur wenige blieben von einem Besuch, die durchaus auch mal Nachts vorkamen, verschont. Unter anderem Ronny und ich. Aber die Angst davor saß einem im Nacken. Unbewusst nahm die Frau auch gern fremde Gegenstände bzw. fremdes Eigentum aus den Zimmern. Alles in allem tyrannisierte sie die komplette Station. Nun ja, eines Nachts schreckte ich plötzlich durch Geräusche im Zimmer auf und sah nur einen Schatten in einem Lichtkegel der vor meinem Bett stand. Ohne lange zu zögern, brüllte ich:,, Raus hier!" Eine Männerstimme erwiderte:,, Ich bin `s!" Es war Ronny, der von der Toilette kam. Nur so am Rande. Ein Zuckerschlecken ist die Psychiatrie nicht. Mit solchen Dingen musste jede Patientin bzw. jeder Patient rechnen. Es kam auch durchaus mal vor, dass verwirrte Menschen sich genussvoll über das für alle bereitstehende Mittagessen hermachten, also aus den großen Töpfen aßen, bevor das Mittag begann. Manche drehten auch im Alkoholrausch durch und schmissen Gegenstände wie Glasschüsseln oder sonstiges durch die Gegend. Zumindest war dies einmal der Fall, als eine junge Patientin sich bei ihrem Ausgang vom Discounter billigen Wein kaufte und in sich vor dem Krankenhausgelände aus Frust über irgendetwas hineinschüttete. Es gab auch Zeiten, in denen es ruhiger war, aber rechnen musste man mit allem. Ab und zu gab es sogar Fixierungen. Dann werden Patienten, die durchdrehen, auf ein spezielles Bett geschnallt. Bei der Patientin mit dem billigen Wein war dies auch der Fall.

Wie auch immer. Mich drängte es schnell wieder nach draußen. In der Psychiatrie waren die Türen zwar oft verschlossen, aber die meisten von uns hatten freien Ausgang und durften auch übers Wochenende nach Hause. Zu diesem Personenkreis gehörte ich auch. Aber ich wollte schnell wieder komplett raus, denn das Leben auf Station ist kein normales Leben. Was ist aber normales Leben? Na ja, da gibt es viele Möglichkeiten. Für den einen ist es normal, ein Haus im Grünen zu haben, für den anderen eine Wohnung in der Stadt, ein Haus in der Stadt usw., usw., usw. Normal ist in den Köpfen vieler wahrscheinlich, seinen Job zu erledigen und ein gutes, sauberes Dach über dem Kopf zu haben. Für einige von uns besteht diese Möglichkeit gar nicht, weil irgendeine Krankheit oder Sonstiges einen Schatten über einen wirft, der einen aus der Norm löst, wie ein Stück Eis, dass sich in der Antarktis von einer großen Eisscholle ablöst. Plötzlich gehört sie oder er nicht mehr dazu. Es wird ein Schattendasein geführt, da Frau oder Mann oder Kind nicht mehr alles so machen kann wie der normale Mensch. Sprich zur Schule gehen, zur Arbeit gehen, sich Anziehen, beruhigt zu Bett gehen, normal schlafen oder, oder, oder.

Einige Menschen unserer Gesellschaft leiden unter einem Handicap. Menschen in der Psychiatrie bzw. mit psychischen Erkrankungen bilden nur einen gewissen Teil dieser abnormen Leute. Oft kommt es zur ungewollten Isolation, weil draußen ein knallhartes System vorherrscht. Wer nicht mitziehen kann, verliert. Also ist es umso wichtiger, dass Menschen mit Behinderungen jeglicher Couleur zusammenhalten, sich zusammen schließen zu einer großen Gruppe der vermeintlichen Außenseiter. Nur so lässt sich Stärke gegenüber der Gruppe der Normalen erreichen. Ich finde es vor allen Dingen unschön, dass dies hauptsächlich über offizielle Stellen läuft. Da gibt es Stiftungen und Einrichtungen für Krebskranke, für Menschen mit Amputationen, für Gelähmte, für Blinde, für Taube, für psychisch Kranke, für Alkoholabhängige usw., usw., usw. Aus christlicher Sicht getreu dem Motto " Liebe Deinen Nächsten wie Dich selbst" sehr vernünftig und dankenswert, dass Menschen sich bereit erklären, sei es beruflich oder ehrenamtlich, den Schwächeren der Gesellschaft unter die Arme zu greifen. Es gibt aber zu wenig Selbsthilfe unter den Betroffenen. Zu wenig Zusammenschlüsse in privater Atmosphäre. Alles an Hilfe ist irgendwie fast immer offiziell. Sicher, gerade für psychisch Behinderte gibt es eine starke Lobby, nicht nur die Ärzte, die Klinik selber, die Tagesklinik, den Betreuungsverein oder freiberufliche Betreuer, die Tagesstätte, den sozial psychiatrischen Dienst, ganz zu schweigen von den Rehabilitationseinrichtungen. Doch noch wichtiger ist die Kommunikation untereinander. Im Krankenhaus klappt es oder auch in anderen Einrichtungen. Es sind und bleiben aber Zwangsgemeinschaften. Den meisten ist das klar und die meisten wollen außerhalb auch in vernünftiger Gesellschaft leben, aber dafür müsste Eigeninitiative greifen. Das muss man nur begreifen. Erst dann haben wir nicht Normalen eine Chance auf ein wirklich freies Leben, denn keine Krankheit sollte zu stark einschränken, wobei natürlich unheilbar Kranke etwas Schwierigkeiten bei diesen Worten bekommen werden. Das ist auch verständlich, aber viele mit Handicap können ein ganz "normales Leben" führen. Verstecken müssen wir uns nicht. Nein, auch wir haben ein Recht auf Leben, auch und gerade außerhalb öffentlicher Stellen. Nur ein kleines Statement für uns Behinderte.

Ich wurde nach der Entlassung wieder in einer ambulanten psychiatrischen Klinik aufgenommen. Es passte mir ganz gut, da ich sonst keine Tagesstruktur gehabt hätte. Zuhause blieb ja nicht mehr viel. Aber eines habe ich währen der vollstationären Behandlung noch hinbekommen. Ich sollte wieder für die besagte Firma arbeiten. Der Chef hatte mir den Hotelausflug verziehen, aber ich sollte erst einmal gesund werden. So wurde ich an einem Freitag entlassen und sollte mich an dem Montag nach dem Wochenende in der Tagesklinik melden. Die Zeit bis dahin bekam ich gut geregelt, da ich noch meine Wohnung auf Vordermann bringen musste. Den Sonntag verbrachte ich damit, mich beim SV Schülern, einem örtlichen Fußballverein ca. drei Kilometer von meiner Wohnung entfernt, anzumelden, um in der Freizeit Fußball zu spielen. Zweimal die Woche, Dienstags und Donnerstags sollte Training sein. Sonntags gab es immer ein Punktspiel gegen andere Clubs der Liga, in der, der SV Schülern spielte.

Als ich den Sonntag auf meinem alten, aber liebevoll von meinem Vater restaurierten Herrenrad, vom Fußball kam, tauchte zeitgleich meine Betreuerin mit ihrem Auto auf, das zum Soltauer Betreuungsverein gehörte, auf. Ich freute mich darüber und nachdem sie ausgestiegen war und ich vom Fahrrad stieg, begrüßten wir uns freundlich. Sie hatte noch ein Pfund Kaffee als Geschenk mitgebracht. So saßen wir später in der geräumigen Küche an meinem weißen Küchentisch, tranken Kaffee und unterhielten uns. Schnell wurde sie zu meiner engsten Vertrauten und ich hatte keine Scheu, alles von mir zu erzählen. Der Tag verlief insgesamt sehr gut und ich fühlte mich recht stabil. Gegen 16.00 Uhr verabschiedete Frau B.E. sich herzlich und ich verbrachte den Rest des Tages vor dem Fernseher. Am nächsten Morgen stand ich gegen 6.30 Uhr auf, um den Zug nach dem Duschen, Frühstücken und Anziehen, rechtzeitig zu erreichen. Gegen 7.15 machte ich mich auf den Weg zum Bahnsteig in Hemsen. Nach 5 Minuten mit dem Fahrrad kam ich dort an. Fünf Minuten später traf der Zug ein, welcher auf der Strecke zwischen Hannover und Buchholz in der Nordheide pendelte. Jeder noch so kleine Bahnhof bzw. Bahnsteig wurde von dieser Regionalbahn angefahren. So stieg ich an diesem Morgen in diesen Zug, um nach Soltau zu gelangen. Es gab in Soltau zwei Möglichkeiten zum Aussteigen. Zum Einen den Bahnsteig im äußersten Norden Soltaus und zum Anderen den Hauptbahnhof im Zentrum. Ich entschied mich dafür, im Zentrum auszusteigen. Dort angekommen, machte ich mich auf den Weg zur Klinik in der Victoria-Luise-Straße. Zwei Kilometer lagen vor mir, vorbei an Einzelhandelsgeschäften in der Großen Fußgängerzone, vorbei an der Volksbank über den Böhme Park bis hin zur Klinik. Ein abwechslungsreicher Weg. Pünktlich erschien ich in der Altbauvilla, welche früher Offizieren Unterschlupf bot. Von außen war das große Haus gelblich. Nach Betreten des Gebäudes gelangte man in einen größeren, hellgrau gestrichenen Flur mit Garderobe und einer Sitzmöglichkeit mit kleinem Beistelltisch. Über eine helle Holztreppe konnte das Obergeschoss erreicht werden. Es war noch ein wenig ruhig an diesem Morgen und es herrschte eine angenehme Stille vor. Gutgelaunt hängte ich meine helle Sommerjacke an die Garderobe und begab mich ins südlich vom Flur gelegene Sekretariat. Dort saß eine kleingewachsene schon etwas ältere Dame, Frau N., und begrüßte mich sehr freundlich. Nach Erledigung der Aufnahmeformalitäten führte Frau N. mich durch den Rest des Hauses. Im Erdgeschoss befand sich im Westen noch ein kleiner Bewegungsbzw. Sportraum, im Norden ein Gemeinschaftsraum. Im nordwestlichen Bereich befand sich ein großer Speiseraum mit großer Tafel und vielen Stühlen aus hellem Holz. Die Stühle hatten rote Polster. Zudem gab es noch ein großes rotes Sofa im Erker des Nordflügels. An der gegenüberliegenden Wand befand sich ein massives, dunkelbraunes Buffet. In dem Buffet befand sich eine große Spiele Sammlung für die Therapie freie Zeit. Der Speisesaal fungierte gleichzeitig als Durchgangszimmer zur großen Einbauküche mit Arbeitsfläche in der Mitte und einem Ofen in Brusthöhe. Alles war aus hellem Furnier. Dahinter lag noch eine kleine Speisekammer. Im Keller der Villa befand sich ein Raum für Ergotherapie, ein Computerraum, eine Toilette, ein Raucherraum, ein Abstellraum und ein Ruheraum, in dem auch Liegen zum Entspannen standen. Im Obergeschoss der Villa befanden sich zwei Arztzimmer, ein Therapieraum des Psychologen, Herrn Sch.-H., ein Gruppenraum und ein Büro. Hier war alles mit Teppichboden in rotorange ausgelegt. Nur der Flur war mit Laminat bestückt. Der Fußboden im Erdgeschoss und im Keller war mit hellgrauem Linoleum ausgelegt.

Das Programm der Tagesklinik umfasste die Sporttherapie, die Theatertherapie, 1x wöchentlich das Kochen, die Ergotherapie, das soziale Kompetenztraining, Bewegung in Form von Ausflügen bzw. ausgedehnten Spaziergängen oder Radtouren, die Gruppen und natürlich die Einzelgespräche. Die medizinische Betreuung rundete alles ab. Bei mir wurde das sogenannte Risperdal mittlerweile als Depotspritze verabreicht, da ich einmal missbräuchlich zu viel nahm. So bekam ich Risperdal Consta, welches über einen Zeitraum von zwei Wochen seine volle Wirkung entfaltete.

Nach dem Rundgang mit Frau N., einer ausgebildeten Krankenschwester, ging ich zurück in den Speiseraum, um mich dort hinzusetzen. Nach und nach trafen die anderen Patientinnen und Patienten ein. Alles scheinbar nette Menschen. Wir stellten uns nach und nach mit Vornamen vor. Unter den Patienten war das Du üblich. Auch eine attraktive, blondgelockte

Patientin mit Klasse Figur, die ich noch von der D0 aus Walsrode kannte, traf dort ein. Sie hieß Birgit und litt unter Depressionen, machte auf mich aber einen fröhlichen Eindruck. Nachdem alle versammelt waren, gab es erst einmal ein üppiges Frühstück mit reichlich Aufschnitt und süßen Brotaufstrichen für die gemischten Brötchen. Des weiteren stand eine vollautomatische, ständig heizende Kaffeemaschine zur Verfügung, bei der es auf Knopfdruck Kaffee gab. Es herrschten sehr komfortable Verhältnisse vor. Zudem konnten wir über ein Radio Musik hören und die neuesten News verfolgen. So saßen wir zusammen und genossen den beginnenden Morgen.

Nach dem Ganzen erschien dann ein großgewachsener, schlanker, glattrasierter Mann mit grauem Haar in dem Raum. Er trug ein Sakko zu seiner Jeans und seinem kariertem Hemd. Der Mann stellte sich uns allen als Leiter der Einrichtung vor, Herr Sch.- H., und bat uns, zur Morgenrunde in den Gemeinschaftsraum im Erdgeschoss zu kommen. Dort versammelten wir uns schließlich im Kreis und der Reihe nach stellten wir uns vor und erzählten kurz wie es uns ging. Danach wurde bekannt gegeben, wer in welche Therapie kommen würde und die Gruppe löste sich auf. Ich war als erstes mit der Ergotherapie an der Reihe und begab mich somit in die Werkstatt im Keller. Zuvor rauchte ich noch im Raucherzimmer eine selbstgedrehte Zigarette. Für Filterzigaretten fehlte mir das Geld. In dieser Ergo beschränkte ich mich auf das Ausmalen eines Mandalas. Nach der Ergo stand Sport auf dem Programm. Der Sportraum war wirklich klein, so dass der Sporttherapeut, Herr P., ein junger, dynamischer, vorwitziger Mann mit gelocktem rotblondem Haar und Nickelbrille, vor eine schwierige Aufgabe gestellt wurde, was den Sport anging. Er schaffte es aber spielend mit leichten Übungen mit z.B. Bällen, uns in Bewegung zu bringen und alle hatten recht viel Spaß an der Therapie. Auf jeden Fall wurde es nicht langweilig. Es folgte eine lange Pause vor dem Mittag. Nur für mich stand noch ein Gespräch mit Herrn Sch.-H. an. So ging ich gegen 11.30 Uhr die Treppe hinauf und klopfte an seine Zimmertür. Er öffnete und begrüßte mich freundlich. Dann sollte ich mich auf einen bequemen Sessel an einen kleinen Tisch setzen, während er sich auf seinen ledernen Schreibtischsessel setzte und sich entspannt zurücklehnte. Mein Blick fiel auf einen kleinen Balkon, den Herr Sch.-H. zur Verfügung hatte und ich fragte mich unweigerlich, ob der Herr Psychologe sich dort abends ab und zu einen Drink gönnte. Ich hätte es so gemacht. Nun denn, es entwickelte sich ein recht harmloses Gespräch als er plötzlich mit ernster Miene ohne großen Hintergrund fragte:,, Und wie ist es mit Bierchen?" Ich antwortete spontan mit einer Gegenfrage:,, Trinken Sie nicht auch mal was?" Ziemlich dreist, aber mir schien es berechtigt zu sein. Wenn jemand schon so persönlich fragt, frage ich persönlich zurück. Ganz einfach. Seitdem war dieses Thema ein für allemal gegessen. Nie wieder fragte mich der Psychologe nach Bierchen, so dass ich mich unbewusst vor unangenehmen Fragen in dieser Hinsicht schützte bzw. geschützt war. In diesem Fall hatte ich ihn tatsächlich zum Schweigen gebracht.

Dann war die Zeit für das Mittagessen gekommen. Das Essen wurde vom nahegelegenen Kreiskrankenhaus in Aluschalen geliefert, schmeckte aber nicht schlecht. Von Spaghetti Bolognese über Braten bis zu Eintöpfen wechselten sich die einzelnen Gerichte ab. Aber das nur am Rande.

Mit der blonden Birgit kam ich gut ins Gespräch, und ich freute mich über diese Art der Zerstreuung. Frau N. kam dann zu uns, um die Personen für das Kochen einzuteilen. Auf Nachfrage, wir sollten zu dritt kochen, meldete ich mich dafür. Den Rest des Tages verbrachten wir mit dem Spielen von Spielen. Ich spielte gegen Wolfgang, einem Maurer aus Schneverdingen, Schach. Er gewann, aber das war nicht schlimm. Er spielte schon seit 20 Jahren, so dass ich froh sein konnte, überhaupt eine Zeit lang mitzuhalten. Gegen 15.45 Uhr versammelten wir uns noch mal im Speisesaal zur Abschiedsrunde. Jeder sollte erzählen, wie sie oder er den Tag empfunden hatte und was man zum Feierabend machen würde. Mit diesen Eindrücken verließ ich gegen 16.00 Uhr die Klinik und beschloss, zum nördlich gelegenen Bahnsteig zu gehen. Wieder lagen zwei Kilometer vor mir, vorbei an den berufsbildenden Schulen, einem großen Seminarhotel und einem Waldstück mit vielen Kiefern. Endlich angekommen, ging ich zur Tafel mit den Abfahrtzeiten der Züge und musste verbittert feststellen, dass ich den Zug um eine Viertelstunde verpasst hatte. Der Nächste sollte erst zwei Stunden später kommen. Was nun? dachte ich. Zwei Stunden auf dem Bahnsteig erschienen mir nicht so verlockend. So zögerte ich nicht lang und nahm die 15 km Strecke zu Fuß in Angriff. Mitten durch den Wald ging ich die Bahngleise entlang in Richtung Schneverdingen. Kurz vor Wolterdingen, einem Ortsteil Soltaus, ging mir ein Licht auf. Dort lebten alte Stammkunden von mir. Ich kam auf die Idee, dort zu klingeln, um darum zu bitten, mich nach Wieckhorst bzw. dem Hemsener Bahnsteig zu fahren.

Erschöpft kam ich dort letztendlich an und klingelte an der Haustür. Zum Glück öffnete jemand. Es war der ehemalige Kunde. Ich trug ihm mein Anliegen vor und tischte ihm die Lüge auf, dass ich mit dem Auto hängen geblieben wäre. Alles andere war für mich unwichtig. Wozu sollte ich ihm große Geschichten erzählen. Ich wollte ja nur irgendwie nach Hause. Der Kunde meinte daraufhin, dass er keine Zeit hätte, aber sein Sohn mich fahren könnte. Ich war erleichtert. Die restliche Strecke blieb mir erspart. Der Kunde holte sogleich seinen Sohn aus der anliegenden Einliegerwohnung und kurz darauf

saßen wir schon in seinem Wagen und fuhren Richtung Wieckhorst. Ich bedankte mich herzlich bei meinem Fahrer, stieg aus
und machte es mir in meiner Wohnung nach dem Eintreten bequem. Am nächsten Morgen hatte ich schon aufgrund dieser
Negativerfahrung mit dem Heimweg, keine Lust in die Tagesklinik zu gehen. So rief ich gegen 8.00 Uhr vom Telefon der
Eltern meines Vermieters aus in der Tagesklinik an, um Frau N.
mitzuteilen, dass ich aufgrund der schlechten Zugverbindungen
nicht kommen könnte. Frau N. sagte daraufhin:,, Moment bitte,
ich kläre das mit Herrn Sch. H., bleiben Sie bitte am Apparat."
Kurze Zeit später hörte ich die Sekretärin zu mir sagen:,, Sie
brauchen sich keine Sorgen zu machen. Ab morgen werden Sie
mit einem Taxi geholt und zurück gebracht." Diese Nachricht
erleichterte mich sehr, sonst hätte ich nicht mehr die freundlichen Menschen tagsüber um mich gehabt. Da gab es zwar noch
meinen Job, aber erst sollte ich ja gesund werden. Den Rest des
Tages verbrachte ich trotzdem wieder in der Firma. In der Klinik war schon deutlich gemacht worden, dass jede Patientin
und jeder Patient etwas fürs Wochenende geplant hatte. So
machte ich mir Gedanken darüber und rief meinen geliebten
Bruder in Berlin an. Ich wusste mittlerweile, dass von Schneverdingen aus ein Bus nach Berlin fuhr. Also verabredeten wir
uns fürs Wochenende und ich war entspannt. Endlich wieder
mal im Kreise meiner geliebten Familie. Berlin selber war mir
nicht wichtig. Ich wollte einfach nur mal raus, denn langsam
begann ich mich einsam zu fühlen, obwohl ich häufig in Gesellschaft war. Ich hatte den Fußball, die Tagesklinik und die
Firma. Trotzdem fehlte was. Es fehlten enge Vertraute. Es fehlten Personen, die mich kennen und mein Bruder gehört absolut
dazu. Meine Betreuerin wohnte zwar nicht weit weg, aber die
konnte ich ja schlecht privat besuchen. So entschied ich, mich
in die Bundeshauptstadt zu begeben. Finanzieren wollte ich das

Ganze mit dem fälligen Scheck für das Bekleidungsgeld. Die 125 Euro kamen gerade recht. Da ich noch genügend Kleidung hatte, konnte ich das Geld gut für die Reise nehmen. Damit war natürlich nicht die Gebundenheit an den Zweck gegeben, aber das interessierte mich nicht, da dies eh keiner kontrollieren würde.

Am nächsten Tag stellte ich mich rechtzeitig auf die Hofeinfahrt, um auf mein Taxi zu warten. Es kam sehr pünktlich. Ich freute mich riesig über diesen Service und kam zufrieden in der Klinik an. Heute stand wieder Ergo auf dem Programm. Wir sollten ein Phantasiebild malen. Viel Lust verspürte ich nicht darauf. So malte ich ein ulkig aussehendes Männchen und schrieb den Satz:,, Ja, ich begrüße Sie zur Morgenrunde." Eine kleine, nett gemeinte Anspielung auf die allmorgendliche Begrüßung durch Herrn Sch.- H. Jeder, der das Bild sah, schmunzelte, da jedem klar war, wer gemeint war. Ich hätte nie gedacht, dass mein Geschmiere so gut ankommen würde, aber es freute mich. Zufrieden verbrachte ich den Rest des Tages mit den anderen Therapien. In den Pausen flirtete ich mit Birgit. Zwischenzeitlich war noch die ebenfalls äußerst attraktive Dörte im Kreise der Patienten aufgenommen worden. So wusste ich manchmal gar nicht, wo ich zuerst hinschauen sollte. Langsam entwickelten sich die Verhältnisse in der Tagesklinik nahezu paradiesisch. Auch den Rest der Woche verbrachte ich recht angenehm. An einem der Tage hatte ich noch Theatertherapie. Dort wurde drei männlichen Patienten die Aufgabe gestellt. eine Prinzessin, bzw. das Herz einer Prinzessin zu erobern. Die zwei Anderen und ich waren in der Rolle des Prinzen mit eigenem Schloss, Pferden und, und,und. Ich bekam die Aufgabe, ihr ein Gedicht zu schreiben. Dies kam durch das Ziehen von verdeckt gehaltenen Zetteln heraus. So hatte jeder eine andere Aufgabe erwischt. Ich begab mich in den Speisesaal, um an dem Gedicht zu arbeiten und schrieb nach ca. fünf Minuten Überlegung folgende Zeilen:

Oh, liebste Prinzessin,

als ich Dich sah,

war eines klar,

wärst Du doch immer für mich da,

nimmst ein mit mir Speisen,

begleitest mich auf Reisen,

wirst mit meinen Pferden kreisen,

und bist noch da,

wenn ich anfange zu vergreisen.

Irgendwie war ich selbst überrascht über das gute Ergebnis und begriff zuerst gar nicht, welch tiefe Sehnsucht sich in meinen Zeilen wieder spiegelte. Ja, ich war ohne Partnerin einsam. Vieles wurde mir in der Tagesklinik und auch außerhalb geboten, aber trotzdem war mein Herz leer und voller Sehnsucht. Besser hätte ich meine eigene Situation nicht darstellen können. Ich brachte es durch mein Gedicht auf den Punkt. Sich alleine zu fühlen, ist eigentlich das hässlichste, was einem Menschen wieder fahren kann. Wie schlimm es dabei um mich stand, wusste ich bis dato nicht. Als das Wochenende näher rückte, fieberte ich nur noch der Post entgegen, um den Scheck im Briefkasten vorzufinden. Dieser Scheck über das Bekleidungsgeld bedeutete damals sehr viel für mich. Es war der Schlüssel zu einem kurzfristigen Glück. Dem Glück, mein Herz für kurze Zeit mit Liebe zu betanken, denn ich wusste, dass meine Familie mich trotz meiner krankheitsbedingten Umstände liebt.

So dachte ich am Freitag nach Feierabend, freitags war schon um 14.00 Uhr Schluss, nur an den Scheck. Um 14.20 Uhr kam ich mit dem Taxi auf den Hof gefahren. Ich eilte gleich zum Briefkasten und öffnete ihn. Dieser war leer. In der Wohnung vergingen bange und nervöse Minuten, denn ich musste erst noch zur Bank und um 16.00 Uhr sollte der Bus abfahren. Der Bus zum damaligen Glück. Endlich, gegen 15.00 Uhr kam der Postwagen auf den Hof. Ich konnte aus dem Küchenfenster heraus den Postboten beobachten, wusste aber nicht bzw. konnte nicht sehen, ob er bei mir einen Brief einsteckte. Ich wartete noch so lange, bis der Beamte wieder verschwunden war, um dann schnell zum Briefkasten zu gehen. Der Brief vom Betreuungsverein war dabei. Erleichtert öffnete ich den Umschlag und nahm den Scheck heraus. Danach nahm ich die bereits gepackten Sachen und verschwand aus der Wohnung auf dem einsamen Hof, nahm das von den Eltern meines Vermieters geliehene Rad, mein eigenes war zuvor schon geklaut worden, und machte mich auf den Weg nach Schneverdingen. Der Bus sollte vom Marktplatz aus starten. Nachdem ich den Scheck bei meiner Bank eingelöst hatte, fuhr ich dorthin. Der Berlin Bus stand bereits abfahrbereit auf dem Platz. Zuvor löste ich noch ein Ticket bei einem Reisebüro. Ich zeigte, nachdem ich das Rad abgestellt hatte, dem Busfahrer meinen Fahrausweis. Dieser verstaute anschließend mein Gepäck und ich stieg freudig ein. Die Fahrt dauerte etwas mehr als drei Stunden. Währenddessen trank ich vier Flaschen Bier an Bord weg und dachte an meine Familie. Auch die russische Schwiegermutter, Mom genannt, sollte dort sein. Sie packte immer fleißig mit an und kochte hauptsächlich für alle. Mein Bruder kocht zwar sehr gerne, hatte aber hart zu arbeiten, um sein Geld zu verdienen. Er ist im Internetgeschäft in einer Führungsposition tätig und hat ein sehr gutes Auskommen. Trotzdem war die Wohnung nur mit alten Möbeln ausgestattet. Sofas aus den 50`ern, Lampen aus den 70`ern usw. Nur der große Kühlschrank, der Fernseher, das Laptop und die Waschmaschine waren neuere Modelle. Alles in allem war die Wohnung eine bunte Mischung aus alt und neu. Es passt zu meinem Bruder, den man eher als ein wenig chaotisch als geordnet einstufen muss. So ist er eben. Nachdem wir, die restlichen Reisenden und ich, den Zentralen Omnibusbahnhof in Berlin erreichten, stiegen wir aus und nahmen unsere Taschen entgegen. Ich stieg in die nächste S-Bahn, um in den richtigen Stadtteil zu kommen. Dort lebte damals meine Familie bzw. dieser Teil meiner Familie. Die S-Bahn verließ ich drei Blocks entfernt von meines Bruders Wohnung. So trennten mich nur noch wenige Schritte von zu erwartender menschlicher Wärme. Wie immer stand die Tür im Haus schon offen, als ich den 4.Stock zur Wohnungstür erreichte. Ich trat in den kleinen Flur des Altbaus, zog die Schuhe aus, der Holzboden war empfindlich, und begab mich durchs Wohnzimmer hindurch in die große Küche, dem Zentrum meines brüderlichen Lebens. Hier wurde gesprochen, gelacht, getrunken, gegessen und Musik gehört. Alle waren schon versammelt. Meine Schwägerin Sascha, Mom und Gerry. Nur Leonid, mein erster Neffe und Neuankömmling auf unserem Planeten, fehlte. Er schlief schon seinen gerechten Schlaf. Schließlich war er damals erst 11 Monate alt. Wir begrüßten uns herzlich und gaben uns Küsschen auf russische Art, d.h. auf beide Wangen. Sascha hat Gerry auf einer Studienreise in Russland kennen und lieben gelernt und ist seitdem mit ihr zusammen. Sie war mir auf Anhieb sympathisch, weil sie eine Art erhabene Ruhe ausstrahlt. Mom mochte ich wegen ihrer Herzlichkeit und Gastfreundschaft. Sofort fühlte ich mich wieder wohl. Es gab auch gleich wieder etwas zu essen. Feinstes Kaninchen in einer Weißweinsoße. Es schmeckte delikat. Nach dem Essen packte ich mein Hab und Gut aus. An diesem Abend schauten wir noch einen Film auf dem Laptop meines Bruders mit Dolby Surround Klang und tranken ein wenig Bier. Nachdem wir dann alle zu Bett gegangen waren, schlief ich schlecht ein und bekam plötzlich Angst vor Vampiren, als ich dort so alleine auf dem Schlafsofa im Wohnzimmer lag. Es steigerte sich in eine richtige Angst, so dass ich immer zum Fenster in Erwartung eines Vampirs schaute. Nach ca. einer Viertelstunde war der Spuk vorbei und kurz darauf fiel ich in den Schlaf, den ich nach der langen Fahrt brauchte, erwachte jedoch schon gegen 4.30 Uhr morgens.

Hellwach schlich ich mich in die Küche, während der Dielenboden unter meinen Füßen knarrte. Ich begab mich zum Kühlschrank, öffnete diesen und sah unter anderem einige Bierbüchsen vor mir. Bis dato war es nicht meine Art, schon etwas zu trinken, aber irgendwie war mir danach. Ich nahm mir eine halben Liter und setzte mich ans Küchenfenster, welches gen Innenhof des Mehrfamilienhauses zeigte. Sogleich öffnete ich die Dose und ließ das kühle Nass meine trockene Kehle runter gleiten. Drei Stockwerke tiefer sah ich jemanden im hellerleuchteten Fenster sitzen. Er trug einen Smoking. Vielleicht kam er von einem klassischen Konzert oder war selber Musiker für klassische Musik. Erst wollte ich ihm zuprosten, aber er sah gar nicht erst nach oben. So saßen wir da, der vermeintliche Musiker, drei Stockwerke tiefer und ich. Nach dem vierten Bier und 1,5 Stunden später rührte sich etwas im Elternschlafzimmer. Kurz darauf betrat meine Schwägerin die Küche. Sie hatte meinen kleinen, süßen Neffen im Arm. Beide waren noch sehr verschlafen. Anscheinend hatte Leonid Hunger bekommen. Während Sascha die Flasche zubereitete, kümmerte ich mich um den Kleinen. Es war schön, mal wieder die Verantwortung für einen so winzigen und unschuldigen Erdenbürger zu übernehmen.

Als Sascha das Fläschchen für den Kleinen fertig hatte, begab ich mich ins Badezimmer, um mich frisch zu machen. Gegen 7.00 Uhr erschien Mom in der Küche und kochte für alle einen süßen Brei. Es schmeckte ausgezeichnet und tat gut. Gerry erwachte viel später. Den Rest des Tages verbrachten wir beim Einkaufen. Hauptsächlich frische Lebensmittel. Mein Bruder als auch ich legen viel Wert auf eine ausgewogene Ernährung. Neben Fisch und Fleisch kaufte Gerry noch frisches Gemüse vom Wochenmarkt. Zu einem späteren Zeitpunkt, abends in der Wohnung, tauchten noch Nachbarn und Freunde der Beiden auf und der Abend endete feucht fröhlich. Nachdem alle weg waren, fiel ich zufrieden ins Bett und schlief sehr gut. Am nächsten Morgen, diesmal gegen 7.00 Uhr, erwachte ich. Es war dann nach dem Mittagessen, als es mir plötzlich nicht mehr so gut ging. Die Abreise für den nächsten Tag nahte. Vielleicht war das der Auslöser. Ich ging in den Hausflur, um im Treppenhaus eine zu rauchen. Drinnen vermieden wir dies weites gehend, wegen dem Kleinen. Plötzlich umkam mich eine immer schlechtere Stimmung. Ich dachte über mein Dasein nach und fragte mich, was ich in der Gesellschaft eigentlich nütze und ob ich nicht lieber aus dem Fenster springen sollte. Aber ich fing mich wieder und wollte meiner Familie so etwas nicht antun. In der Wohnung ging es mir aber nicht viele besser. Trotz dem ich mich im Kreise meiner Lieben befand, überkam mich eine beklemmende Traurigkeit. Ich fühlte mich in meiner Haut nicht mehr wohl. Gerry und Sascha hatten durch das Kind und meines Bruders Job ein ausgefülltes Leben. Aber wo blieb ich? Außer der Tagesklinik, dem Fußball und dem Job hatte ich zu Hause nichts. Kein Mensch umgab mich. In der Wohnung herrschte gähnende Leere. Mein Leben war nur außerhalb ausgefüllt. Innerhalb der eigenen vier Wände gab es nur mich, die Möbel, das Geschirr, den Fernseher, die Stereoanlage und ein paar Bücher. Nein, ich bin nicht zum Single geboren. Wer ist das schon. Hat nicht jeder das Bedürfnis irgendwann etwas von sich zu teilen oder sich mitzuteilen?

Mir fehlte menschliche Nähe. Als ich noch eine intakte eigene Familie hatte, ging es mir gut. Jetzt gab es scheinbar nur mich und die Krankheit. Bis zum damaligen Zeitpunkt war mir noch nicht einmal die genaue Diagnose bekannt. Ich wusste nur, dass ich nicht aufgrund meines Alkoholkonsums behandelt wurde, aber ich fragte auch nicht weiter nach.

Wie dem auch sei. An dem Sonntag ging es mir auf einmal sehr schlecht. Mein geliebter Bruder bemerkte dies und machte sich offensichtlich Sorgen. Nach langem gedanklichen hin und her in meinem Kopf, entschloss ich mich einen Tag früher zurück zu reisen, obwohl ich seitens der Tagesklinik für den darauffolgenden Montag frei bekommen hatte. Aber irgendetwas zog mich zurück in meine vereinsamte Wohnung, in mein Schneckenhaus. Ich merkte, dass ich Ruhe brauchte und nachdem ich meinen Wunsch gegenüber meiner Verwandtschaft ausgesprochen hatte, war ich erleichtert. Sofort organisierte mein Bruder einen Bus, der wenigstens nach Hamburg fuhr. Er sollte um 15.00 Uhr abfahren. So packte ich meine Sieben Sachen und Gerry und ich machten uns auf den Weg zur S-Bahn, um gemeinsam zum ZOB zu fahren. Schon fühlte ich mich erleichtert. Am ZOB angekommen, gab es noch einen kurzen aber herzlichen Abschied. Danach stieg ich in den Bus. Kilometer für Kilometer ließ ich Berlin und das für mich doch recht turbulente Wochenende hinter mir. Ich trank noch genussvoll die Cola, die Gerry mir am Busbahnhof besorgt hatte, um die Rückfahrt zu genießen. In Hamburg stieg ich in eine Regionalbahn nach Buchholz in der Nordheide, um dort den Anschlusszug nach Schneverdingen zu nehmen. Gegen 21.00 Uhr traf ich in der Heideblüten Stadt ein. Vom Bahnhof aus machte ich mich auf den Weg zum Marktplatz, um das Fahrrad zu holen. Es war ein altes Damenrad, höchsten 30 Euro wert, aber es fuhr. Es brachte mich von A nach B und machte mir deshalb Freude. Kurz vor Erreichen des Platzes, überkam mich ein ungutes Gefühl. Das Rad ist bestimmt geklaut worden, dachte ich. Und, tatsächlich! Als ich die Stelle, an der ich es abgestellt hatte, erreichte, war es nicht mehr da. So ein Mist, dachte ich. Ich war wütend auf die Diebe, die solch ein fast wertloses Vehikel mitnahmen. Alles in allem ist Diebstahl für mich sowieso höchst verwerflich. Wie kann Frau oder Mann sich nur an fremdem Eigentum vergreifen, muss aber zu meiner Schande gestehen, dass ich so etwas in meiner Jugendzeit auch tat. Ich schäme mich noch heute dafür, zumal ich als Jugendlicher eigentlich alles hatte, was ich brauchte. Ich tat es damals mit anderen Heranwachsenden aus dem Dorf nur für den besonderen Kick. Zum Glück wurden wir nie erwischt. Verjährt ist es eh schon lange, Vielleicht war es auch eine gerechte Strafe im Nachhinein, dass man mir bis dato schon zwei Fahrräder geklaut hatte. Ausgleichende Gerechtigkeit sozusagen.

Was soll ` s. An dem Abend war ich jedenfalls bedient und steuerte schnurstracks das Blue Bird an, eine urige Kneipe und auch der Treffpunkt für den kiffenden Teil der Bevölkerung. Ob der Wirt das wusste, weiß ich nicht, aber rein optisch, hager und dunkle Augenringe, dürfte er selber schon einiges an Drogen konsumiert haben. Sagen wir einfach mal höflicher Weise, dass er clean war. Punkt um. Gegen 21.30 Uhr erreichte ich das Lokal und ließ mich leicht voll laufen, bis ich mir ein Taxi bestellte und nach Hause fuhr bzw. mich nach Hause fahren ließ. Am nächsten Tag ging es wieder in die Tagesklinik, doch zuvor beichtete ich den Eltern meines Vermieters, dass das Fahrrad gestohlen wurde, welches sie mir geliehen hatten. Sie nahmen es gelassen hin und mir in keinem Fall übel. So erleichtert erschien ich pünktlich in der Klinik und ließ mir erst einmal das Frühstück schmecken. Begeistert führte ich wieder Gespräche mit Birgit, die gut zuhören konnte. Im Grunde vergaß sie nichts von dem was ich ihr bis dato erzählt hatte. Alles wirkte so, als hätte sie Interesse an mir gehabt, aber ich wusste ja, dass sie verheiratet war und somit tabu. Auch wenn es in deren Beziehung kriselte, so war Birgit noch lange nicht frei. Ich wünschte es mir, aber es war nicht so. Schon gar nicht wollte ich mich zwischen eine Ehe drängen oder das sprichwörtlich dritte Rad am Wagen sein. Nein, so nicht. Ich sehnte mich nach einer Frau, die frei für mich war, um das Leben miteinander zu teilen und, sofern möglich, zu genießen. In meiner Vorstellung sollte nichts dazwischen stehen. Ein Wunschtraum eben, nicht mehr und nicht weniger. Des weiteren achte ich schon auf die Optik einer Frau. Das Gesamtbild sollte schon stimmen. Sowohl bei Birgit als auch bei Dörte war es der Fall. Außerdem sollte es einem psychisch Kranken schon gestattet sein, sich solchen Gedanken hinzugeben oder sogar eine Partnerschaft einzugehen, aber innerhalb der psychiatrischen Kreise sahen es die Ärzte nicht gern, wenn es zwischen zwei kranken Personen funkte. Auch im Falle von Birgit und mir gab es eine Einmischung seitens Herrn Sch. H., indem er mich eines Tages fragte, ob sich zwischen der Frau Birgit V. und mir eine Liebe entwickeln würde. Ab diesem Zeitpunkt entwickelte sich bei mir auch langsam eine Art innerer Protest gegen derartige Fragen. Ich begann, die psychiatrischen Einrichtungen kritischer zu betrachten. Einerseits wollen die Damen und Herren Psychologen alles wissen, manche sogar unsere Träume, andererseits möchten sie Liebesbeziehungen nicht gerne dulden. Damals lag eben eine gewisse Spannung in der Luft, wenn Birgit und ich uns unterhielten. Jeder konnte es sehen und vielleicht sogar spüren. Für Birgit und mich war das okay und ich denke auch für die anderen Patienten. Also pfeifen wir doch an dieser Stelle und gemeinsam auf das, was uns die Gelehrten in diesem Fall raten. Bei denen ist auch nicht alles Gold, was glänzt. Ich persönlich halte nichts von Psychologen, die sich allzu stark in negativer Weise in Beziehungen einmischen.

Wie auch immer. Ich verbrachte trotz allem einen angenehmen Tag in der Klinik und ließ mich vom Taxi zufrieden nach Hause fahren. Bei jeder Fahrt entstand ein wenig Smalltalk zwischen der Fahrerin oder dem Fahrer und mir. So kam keine Langeweile auf, sowohl für die Taxifahrerin bzw. den Taxifahrer als auch für mich. Inzwischen hatte ich es mir auch abgewöhnt, abends ein Feierabendbierchen zu trinken. Nur am Wochenende trank ich hin und wieder ein Bier oder mehr und donnerstags nach dem Fußballtraining. Kleine Sünden, die ich mir gegenüber der Obrigkeit Psychiatrie erlaubte, für die Alkohol absolutes Tabu war, aufgrund der Medikamenteneinnahme. Mir war das egal. Für mich bedeutete es noch ein kleines Stück Freiheit innerhalb des Systems. Ich lasse mir nicht gern etwas verbieten. Die wenigen Entscheidungen, die ich damals noch treffen konnte, wollte ich schließlich mir vorbehalten. Wo kommen wir sonst hin, wenn wir für alles und jedes erst einmal die Psychologin oder den Psychologen befragen müssen. Die können mir nicht erzählen, dass sie frei von jeglicher Gefahr sind, auch mal über die Stränge zu schlagen. Sei es drum. Ich befand mich damals in einer durchstrukturierten Welt, aber es fehlte jemand, mit dem ich es hätte teilen können. Meine Kinder, die ich nur alle 14 Tage sah, halfen nur zum Teil, mein privates Seelenleben ins Gleichgewicht zu bringen. Ansonsten sah es mit Besuchern eher mager aus, besser gesagt es kam niemand sonst. Zum Glück hatte ich noch meinen damaligen Nachbarn, Michael, über mir bzw. im dritten Stock der Mieteinheit wohnen. Ihn besuchte ich gerne, da er so viel Ruhe ausstrahlte. Zudem konnte man mit ihm über alles reden. So wusste er auch, dass ich gerade die Tagesklinik besuchte. An dieser Stelle fällt mir auch gerade auf, dass ich zum damaligen Zeitpunkt eigentlich nicht bewusst sagen konnte, weshalb ich dort hingehen musste, da mir noch kein Arzt direkt eine Diagnose genannt hatte. Ich kam mir eher wie so ein Mitläufer vor und nahm das Ganze nicht richtig ernst. Aber ich ließ mich täglich brav hinfahren, ohne großartig darüber nachzudenken. Schließlich ging es mir dort ja nicht schlecht. Ich wusste einfach nicht, dass diese Klinik einer weiteren Stabilisierung dienen sollte, um mich wieder zurück in den Alltag zu bekommen. Doch ich fühlte mich ja auch zu keinem Zeitpunkt in der Lage, irgendeine der geforderten Aufgaben nicht zu bewältigen.

Besonders angenehm war für mich auch die Musiktherapie. Die Therapeutin, Frau M., spielte auf der Gitarre die Melodie zu verschiedenen Songs und wir sangen gemeinsam. Sehr angetan war ich von einem hebräischen Lied, dessen deutsche Übersetzung "Ein Garten voller Rosen" bedeutete. Die Melodie war sehr eindringlich und brachte meinen Körper, Geist und Seele in Einklang. Manch andere der Patientinnen und Patienten vertrugen dieses Lied nicht und verließen teilweise sogar die Therapiestunde. Ich genoss diesen Song und wünschte ihn mir jede Woche aufs Neue. Ich wollte ja auch niemand anderen damit quälen, aber ich versank dabei in eine andere Welt und konnte die Seele baumeln lassen. Zudem durfte ja auch jede bzw. jeder eine Wunsch äußern. Ich hatte nun mal diesen einen bescheidenen Wunsch. In der Ergotherapie machte ich mich inzwischen über einen Speckstein her. Am Computer übte ich das Tippen und in den Gesprächsrunden war ich sehr rege am Mitdiskutieren. Auch beim Kochen lief es rund. Nach zwei Wochen strich mir dann die Krankenkasse das Taxi, so dass ich auf eine Mitfahrgelegenheit angewiesen war. Die Mitfahrgelegenheit hieß Jelka bzw. ihre Mutter und dann kam Heinz-Uwe zu uns. Er war wegen Depressionen dort. Seine Frau hatte ihn mit seinem besten Freund betrogen, so dass für ihn eine Welt zusammenbrach. Das ist natürlich schlimm, aber irgendwie musste es ja weitergehen. Er kam auch aus Schneverdingen und nahm mich fortan mit. Wir verstanden uns gut, schließlich hatte ich in Puncto Ehefrau, was Trennung betrifft, gleiches hinter mir. Irgendwann gesellte sich auch Jelka zu uns und so fuhren wir zu dritt nach Soltau. Inzwischen gab es auch eine private Änderung. Ich war aus der Wiekhorster Wohnung ausgezogen in die Neue Straße nach Schneverdingen. So holte Heinz-Uwe Jelka und mich von dort aus ab. Nur an dem einen bestimmten Morgen kam Heinz-Uwe nicht und Jelka bat ihre Mutter übers Handy, uns in die Tagesklinik zu fahren. Sie tat es gern. Dort angekommen, begaben wir uns in den Speisesaal, um zu frühstücken. Danach die übliche Morgenrunde. Dann hatten wir Sport. Es folgte die Gesprächsrunde. Die entscheidende Therapie an diesem Tag, denn schon als wir den Raum betraten, wirkte Herr Sch.-H. sehr angespannt und machte eine ernste Miene. Nach und nach setzten wir uns in den üblichen Kreis aus Stühlen. Herr Sch.-H. machte die Tür zu und setzte sich. Er fing an zu sprechen und sagte mit verbitterter Stimme:,, Ich muss ihnen leider mitteilen, dass Herr... sich gestern das Leben genommen hat.`` Es traf mich wie ein Blitz. Mir wurde auf dem Stuhl sitzend schwindelig. Heinz-Uwe tot!? Wie konnte das passieren? Wann? Ja, warum nur?

Es hätte doch weitergehen können. Vielleicht, nein ganz bestimmt sogar, hätte er irgendwann eine neue Partnerin bekommen. Warum dieser grauenvolle Schritt?

Außerdem sollte er in der Klinik stabilisiert werden. Wieso ist das schiefgegangen? Was um alles in der Welt kann einen Menschen dazu treiben?

Fragen über Fragen und der Tag war für mich gelaufen. Tief betrübt verließ ich den Raum und setzte mich auf die Außentreppe. Einfach erst mal Luft schnappen. Die Musiktherapeutin kam kurze Zeit später zu mir, um mir Trost zu spenden. Leider zwecklos. Ich dachte nur an eines. Bloß weg hier. Und als ob mich jemand erhört hätte, entschied der Psychologe gegen 11.00 Uhr mich vom Sozialarbeiter, Herrn H., in die Akut Klinik nach Walsrode fahren zu lassen. Wieder landete ich auf der D1. Diesmal sehr unsanft. Nach vierzehn Tagen hatte ich mich von meinem Schock erholt und wurde wieder in die Tagesklinik entlassen. Dort war auch immer noch die schöne Dörte. Birgit war nicht anwesend. Nachdem sie mich zweimal in Schneverdingen besucht hatte, brach der Kontakt langsam ab. Also blieb noch Dörte für kleine Flirts. Es lief so gut, dass sie mich nach vier Tagen fragte, ob wir nicht eine Wohngemeinschaft gründen wollen. Ich war perplex. Natürlich malte ich mir auch die Anbahnung einer Beziehung zu ihr aus, aber das Sozialamt hätte uns sowieso Schwierigkeiten gemacht, wegen eheähnlicher Gemeinschaft und so, so dass ich letztendlich ablehnen musste. Schön wäre es gewesen. Dörte war unabhängiger. Sie hatte noch einen Job und ein Auto. Das Amt hätte eine Partnerschaft unterstellt und ihr Einkommen wäre angerechnet worden. Mit Sicherheit hätte sie mich nicht durchgefüttert. Finanziell war ich in einer Zwickmühle. Einerseits war ich meine

Gläubiger aufgrund des Insolvenzantrages los, andererseits hatte ich nur noch 40 Euro die Woche. Davon kaufte ich immer eine Packung Tabak, etwas zu Essen, Kaffee und Bier fürs Wochenende. Schon war der Etat aufgebraucht. Bis heute weiß ich nicht, weshalb mich meine Betreuerin so kurz gehalten hatte. Wäre nicht nötig gewesen, da ich mit der mir zustehenden Summe unterhalb der Pfändungsgrenze gelegen hätte. Ich weiß nur, dass sie mal sagte, ich befände mich in einem zynischen System. Stimmt, denn alle Personen, die ich kennen lernte, verlor ich früher oder später aus den Augen, da ich nicht annähernd so viel, wie z.B. Kino oder Eisdiele, hätte unternehmen können wie sie. Ich hatte noch nicht einmal das Geld für einen Sportverein, in dem ich neue Kontakte hätte knüpfen können. Beim SV Schülern spielte ich deshalb auch nicht mehr. Wenigstens hatte ich mittlerweile wieder ein neues Fahrrad. Dies konnte ich für 40 Euro bei einem Nachbarn erwerben. Bezahlt von meinem Ersparten. Davor hatte ich auch schon wieder eins nach dem Diebstahl, welches meine Betreuerin für mich organisiert hatte. Leider ergab es sich, dass mir ein Auto die Vorfahrt nahm. Ich rauschte knallhart gegen die Seite und flog seitlich an dem Fahrzeug vorbei. Prellungen und Schürfwunden waren noch das Geringste. Das Fahrrad war schrottreif. Als Trost bekam ich vom Unfallverursacher 400 Euro Schmerzensgeld. Viel Geld für mich zum damaligen Zeitpunkt. Kurzum, im Grunde genommen war ich finanziell am Ende der Nahrungskette angelangt. Finanziellen Spielraum gab es nicht. Glücklicherweise unterstützten meine Eltern mich ab und zu mit Geldgeschenken, sonst wäre ich völlig verloren gewesen. Bedenken Sie alleine, was ein Friseurbesuch kostet. Jedes mal ca. 15 Euro. Entweder vom Überschuss bezahlt oder vom Geld meiner Eltern. Aber Friseurbesuch ist ja nicht alles. Ich wollte ja auch am gesellschaftlichen Leben teilnehmen. Dies wurde mir weites gehend verwehrt. Wissen Sie, ich war bis damals immer irgendwie gut gelaunt und lebensfroh und boxte mich hier und da durch. Das war dann auf einmal vorbei, ohne finanziellen Spielraum. Ich konnte ja nichts für meine Situation. Schließlich war ich krankheitsbedingt da rein gerutscht. Die Firma für die ich gearbeitet hatte war noch ein Hoffnungsschimmer, aber auch dieser schwand und Anfang Oktober 2002 nahm ich dort meinen Hut, da keine Gelder gezahlt wurden. Ich bin auf Deutsch gesagt, verarscht worden. Schlechter hätte es nicht laufen können. Manches mal saß ich in meinem neuen Zwei-Zimmer Loch im Schneverdinger Zentrum und dachte, wie nett es doch wäre, wenn das Haus einfach explodiert. Kein Karsten mehr. Einfach weg dieses sinnlose Leben. Der Sinn des Lebens besteht darin, zu leben. Wie sollte ich das bewerkstelligen? Ich hatte massenhaft Zeit, aber nicht genug Geld. Wenn ich damals nicht meine Kinder alle 14 Tage gehabt hätte, hätte ich vielleicht meinem Leben ein Ende gesetzt, aber ich behielt immer die Hoffnung, dass es eines Tages besser wird. Frau B.E. schenkte mir einmal zum Geburtstag eine Karte mit der Aufschrift " Genieße das kleine Glück, es bleibt noch genügend Zeit auf das Große zu warten" Ist sie damals nicht rührend gewesen?

Welch aufmunternder Satz in meiner damaligen Lage. Nun denn. In der Tagesklinik war insgesamt alles beim Alten geblieben. Ein Tag verging fast wie der Andere. Die einzige Abwechslung war, dass ab und an neue Patientinnen oder Patienten kamen, mehr nicht. Nach ca. 6 Wochen schlugen mir die oberen Herrschaften die benachbarte Tagesstätte als Ort für die Zeit nach der Entlassung vor. Resignierend willigte ich ein, ohne zu wissen, was mich erwarten würde. Auf jeden Fall musste ich notgedrungen im Heidekreis bleiben, da ich mich dort in einem strukturierten System befand. Eine Wohnung in

Hamburg wäre zu teuer gewesen und dem Sozialamt gegenüber hätte ich eine plausible Erklärung bezüglich eines Umzugs liefern müssen, um den Umzug bezahlt zu bekommen. So war ich vorläufig im Heidekreis gefangen.

Die Tagesstätte

Im Dezember 2002 war es soweit. Ich sollte in der Tagesstätte meinen ersten Tag verleben. Wieder bekam ich eine Bahnfahrkarte. Den Schneverdinger Bahnhof steuerte ich zu Fuß an. War nur zwei Kilometer von meiner Wohnung entfernt. Das Risiko, ein viertes Fahrrad zu verlieren war mir zu groß. Inzwischen kannte ich die Zugfahrzeiten auch genauer und wusste, dass um 16.43 Uhr ein Zug vom Soltauer Hauptbahnhof zurück nach Schneverdingen fuhr. So brauchte ich keine Mitfahrgelegenheit mehr. Also machte ich mich relativ gut gelaunt auf den Weg. Ich war gespannt auf das, was mich erwartete. Ich bin sowieso eher der Typ, der erst einmal geduldig abwartet und dann sondiert, was vielleicht gut und was vielleicht schlecht ist. Von der Tagesstätte hatte ich wenig Vorstellungen. Hätte ich gleich gewusst, dass es sich bei dieser Einrichtung eher um einen Kindergarten für, Verzeihung, bekloppte Erwachsene handelt, hätte ich gar nicht erst eine sogenannte Maßnahme begonnen. Alles was ich bis dato angeboten bekam, waren Maßnahmen, die der Gesundung dienen sollten bzw. der Eingliederung. Komischerweise griff das bei mir nur zeitweilig. Immer, wenn ich mich gerade in netter Gesellschaft befand. Aber ist ja auch logisch, wer ist schon gern in schlechter Gesellschaft. Geradezu im weitesten Sinne tödlich ist eine schlechte Verfassung und schlechte Gesellschaft. Ich war damals auf der Suche nach netter Gesellschaft und fand sie komischer Weise in den psychiatrischen Einrichtungen. Teilweise und widersprüchlicher Weise hielt ich das Nett sein gar nicht richtig aus. Aber das war bei meinem damaligen Zustand, als normal anzusehen. Für die Ärzte, Psychiater, Psychologen und sonstigen Pflegekräfte, war es nur wichtig, die Betroffenen möglichst kranken gerecht unter zu bringen. Mit einer eigenen Wohnung stand ich in deren Augen noch gut da. Für einige bedeutete die Krankheit auch ein dahin fristen in irgendeinem Wohnheim. Aber dafür musste es einem erst einmal so richtig schlecht gehen, bevor Frau oder Mann dort überhaupt aufgenommen wurde. Die Zahl der Plätze war eher als dünn anzusehen. In Soltau gab es oder gibt es auch ein Wohnheim, welches eng mit der Tagesstätte zusammenarbeitete. Aber was soll `s. Fakt war, dass ich in die letztgenannte Einrichtung musste. Dafür stand ich morgens um 6.30 Uhr auf. Frühstücken brauchte ich nicht. Dies sollte in der Tagesstätte stattfinden. Als ich dort nach viertelstündigem Fußmarsch vom Soltauer Bahnhof ankam, stand ich vor einem ehemaligen weißen Kasernengebäude. Vom Haupteingang aus ging es viele Treppen hinauf in den vierten Stock. Da ich noch gut zu Fuß bin, stellte dies kein Problem dar. Ich öffnete eine hellgraue Schwenktür und betrat einen langen Flur. Die Wände strahlten in weiß und orange. Viele selbstgemalte Bilder hingen daran. Den Flur ging ich in nördlicher Richtung ab. In der Mitte des Flures erwartete mich ein größerer Wohn-Essbereich mit einer modernen Küche. Okay, dachte ich, hier wird also auch gekocht. Zufrieden klopfte ich an die Tür des angrenzenden Büros. Hier regierte die Leitung der Einrichtung, Frau P., eine im Gesicht recht hagere Frau mittleren Alters und Hakennase begrüßte mich herzlich, nach dem Öffnen der Tür. Sie machte einen wirklich netten Eindruck. Wir führten ein kurzes Gespräch und ich sollte mich erst einmal umschauen. So ging ich nach der Vorbesprechung in den gegenüber der Küche liegenden großen Speiseraum. Dort befand sich ein helles Holzregal, welches voll war mit Spielen. Von " Mensch Ärgere Dich Nicht" bis Schach gab es vieles für die Zerstreuung zwischendurch. Auch Bücher waren vorhanden. Ich nahm mir ein Buch mit dem Titel " Wie ich meinen Eltern den letzten Nerv raubte/Erinnerungen eines Säuglings" und begab mich in eine Sitzecke am südlichen Ende des Flures. Das Buch amüsierte mich und so strich der Vormittag dahin. Zwischendurch ging ich auch mal eine im Raucherzimmer rauchen und lernte nach und nach die anderen sogenannten Klienten der Einrichtung kennen.

Unter anderem gab es auch dort wieder eine Eva. Der Name weckte schlechte Erinnerungen, aber diese Eva war sehr freundlich und aufgeschlossen. Dann gab es noch Mike, Hermann und Melanie. Mike wohnte im benachbarten Wohnheim und schlief die meiste Zeit zusammengekauert auf dem Fußboden des Speiseraums. Hermann war Frührentner mit eigener Wohnung. Auch Melanie, eine noch recht junge Frau, wohnte in einer eigenen Wohnung. Eva lebte in einer Wohngemeinschaft des Betreuten Wohnens. Das Betreute Wohnen war auch ein Projekt des Verbundes aus Tagesstätte, Wohnheim und eben dem Betreuten Wohnen, wo einmal wöchentlich eine Betreuerin nach dem Rechten schaut. Dies war auch bei einer eigenen Wohnung möglich. Dieser Gesamtverband nennt sich Trialog und wird durch die Arbeiterwohlfahrt gestützt. Durchaus sinnvoll für psychisch Kranke Menschen, die nicht wissen, wie sie ihren Tag strukturieren sollten und über wenig soziale Kontakte verfügten.

Nach dem Mittagessen, begann ich mich zu fragen, weshalb

ich dort sein sollte. War ich mittlerweile unfähig, meinen Tag zu strukturieren? Hatte ich auch wenig soziale Kontakte?

In gewisser Weise schon. Außerhalb der Tagesstätte drehte sich vieles bei mir um das Besorgen von ausreichend Bier fürs Wochenende. Ansonsten schaute ich fern. Nur, wenn ich die Kinder da hatte, gestaltete ich den Tag anders. Wir gingen Schwimmen oder auf den Spielplatz. Zuhause sorgte ich für warme Mahlzeiten und es lief das Kinderprogramm oder die Beiden spielten phantasievoll mit dem mir verbliebenen Spielzeug. Zudem malten wir zusammen. Und das wichtigste war, dass ich in den Zeiten kein Bier trank. Das Geld gab ich sinnvoller Weise für die Beschäftigung von Jelena und Torben aus. Einen versoffenen Vater sollten sie nicht vorfinden an den Wochenenden, an denen ich sie bei mir hatte. Ich wollte einen stolzen Vater darstellen. Einen Vater, der sich nicht unterkriegen lässt, auch wenn sie nicht wussten wie wenig Geld ich damals wirklich hatte. Das sollten sie nicht zu spüren bekommen. Es sollte ihnen an nichts fehlen. Schon gar nicht hätte ich meine Ex-Frau um Geld zur Unterstützung gebeten. Aber ich bekam es irgendwie hin, den Kindern ein schönes Wochenende zu gewähren. Die Beiden waren in dem Sinne auch fast die einzigen sozialen Kontakte außerhalb des psychiatrischen Systems. Meine Herkunftsfamilie gehörte zwar auch dazu, aber die wohnten ja zu weit weg, als das häufiger Kontakt möglich gewesen wäre. So hing ich in gewisser Weise im System fest. Von meiner Betreuerin erfuhr ich damals, von der Möglichkeit einer Rehabilitation in Lüchow Dannenberg, also einer Wiederherstellung von psychisch Kranken. Schnell konnte ich mich mit dieser Idee anfreunden und beauftragte Frau B.E. mit der Antragsstellung. Sowohl für die Tagesstätte als auch für die Reha war als Kostenträger der Landkreis Soltau-Fallingbostel zuständig. Mir war es zum damaligen Zeitpunkt auch schon egal, wer dafür aufkommen musste. Ich wollte jede Möglichkeit in Betracht ziehen, wieder gesund zu werden. Irgendwann Ende 2002 hatte ich einen Termin im Betreuungsverein. Voller Zuversicht ging ich dorthin, um den Antrag ausfüllen zu lassen. Das Büro befand sich in einer Altbauvilla direkt am Böhme Park. Gutgelaunt klingelte ich an der Tür des Vereins. Kurz darauf kam Frau B.E. die Treppe hinunter, um die Tür zu öffnen. Sie begrüßte mich freundlich und bat mich nach oben. Wie üblich gab es nach dem Eintreffen in ihrem Büro erst einen Tee, den meine Betreuerin zubereitet hatte. Dann kam es zum Ausfüllen des Antrags. Als sie beim Punkt Diagnose etwas längeres eintrug, stutzte ich und fragte folgendes nach:,, Wie lautet die Diagnose?" Frau B.E. antwortete:,, Paranoide Halluzinatorische Psychose aus dem Schizophrenen Formenkreis, wussten Sie das nicht?"

Ich sagte kleinlaut:,, Nein." Das hatte mir niemand vorher gesagt. Ich war schockiert. Die Diagnose klang vernichtend. Eine Vollmeise, dachte ich so bei mir. Sicher hatte ich unter Verfolgungswahn ,lautem Stimmenhören, Manien usw. gelitten, aber mit einer derart krassen Diagnose hatte ich nicht gerechnet. Jetzt wusste ich auch, weshalb ich einen Schwerbehindertenantrag stellen sollte. Nachdem ich mich einigermaßen von dem Schock erholt hatte, ging ich zurück in die Tagesstätte. Den Rest des Tages verbrachten wir mit dem Spielen von Spielen. An dem Tag spielte ich Schach gegen einen weiteren Klienten. Neben Eva, Hermann, Melanie und Mike gab es noch drei weitere Menschen, die diesen Ort aufsuchten. Deren Namen habe ich vergessen. Ich weiß nur, dass der Klient ohne Namen mich vernichtend im Schach schlug. Gerade der, der jeden Morgen bei der Morgenrunde ausführlich von den Erlebnissen mit seiner Spielzeugeisenbahn erzählte. Tja, ich hatte ihn gänzlich unterschätzt. Er wirkte nur wenig intelligent, war es aber nicht. Das zum Thema " Unterschätze nie Deinen Gegenüber. Nachdem ich mich auch von der vermeintlichen Schmach im Schach erholt hatte, ging ich leicht frustriert zum Bahnhof, um nach Hause zu fahren. Im Übrigen war meine Bahnfahrkarte auch vom Landkreis finanziert worden. Von meinem kläglichen Etat hätte ich mir diese auch nicht leisten können. Sei es drum. Zuhause angekommen, machte ich es mir vor dem Fernseher bequem. Gegen 21.00 Uhr nahm ich mein Zopiclon und mein Chlorprotexin ein. Beides schlaffördernde Mittel. Was für ein tristes Leben, aber mehr war an diesem Tag nicht drin. Für die Freitage ohne die Kinder gewöhnte ich es mir an, zwei Flaschen vom billigsten Discounterwein zu kaufen, um mich schnell damit zu betäuben. Das machte die Lage aber nicht gerade besser. Nüchtern war ich nur unter der Woche oder wenn ich die Kinder bei mir hatte. Ansonsten gab ich jeden übrig gebliebenen Cent für Bier oder Wein aus. Eines Tages im Februar 2003 ging ich an einem Donnerstag relativ gut gelaunt zum nächstgelegenen Supermarkt, um für die Kinder und mich Nahrungsmittel zu besorgen. Mir stand also ein alkoholfreies Wochenende bevor. Alles schien gut zu laufen an diesem Tag. Ich fühlte mich fit und erreichte schnell den Discounter, nahm mir dort einen Einkaufswagen und begann im Markt mit dem Einkaufen. Gerade war ich auf dem Weg zum Käsetresen, um den Frischkäse zu kaufen, den Torben so gerne mochte, als die Lichter bei mir plötzlich ausgingen. Es war dunkel um mich herum. Ich hörte, fühlte und sah nichts mehr. Als ich aus meiner Ohnmacht erwachte fand ich mich auf einer Liege eines Krankenwagens wieder. Die Sanitäter schoben mich an einem roten Backsteingebäude entlang. Es war die Klinik in Soltau. Ich wusste nicht, was passiert war. Eben noch beim Discounter und dann in der Klinik. Mir fiel ein, dass ich meine Ex-Frau über das Geschehene informieren musste bzw. das bevorste-

hende Kinderwochenende absagen musste. Nachdem ich mich
im Gebäude befand, bat ich um ein Telefonat und ich wählte
die Nummer von Corinna. Sie nahm es relativ gelassen auf und
ich war beruhigt. Nach Beendigung des Telefonats bestand ich
gegenüber den Pflegekräften auf eine Verlegung nach Walsrode
auf die D1. Prompt wurde meinem Wunsch entsprochen und
ein Rettungswagen fuhr mich dorthin. Diesmal nahm mich Dr.
D. auf, ein großgewachsener recht anschaulicher Mann, der immer ruhig und sachlich blieb bei den Einzelgesprächen. Er hörte sich meine Version der Geschehnisse an als es plötzlich wieder dunkel wurde um mich. Ich sackte auf dem Stuhl sitzend
zusammen und verkrampfte ein zweites Mal. Zu Bewusstsein
kam ich auf der Intensivstation. Ich war umgeben von verschiedenen medizinischen Geräten, die mich Tag und Nacht bzw. in
dieser Nacht überwachten, d.h. Puls, Herzschlag und sonstiges.
Zeitweilig schaute eine Schwester nach mir. Es war ein Alp-
traum, aber auch harte Realität. Die genaue Diagnose lautete
Krampfanfall, der sowohl von Tabletten als auch durch Alkohol
hervorgerufen werden kann. Doch schon am frühen Morgen
fühlte ich mich viel besser und bat um Verlegung auf die Station D1. Nach ca.1 Stunde holte mich Pfleger Thomas mit einem
Kollegen in einem der psychiatrischen Pflegebetten ab. Ich
fühlte mich gleich viel wohler. Mit Pfleger Thomas spielte ich
oft Schach, um die häufig auftretende Langeweile auf Station
zu vertreiben. Ich freute mich jedes mal, wenn er Dienst hatte,
zumal er auch etwas eloquenter war als manche anderen Pflegekräfte. Die spulten eigentlich nur ihr Programm ab, aber
Pfleger Thomas brachte immer irgendwie Schwung in die
Bude. Allein durch sein Auftreten. Er führte seinen Job mit Lei-
denschaft aus und hatte immer ein offenes Ohr für einen. Pfleger Thomas muss ein Mensch mit viel Herz sein. Die meisten
anderen Pflegekräfte erweckten eher den Eindruck, dass sie

möglichst wenig mit einem zu tun haben wollten, aber bei ihm gab es immer freundliche Worte und es entwickelte sich eher ein freundschaftliches Verhältnis. Von Mensch zu Mensch eben. Nicht immer nur Patient und Schwester oder Pfleger. Die Solidarität unter den Patienten stimmte eher als die zwischen der Kranken oder dem Kranken und den Pflegekräften. Gerade, wenn die Seele erkrankt braucht man Zuneigung anderer. Kein grundsätzliches Mitleid, aber mal ein nettes Wort und gutes Zureden. Das blödeste, was mir eine der Schwestern mal sagte war, dass ich nur jemanden bräuchte, der mir in den Hintern tritt. Das war derartig unprofessionell, dass mir selbst heute nichts dazu einfällt. Liebe Krankenschwester Susanne, schon mal überlegt, dass ich unter anderem laut Stimmen anderer Personen hören konnte, mich verfolgt und beobachtet fühlte, zumindest zeitweilig? An dieser Stelle sei gesagt, dass ich Ihnen längst verziehen habe und immer noch viel Freude an dem tollen Schachspiel, dass sie mir eines Tages schenkten, habe. Zurück zur Geschichte.

Sie kannte dies natürlich nicht, aber ihre Bemerkung war gerade deshalb so unangebracht wie sonst irgendetwas. Ein psychisch Kranker kann nicht von heute auf morgen umschalten und sagen:„ Hey, es ist alles okay!" Nein, funktioniert nicht. Schon gar nicht mit in den Hintern treten. Diese Metapher hätte sie mir damals wirklich ersparen können.

Nun ja, die Intensiv hatte ich wie schon gesagt hinter mir. Jetzt sollte ich noch zwei Wochen zur Beobachtung auf der D1 bleiben. Ich fand mich damit ab. War damals für mich immer noch besser als die grauenvolle Tagesstätte. Ab und zu spiele und bastele ich ja mal gerne, aber mit fast 36 Jahren wollte ich das nicht zu meinem Lebensinhalt machen. Ich wusste aber auch, dass ich dorthin zurück musste, da ich unter der Woche keine andere Aufenthaltsstätte hatte. So war ich weiterhin so eine Art gefangener des Systems. Einen Ausweg sah ich vorerst nicht. Natürlich hätte ich es mir in diesem sozialen Netz bequem machen können, aber das ist gegen meine Natur. Wo sollte ich aber hin? Ich hätte ja auch nicht dauerhaft bei meiner Schwester, meinem Bruder oder meinen Eltern leben können. Zu Beginn dieses klinischen Aufenthalts graute es mir förmlich vor einer Rückkehr in meine Zwei - Zimmer Wohnung. Immerhin hatte ich längst ein Bettgestell für meine beiden Matratzen und die Latten Roste, aber das war ein schwacher Trost. Einer Tatsache musste ich mir damals aber bewusst sein. Ich war dem Tod von der Schippe gesprungen. Ein Krampfanfall kann im schlimmsten Fall dazu führen. So hielt ich mich zur Beobachtung seitens der Ärzte und Pflegekräfte im Krankenhaus auf. Einmal besuchte mich sogar Frau P. von der Tagesstätte, um mich aufzumuntern. Mittlerweile gab es neben der Visite ganze Fallkonferenzen wegen meiner Person. Damit konnte ich auch nicht viel anfangen. Warum widmete die Institution Psychiatrie mir so viel Aufmerksamkeit?

In einer erneuten Konferenz wurde beschlossen, mir auch noch betreutes Wohnen in den eigenen vier Wänden zukommen zu lassen. Eine Frau B. wurde mir zugeteilt. Ich weiß noch, als ich in einer Dreierrunde zwischen Frau B.E., der Ärztin Frau v.M. und mir fragte, weshalb so viel für psychisch Kranke getan wird. Frau v.M. sagte daraufhin:,, Weil es interessant ist."

Welch eine unbefriedigende Antwort. Zudem auch nicht richtig. Frau v.M., Sie machen das, weil zu befürchten ist, dass psychisch Kranke sich oder anderen im jeweiligen Wahn etwas antun. Also, Frau v.M., verkaufen Sie psychisch Erkrankte bitte in Zukunft nicht mehr für dumm. Gerade Sie sollten wissen, dass psychisch Kranke, medikamentös gut eingestellt, über ein hohes Potenzial verfügen. Es muss dann aber auch geweckt werden. Natürlich hatte ich 2002 auch Glück in eine mittlerweile moderne Psychiatrie gekommen zu sein. Ein Pfleger, der freundliche, intelligente und aufgeweckte Pfleger Birger, erzählte mir mal, dass Menschen mit Psychosen in früheren Zeiten in der Geschlossenen landeten und mit Halldol, einem sehr starken Beruhigungsmittel vollgepumpt wurden. Mit Ausbruch der Krankheit war man damals komplett weg vom Fenster. An eine Wiedereingliederung in die Gesellschaft wurde gar nicht erst gedacht. Nur eines ist in der modernen Psychiatrie auch weiterhin ein Problem. Wer gleichzeitig sozial absteigt, hat auch sehr schlechte Chancen, wieder auf die Beine zu kommen. Zerren die Finanzen noch zusätzlich an den ohnehin angeschlagenen Nerven, so führt das nicht zu einem besser werdendem Befinden. Sicher, ich stellte mit meiner Situation wahrscheinlich eine seltene Ausnahme dar, aber es war nun mal Fakt, dass niemand mit wöchentlichen 40 Euro weit im Leben kommt. Ich plädiere deshalb an dieser Stelle für einen speziellen Sozialfond für psychisch Kranke, die gleichzeitig arm sind.

Sicher, ich konnte neue Erfahrungen sammeln. Zum Beispiel die, dass ich mein Geld mehr einteilen musste als je zuvor. Bis zum Ausbruch der Krankheit hatte ich immer ausreichend Geld zur Verfügung, um ganz gut leben zu können. Das war damals vorbei. Ein Sozialfall wurde ich, wie viele andere, ich meine jetzt auch nicht Erkrankte. Einfach einer von Vielen. Nichts desto trotz hielt ich am Leben fest Nachdem ich aus dem Krankenhaus entlassen wurde, wollte ich was ändern. So setzte ich eine Kontaktanzeige auf, um auf diesem Weg eine Frau kennen zu lernen.

Inzwischen hatte ich ein gebrauchtes Handy von meiner Ex-Frau geschenkt bekommen, so dass ich diese Nummer in meiner Anzeige angeben konnte. Am Erscheinungstag der Zeitung war ich sehr aufgeregt. Wer würde sich eventuell melden?

Eines Tages nach der Tagesstätte rief mich tatsächlich jemand an. Es war eine Ina aus Soltau dran, die auf meine Anzeige gestoßen war. Es war schön, sich nach langer Zeit mal wieder mit einer Frau auszutauschen. Ich war regelrecht am Zittern, während ich mit ihr telefonierte und es kam sogar dazu, dass wir uns für den nächsten Tag verabredeten. Als Treffpunkt wählte wir ein kleines Cafe am Böhme Park in Soltau. Nach Beendigung des Telefonats, machte ich mich auf den Weg zum nächsten Discounter, um mir Bier zu kaufen. Ich wollte meine Nerven beruhigen. Ein besseres Mittel fiel mir nicht ein. Dadurch erschien ich am nächsten Tag mit Alkoholfahne zum Date. Natürlich ging das Treffen gründlich in die Hose, da Ina sicherlich meine Alkoholfahne bemerkte. Welche Frau gibt sich schon mit einem Mann ab, der beim ersten Date, vor allen Dingen vormittags nach Alkohol riecht?

Wir verabschiedeten uns dann auch recht sachlich voneinander. Ina meinte noch:,, Kannst Dich ja noch mal melden. Bin gespannt, wie es mit Dir weitergeht." Konnte auch sein, dass ich mir einredete, dass meine Alkoholfahne auffiel und sie wirklich weiter Kontakt wollte, aber mir waren die Biere vom Vorabend einfach zu peinlich.

Sie wusste ja auch nicht genau, in welcher Lage ich damals steckte. Ständiges telefonieren konnte ich mir eh nicht leisten.

Was soll `s. Chance vertan. Ich hatte es definitiv vermasselt und wusste sogar, woran es lag. Derart bewusst konnte ich noch denken. Aber das Leben ging weiter. Also überlegte ich etwas Neues, um der Tristheit der Tagesstätte zu entkommen. Ich fuhr im Frühjahr 2003, nachdem ich allen Mut zusammen nahm, mit meinem Fahrrad zum Autohaus D. in Schneverdingen. Den Chef kannte ich gut, da ich früher einmal Kunde bei diesem Händler war. Blöderweise schuldete ich denen noch ca.

150 Euro für einen Leihwagen. So hatte ich ein ungutes Gefühl, gerade dort nach einem Praktikums Platz zu fragen. Doch ich tat es. Erhobenen Hauptes betrat ich die Verkaufshalle. Nach kurzer Zeit begrüßte mich die Mutter des Chefs. Auch sie arbeitete dort im Büro. Auf mein Bitten hin holte sie ihren Sohn. Er begrüßte mich, nach dem Eintreffen im Verkaufsraum, sehr freundlich und bat mich in sein Büro. Wir setzten uns an einen dort befindlichen Rundtisch und ich trug mein Anliegen vor. Erstaunlicher Weise stimmte Herr D. einem zweiwöchigen Praktikum zu. Es sollte schon in der darauffolgenden Woche beginnen. Ich freute mich riesig und verabschiedete mich überschwänglich von dem Chef des Autohauses. Abends ging ich zur Feier des Tages ins Blue Bird, um dieses Ereignis mit ein wenig Weizenbier zu begießen. Endlich raus aus der Tagesstätte. Zwar nur für zwei Wochen, aber ein Anfang war gemacht. Das Leben ergab für mich wieder mehr Sinn. Am nächsten Tag berichtete ich in der Morgenrunde der Tagesstätte von dem Ereignis. Alle freuten sich für mich und diese Anerkennung erfüllte mich mit Stolz. Meine Mitklienten wussten zum Teil, welchen Erfolg ich mit dem Praktikum erzielte, denn die Tagesstätte gehört zu einer der Endstationen des psychiatrischen Systems im Landkreis Soltau-Fallingbostel, auch das dortige Dasein vom Kostenträger auf fünf Jahre beschränkt war. Einer der Klienten war schon fünf Jahre dabei und hatte rein gar nichts an seinem Dasein geändert. Er hatte sich, wie einige andere auch, schon abgeschrieben und sich mit seiner unproduktiven Existenz, die er führte, abgefunden. In einer der Gesprächsrunden der Tagesstätte stellte ich allen Anwesenden mal die Frage, was sie vom Leben erwarten würden. Der fast einheitliche Tenor war, nichts. Ja, hallo!? Besteht nicht die Möglichkeit, beispielsweise zu erwarten, dass einem Gutes wieder fährt? Ohne Erwartungen durchs Leben zu gehen, be-

deutet für mich irgendwo sich jenseits von Gut und Böse zu befinden. Aber im Grunde genommen überraschte mich irgendwann in der Tagesstätte nichts mehr. Gerade diese Tatsache hielt mich nicht davon ab, außerhalb dieser Einrichtung fast alles Mögliche zu versuchen, um diesem Dasein zu entkommen. Nicht, dass ich zum damaligen Zeitpunkt Panik bekam, aber es entwickelte sich in mir immer mehr eine Art stiller Schrei. Gerne hätte ich kundgetan, wie beschissen ich meine Situation empfand, aber meine eigentlich ruhige Art bzw. meine ruhige Gesinnung hielt mich vom Raus brüllen meiner persönlichen Frustration ab. Eine Möglichkeit wäre gewesen, mitten in den Wald zu gehen, um dort in Ruhe zu schreien, aber mein Anstand wilde Tiere oder Förster und Jäger zu erschrecken, hielt mich auch davon ab. So war ich mit meinem Teilerfolg bezüglich des Praktikums sehr zufrieden. Mehr war damals nicht drin.

An einem Montag im Frühjahr 2003 um 8.00 Uhr morgens begann mein Praktikum. Schnell fand ich mich in dem Autohaus zurecht. Vor allen Dingen wurde ich mit Freundlichkeit behandelt. An diesem Tag war ich erst einmal in der Buchführung beschäftigt. Den Auftrag erledigte ich problemlos und war innerlich ein wenig zufriedener. Meine Betreuerin, Frau B.E., wollte mich innerhalb der zwei Wochen auch mal besuchen. Mir gefiel der Gedanke daran, denn zum damaligen Zeitpunkt tauschte ich mich gerne mit ihr aus. Wie schon gesagt war sie ja auch meine engste Vertraute.

Wie auch immer. Den ersten Tag meines Arbeitsmarkt technischen Trainings absolvierte ich mit Bravur. Bereits am nächsten Tag durfte ich dann kleinere Besorgungen mit einem der Firmenfahrzeuge erledigen. Am dritten Tag sortierte ich nicht nur Verkaufskataloge, sondern ich durfte auch zwei Verkaufsgesprächen zwischen meinem damaligen Chef und Kunden beiwohnen. Im Laufe der Zeit entwickelte sich bei mir enormer Stolz und ich fieberte jedem neuen Tag entgegen, an dem ich mich beweisen konnte. Zudem trank ich in dieser Zeit relativ wenig bis gar nichts. Eine gewisse Ausgewogenheit schlich sich bei mir ein. Am vierten Tag durfte ich in der Soltauer Zulassungsstelle Neufahrzeuge zulassen. Danach nutzte ich die Zeit für einen Besuch in der Tagesklinik. Ich tauchte dort an dem Vormittag mit einem fast neuen Passat Kombi auf. Es war der Wagen des Chefs. Ein absoluter Vertrauensbeweis. In der Klinik traf ich auch auf alte Bekannte der D1. Sie staunten über meinen positiven Auftritt dort und ich bemerkte, dass ich nicht beneidet, sondern bewundert wurde. Diese Tatsache war Balsam für meine Seele. Ich blieb etwa 10 Minuten in der Tagesklinik, um meine kurzfristig gewonnene Freiheit nicht über zu strapazieren. Gegen 12.00 Uhr traf ich mit dem unversehrten Fahrzeug auf dem Hof des Autohändlers auf. Die weiteren Tage vergingen wie im Flug. Weiterhin war ich mir verantwortungsvollen Aufgaben betraut, wie z.B. eine hohe Bareinzahlung bei der Bank. Am Ende des Praktikums fehlte nur eines. Frau B.E. hatte mich nicht besucht, obwohl sie es versprochen hatte. Das war sehr enttäuschend, aber ich kam darüber hinweg. Schließlich war sie immer noch meine Betreuerin und nicht meine Frau. Das Leben ging halt auch ohne sie weiter. Mir graute es nur wieder vor der Tagesstätte, an die ich mich einfach nicht gewöhnen konnte. Der Chef des Autohauses spendierte mir jedenfalls zum Abschluss noch eine für meine damaligen Verhältnisse nicht unerhebliche Summe Bargeld. Diesen Betrag nutzte ich später für einen Jahrmarkt Besuch mit meinen geliebten Kindern. Im Herbst 2003 stand immer noch meine Rehabilitation in Dannenberg im Raum. Es war schon Spätherbst, als ich einen positiven Bescheid vom Kostenträger bekam. Im Januar 2004 sollte die Maßnahme starten. Ich war erleichtert, da ich wieder der Tagesstätte entkommen konnte und auch verband ich große Hoffnungen mit meiner dortigen Wiedereingliederung. Also beginne ich mit dem nächsten Kapitel meiner Odyssee.

Dannenberg

Es war im Januar 2004, als ich meine Reise nach Dannenberg im Kreis Lüchow-Dannenberg antrat. Der Zug sollte über Hamburg-Harburg und Lüneburg fahren. Von Lüneburg aus sollte der Zug direkt nach Dannenberg fahren. Nachdem ich zweimal nach langer Fahrt umgestiegen war, saß ich an dem Montag in der Regionalbahn zum Ort der bevorstehenden Reha. Da ich nicht wusste, ob die einzelnen Bahnstationen im Zug durchgesagt werden, begab ich mich nach dem verstauen des Gepäcks zum Zugführer und fragte, welche Station Dannenberg sei. Der Zugführer sagte ganz sachlich:,, Das ist die Endstation." Ich bedankte mich und dachte, na das fängt ja gut an. Endstation klang so brutal für mich. Nach dem, was ich alles durchgemacht hatte, klang dieser Ausdruck leicht zynisch für mich, obwohl der Fahrer des Zuges eigentlich nur korrekt geantwortet hatte. Nachdem ich mich von dem kleinen Schock erholt hatte, setzte ich mich auf meinen Platz und die Bahn setzte sich kurz darauf in Bewegung. Ich war weder aufgeregt noch sonst etwas. Ein neutrales Gefühl stellte sich bei mir ein. Zumal ich ja in keinster Weise wusste, was mich an dem abgelegenen Ort erwartete. Das einzige Gefühl, das blieb, war Hoffnung. Die Hoffnung auf einen Neuanfang. Es war ein angenehmes Gefühl, den Landkreis Soltau-Fallingbostel, heute Heide-kreis, mal für eine Weile verlassen zu können, dachte ich nach viertelstündiger Fahrt so bei mir. Einige Zeit später erreichte ich endlich Dannenberg. Der Bahnhof sah sehr einsam und ver-lassen aus. Außer mir stieg nur noch eine weitere Person aus dem Zug. So schlenderte ich einigermaßen gelaunt durch das Hauptgebäude und landete nach dem Raus treten auf den Vor-platz des Bahnhofs. Jede andere bzw. jeder andere hätte sich nun ein Taxi genommen, aber dafür hatte ich nicht genug Geld. Also ging ich zu Fuß. Nach ca. einer Stunde erreichte ich schwer beladen, sowohl psychisch als auch physisch, die Reha Einrichtung. Eine große alte Villa thronte inmitten des Grund-stücks. Zusätzlich gab es noch zwei Nebengebäude. In einem der Nebengebäude, einem Holzhaus, befand sich die Küche und der Speiseraum. In dem Anderen lagen das Trainingsbüro und die Büros der Angestellten. Die ganze Einrichtung wirkte eher wie eine Unterkunft einer sehr großen Familie. Nur ein Schild an der Durchfahrt zum Grundstück wies auf eine Ein-richtung der Lebenshilfe hin. Kurz bevor ich das Hauptgebäude betrat, kam mir freudig ein alter Bekannter namens Lars entge-gen und begrüßte mich überschwänglich. Lars hatte den neuen Partner seiner Ex-Frau mit seinem Auto angefahren, nachdem dieser ihm sagte, dass er dafür sorgen würde, dass er seine Kin-der, aus welchen Gründen auch immer, nie wieder sehen wür-de. Als psychisch Behinderter kam er damals ungestraft davon. Insgesamt hatte Lars viel Wut im Bauch, denn sein Schulden-berg war fünfmal so hoch wie meiner. Ihm blieb nur noch sein Auto, eine nette kleine Mietwohnung und ein relativ hohes Krankengeld zum Leben. Im Übrigen lebten die meisten Be-troffenen dort vom Krankengeld. Das erzeugte keinen Neid bei mir, denn diese Personen hatten sich das Geld ja aus irgendei-nem Grund bzw. durch ihren vorherigen sozialversicherungspflichtigen Job verdient. Es war lediglich eine Ironie des Schicksals, dass gerade ich als ehemaliger Versicherungsfachmann keinerlei Absicherung hatte. Für den Party Service arbeitete ich ja zwei Monate. Hätte ich unter vier Wochen gearbeitet gehabt, hätte ich Anspruch auf Krankengeld gehabt. Anderweitig muss man mindestens 1 Jahr sozialversicherungspflichtig tätig gewesen sein, um einen Anspruch zu haben. Dumm gelaufen. Nun denn, als einer der wenigen Armen betrat ich nach einem kurzen Gespräch mit Lars das Haupthaus der dortigen Einrichtung. Die Büros konnten die Teilnehmer des Programms nur mit einem Außenfahrstuhl erreichen.

Im obersten Stock angekommen, wurde ich durch eine Betreuerin des Hauses begrüßt. Danach fand noch ein kurzes Gespräch mit dem Leiter des Vereins statt. Herr K. war ein junger freundlicher Mann, der einen sehr gepflegten Eindruck machte. Anschließend wurde ich von der Betreuerin zu einem Haus in unmittelbarer Nähe gefahren. Dort sollte meine Unterkunft für die nächsten Monate sein. Als wir das stark renovierungsbedürftige Haus betraten, standen noch zwei Zimmer im Untergeschoss zur Verfügung. Ich entschied mich für das Größere der Beiden. Insgesamt gab es dort 7 Zimmer, zwei davon im Keller. Auf jedem Stockwerk befand sich auch eine Gemeinschaftsküche. Die Betreuerin bzw. Sozialpädagogin zeigte mir noch den Raum für die Trocknung der Wäsche. Der Blick in den Raum schockierte mich, da die Hälfte des Fußbodens mit leeren Bierflaschen bedeckt war. Dort musste seitens der Bewohner ziemlich gesoffen worden sein. Etwas ungewöhnlich für die Unterkunft einer medizinischen Rehabilitationseinrichtung. Meine Begleitung meinte dazu nur, dass die Flaschen schon bald weggeräumt würden. Ein schwacher Trost. Meine guten Vorsätze bezüglich der neuen Maßnahme waren wie weggewischt. Aber damit nicht genug. Statt mich im Büro einzusetzen, kam ich in die Küche der Einrichtung, um dort zu arbeiten. Ich habe ja grundsätzlich nichts gegen das Kochen, aber was hatte das mit meinen Vorkenntnissen als Versicherungsfachmann zu tun. Der nächste Blödsinn war, dass mir nur noch 25 Euro wöchentlich zur Verfügung stehen sollte, was ich am nächsten Tag in einem Telefonat von Frau B.E. erfuhr. Der Landkreis sah meine Rehabilitation als vollstationären Aufenthalt an, aber letztendlich bekam ich nur ein Mittagessen. Den Rest musste ich selbst bestreiten. Ich fühlte mich stark veräppelt, aber es entsprach der Realität. Gern hätte ich mit den anderen Teilnehmern das ein oder andere Cafe in dem beschaulichen, hauptsächlich aus Fachwerkhäusern bestehenden Ortes, aufgesucht, aber das Geld fehlte mir. Nach ca. drei Wochen hatte ich die Reha satt. Ich fühlte mich dort saumäßig unwohl und konnte auch mit den im Keller meiner damaligen Unterkunft stattfindenden Saufgelagen nichts anfangen. Keine Teilnehmerin oder Teilnehmer machte auf mich den Eindruck, etwas erreichen zu wollen. Alle wirkten einfach nur in sich gekehrt und inkonsequent. Ich sah kein Licht am Ende des Tunnels. Nichts gegen Dannenberg als Ortschaft. Es gab auch ein Puppentheater dort, in das ich gern mit meinen Kindern gegangen wäre, aber die Rehabilitation, die dort stattfinden sollte, war für mich eine Farce. Näher möchte ich darauf auch nicht eingehen und breche das Kapitel Dannenberg hiermit ab. Kommen wir zum nächsten Kapitel, dem Kapitel Behindertenwerkstatt.

Die Werkstatt für psychisch Behinderte

Nach der Maßnahme beim Lebenswerk Dannenberg, kam ich wieder in die Tagesstätte. Das einzige Highlight hier war noch ein Besuch im Musical Titanic in Hamburg. Im Spätsommer des Jahres 2004 war es dann soweit. Ich stürzte durch den Konsum von zu viel Alkohol in einen schlechten Zustand ab und kam wieder auf Station D1 des Heidekreis - Klinikums. Gegen Mitte meines ca. dreimonatigen Aufenthalts gab es wieder eine Fallkonferenz meinetwegen. Alle waren da, Herr L., Leiter der Psychiatrie, Herr....., Leiter des sozialpsychiatrischen Dienstes, Frau B.E., Frau B., Betreuerin vom Betreuten Wohnen, Frau P., Leiterin der Tagesstätte, Frau v. M., Ärztin der D1 und einige Pflegekräfte. Ich wusste nicht, was mich erwarten würde, hoffte aber auf ein gutes Ergebnis.

Hauptthema der damaligen Konferenz war die Wohnsituation. Mein Wunsch war es, nach Soltau umzuziehen, da mittlerweile auch meine Kinder dort im Haus des neuen Partners meiner Ex-Frau wohnten. Zum Anderen befand sich auch die Werkstatt in Soltau, wo ich die Chance auf behindertengerechte Arbeit haben konnte. Der Leiter des sozial psychiatrischen Dienstes hielt anscheinend nicht viel von meiner Person, da er sich einen Scherz erlauben wollte, indem er meinte, ich solle nach Australien auswandern. Ich antwortete darauf, dass mir die Ozonwerte dort zu hoch seien.

Was sollte daran so schlimm sein, nach Soltau umziehen zu wollen? Das Problem war nur, dass ich auf der damaligen Versammlung den anwesenden Personen darstellen sollte, welche Gründe es für mich gab. Abschließend sei gesagt, dass ich alles in allem grünes Licht für mein Anliegen bekam. Heute weiß ich, dass es hier bzw. damals um Umzugskosten ging und die für mich Verantwortlichen sich gegenüber dem Landkreis Soltau-Fallingbostel darstellen mussten. In dem Sinne ist das ein Synonym für meine damals nicht vorhandene Freiheit. Ein normaler Mensch, der in Arbeit steht, zieht einfach um. Ich hatte meine Krankheit und war abhängig von der Psychiatrie und dem Landkreis. Eine verzwickte Situation. So kam ich auf die Idee, meine Eltern mit in den Umzug einzubeziehen, rief sie an und bat um Hilfe. Meine geliebten Eltern willigten ein. Zudem wollten sie auch die Kosten für einen Mietanhänger übernehmen. Dadurch hatte ich gegenüber den Verantwortlichen ein gutes Argument.

Da ich aufgrund eigener Bemühungen keine Wohnung bekam, besorgte Frau B.E. über die Vermieterin der Schneverdinger Wohnung eine neue Bleibe in Soltau. Damals fuhr die Ergotherapeutin des Krankenhauses, Frau A., mit mir zur Besichtigung. Die Wohnung befand sich unweit eines Supermarktes und einer Tankstelle in der Soltauer Pestallozistraße. Sie befand sich im obersten Geschoss eines Drei-Familien-Hauses. Mir gefiel die Dachgeschosswohnung. Sie war viel geräumiger als die vorherige Behausung. So zog ich schließlich einen Tag nach meiner Entlassung aus dem Krankenhaus um. Dank meiner Eltern waren wir nach ca. 5 Stunden mit dem gesamten Umzug fertig geworden. Glücklich und zufrieden verbrachte ich mein erstes Wochenende in meiner neuen Wohnung. An dem Sonntag fuhr ich noch mit dem Fahrrad zur Soltauer Teestube, einem Treffpunkt für Suchtkranke, psychisch Behinderte, Angehörige und alle Interessierten. Dort konnte Frau oder Mann für sehr wenig Geld alkoholfreie Getränke bekommen und Kontakte zu anderen Betroffenen knüpfen. Außerdem bestand auch die Möglichkeit, Spiele aus einer kleinen Auswahl zu spielen. Im Prinzip handelt es sich bei der Teestube um eine Art Kneipe, nur ohne jeglichen Alkoholkonsum. Meiner Ansicht nach sehr positiv. Eine ältere Dame war eine der Hauptakteure der Einrichtung. Durch ihre warmherzige und besonnene Art ließ sie die alten aus Spenden stammenden Möbel zu neuem Glanz erstrahlen und jede oder jeder musste sich gleich wohlfühlen. Sie war immer zu einem Gespräch bereit und stellte in gewisser Weise die gute Fee der Teestube dar. Neben den Getränken gab es noch Knackwürste zu erwerben. Wie dem auch sei. Mein erstes Wochenende in Soltau verlief recht gut. Auch trank ich nur am Samstag ein paar Bierchen. In Soltau gab es auch noch eine andere persönliche Anlaufstelle für mich. Es handelte sich um Edyta, eine polnische Dichterin. Mit ihr verbrachte ich gerne meine Zeit. Sie stand kurz vor der Scheidung und hatte drei Kinder, die sie zeitweilig zu Besuch bei sich hatte. Eine Schönheit stellte sie nicht dar, aber sie war oder ist auch nicht hässlich. Zudem schmückt sie sich mit hoher Intelligenz. Sie konnte auch nicht viel aus der Ruhe bringen und viele Bücher in ihrer schönen kleinen Dachgeschosswohnung zeugen von einem belesenen Menschen. Gern verbrachte ich Zeit bei ihr bei Tee und Gesprächen und der einen oder anderen Zigarette.

Edyta war zwar selbst mal in psychiatrischer Behandlung auf der D1, hielt aber rein gar nichts von psychiatrischen Einrichtungen. Auch sah sie nicht gern, wie abhängig ich mich damals von der Psychiatrie gemacht hatte. Im Endeffekt war Edyta in den damaligen Tagen ein Lichtblick für mich, ein wirklicher Mensch wie sie oder er sein sollte. Natürlich lebten auch meine Kinder in Soltau und die Kontakte fingen an sich zu häufen, aber mit Edyta konnte ich mich logischerweise auf der Ebene erwachsener Menschen austauschen. Ich bin mir bis heute nicht sicher, ob ich damals so etwas wie Liebe für Edyta empfand, eine gewisse Zuneigung in jedem Fall. Wir sprachen zum damaligen Zeitpunkt auch über eventuelle Treffen mit den jeweiligen Kindern und das baute mich auch auf. Generell konnte ich mich aber nicht immer bei Edyta aufhalten. Schließlich brauchte sie auch mal Ruhe. Ich hatte zu viel Ruhe. Daran änderte auch der Umzug nichts. Ich befand mich in einem wackeligen Zustand. Es fehlte ein festes Fundament, um ein wirklich stabiles Leben aufbauen zu können. Seit dem ich Anfang 16 war, hatte ich fast immer ein Fundament in Form einer Partnerschaft zu einer Frau. Bis zum Umzug nach Soltau war ich schon vier Jahre ohne feste Beziehung. Außer Edyta hatte ich 2004 keine wirklichen Freunde. Meine Herkunftsfamilie traf ich aufgrund der Entfernungen hauptsächlich zu den Feiertagen. Außerdem wollte ich niemandem zur Last fallen, vor allen Dingen finanziell nicht, auch wenn weder mein Bruder, meine Schwester noch meine Eltern ein Problem mit der Bezahlung der jeweiligen Bahn- oder Busfahrten hatten. Jedoch wollte ich das nicht unnötig ausnützen und als Ruhekissen betrachten. Mein Anliegen war es immer noch, durch eigene Arbeit, meinen Lebensunterhalt zu bestreiten. Oft genug hatte ich das auch gegenüber den Ärzten im Krankenhaus geäußert, aber dieses Anliegen verhallte irgendwie. Wovon ich aber wusste, war die Behindertenwerkstatt in Soltau. Dort sollte es Arbeit für Menschen mit seelischer Behinderung geben. Ich wusste nur nicht, wie ich an einen Arbeitsplatz dort gelangen sollte, bis ich wieder mal aufgrund eines Alkoholabsturzes ins Krankenhaus kam. Erneut äußerte ich schon bei der ersten Visite dort mein Anliegen und betonte meinen Wunsch, in die Werkstatt zu kommen.

Diesmal wurde ich jedenfalls erhört und am Ende der Behandlung war klar, dass ich im Januar 2005, fast drei Jahre nach Ausbruch der Krankheit wieder in Arbeit kommen würde, diesmal in Soltau. Noch vor Weihnachten 2004 verließ ich glücklich die Klinik und verbrachte die Feiertage und auch noch Silvester bei meinen Eltern. Anfang Januar 2005 war es dann soweit. Mein erster Arbeitstag. Den Weg von der Wohnung zur Wirkungsstätte für Menschen mit psychischem Handicap legte ich zu Fuß zurück, da es stark regnete und ich bei starkem Regen nicht gern Fahrrad fahre. Die Werkstatt befindet sich in einem ehemaligen Lockschuppen direkt am Soltauer Hauptbahnhof. Dort traf ich pünktlich um kurz vor 8.00 Uhr damals ein. Ich war voller Tatendrang und meldete mich zunächst im Büro des Chefs, Herrn B., ein ruhig wirkender Mann mit Vollbart mittleren Alters. Nach dem Gespräch in seinem Büro im obersten Geschoss des Verwaltungstraktes, begleitete Herr B. mich zu meiner damaligen Anleiterin, Eva. Wieder eine Eva, aber dafür konnte sie nichts. Sie hatte ein ziemlich burschikoses Äußeres und doch redete sie sehr einfühlsam mit einem. Ich begleitete sie nach einer kurzen, sehr freundlichen Begrüßung in einen anderen Raum dieses Traktes. Dort befanden sich schon drei weitere Teilnehmer dieses Projekts. Meine erste Aufgabe dort, sollte es sein, mit einem Brenneisen Zahlen in kleine sechseckige Holzscheiben zu brennen. Die Zahlen waren mit Bleistift vorgezeichnet, so dass es ein leichtes war, die Linien Punkt weise nach zu brennen. Trotz meines Alkoholkonsums an den Wochenenden ohne die Kinder, konnte ich meine Hände noch recht ruhig halten. Im Grunde hatte ich während dieser Phase meines neuen Lebens nie richtige Entzugserscheinungen durch Alkohol, wie starkes Zittern oder Schweißausbrüche, d.h. zu einem richtigen Alkoholiker war ich glücklicherweise nicht geworden. Wie auch immer. Der erste Tag in der Minerva lief ganz gut. Im zweiten Stock des Hauses befand sich der Speisesaal, besser gesagt die Kantine in der es Frühstück und warmes Mittagessen gab. Im Übrigen gab es insgesamt fünf Pausen in dieser Einrichtung. Für eine geschützten Arbeitsbereich normal, in der freien Wirtschaft undenkbar.

An meinem ersten Arbeitstag trank ich kein Feierabendbierchen. Ich wollte weiterhin wenigstens die Woche über nüchtern bleiben. Das Trinken wollte ich aber auch nicht komplett aufgeben. Ich sah es damals nicht als verwerflich an, sich ab und zu ein Bierchen zu gönnen. Die folgenden Tage fing ich nach Absprache mit Eva in einem neuen Arbeitsbereich an, im Gebrauchtwarenhaus der Einrichtung. Hier wird gespendeter Hausrat für wenig Geld an die Frau oder den Mann gebracht. Ich war wieder in meinem Element als Verkäufer. Diese Tätigkeit mit dem direkten Kontakt zu Kunden stellte mich damals sehr zufrieden, aber immer noch fehlte eine solide, soziale Basis in meinem Privatleben. Teilweise isolierte ich mich auch selber von der Umwelt, indem ich an den Wochenenden in ein hausgemachtes Schneckenhaus aus innerer Unzufriedenheit kroch. Hinzu kam, dass die Werkstatt erst nach zwei Jahren Tätigkeit ein Gehalt nach jeweiliger Leistungsfähigkeit zahlt, jedoch auf keinen Fall über dem Sozialsatz. Die ersten zwei Jahre gelten als Rehabilitationszeit. Manche bekommen aber auch Übergangsgeld, wenn die Deutsche Rentenversicherung der sogenannte Kostenträger ist, denn die Werkstatt kassiert noch pro Behinderte oder Behinderten einen festgelegten monatlichen Betrag vom Kostenträger. Davon werden unter anderem die Gehälter der Anleiter finanziert. Im Schnitt verdienen in Deutschland Behinderte, welche in einer solchen Einrichtung arbeiten ca. 160 Euro monatlich. Entweder zur bereits vorhandenen Erwerbsminderungsrente oder zum Geld vom Amt. Übersteigt das nach zwei Jahren gezahlte Gehalt aber die Hinzuverdienstgrenze vom Sozialgeld, wird noch ein Teil vom Amt abgezogen. Behinderte, welche Erwerbsminderungsrente erhalten, dürfen jedoch den höchstmöglichen Lohn einer Werkstatt behalten. Es wird also zwischen Sozialhilfeempfängern und Frührentnern mit Erwerbsminderungsrente unterschieden.

Auf den Lohnabrechnungen tauchte damals zwar für alle immer wieder ein Gehalt in Höhe von 1.935 Euro Brutto auf, aber es gab nach zwei Jahren Rehabilitationszeit im anschließenden sogenannten Arbeitsbereich für viele nur den genannten Hungerlohn, welcher zur Auszahlung kam, außer man schaffte vorher den Sprung auf den ersten Arbeitsmarkt zurück. Das Bruttogehalt diente nur als Grundlage zur Berechnung der Sozialleistungen wie z.b. dem Rentenversicherungsbeitrag. Mir blieben weiterhin nur meine Sozialgelder bzw. mein Scheck in Höhe von wöchentlichen 40 Euro, zugeteilt von Frau B.E., meiner damaligen Hauptbetreuerin.

Dieser Punkt machte mir stark zu schaffen. Jeden Tag ging ich brav zum Arbeiten in diese Einrichtung, machte Umsatz für die Minerva und bekam nur Sozialhilfe. Etwas paradox wie ich in der Zeit fand und auch heute noch finde. Es kann doch nicht angehen, dass seelisch behinderte Menschen solchen Einrichtungen ihre Arbeitskraft von Anfang an bieten, aber erst zwei Jahre später damit begonnen wird, diese Tätigkeit zu entlohnen, zumal mir aufgrund eines Zeitungsartikels bekannt ist, dass die Heidewerkstätten des Landkreises Heidekreis jährlich mehrere Millionen umsetzen. Zu dem Unternehmen gehört ja nicht nur die Werkstatt in Soltau. Wer im Internet unter Heidewerkstätten nachschaut, findet weitaus mehr.

Mit Blick auf uns seelisch Behinderte ist dieses beschriebene System äußerst zynisch. Die meisten gaben sich in der Einrichtung mit dieser Tatsache zufrieden, aber für mich war die ganze Arbeitssituation dort schizophren und nicht ich. Sicher, an unserer jeweiligen Arbeit hatten wir Freude, aber was war mit Freude außerhalb der Werkstatt? Was war mit eventuellen Kino - oder Theaterbesuchen? Was war mit eventuellen Besuchen des Heide Parks, einem Vergnügungspark in Soltau, mit meinen Kindern? Was war mit einem eventuellen Auto, um

Ausflüge ins Umland machen zu können? Was war mit Besuchen der Eisdiele einem Musik Cafe oder Sonstiges? Zwei Jahre warten und auch dann nur ein geringes Gehalt? Für mich bedeutet die Behindertenwerkstatt Ausbeutung seelisch Behinderter auf hohem Niveau und nichts Anderes. Eva machte mir noch die Freude, im Laden, in dem es hauptsächlich von geistig Behinderten hergestelltes Holzspielzeug und Kunsthandwerk zu kaufen gab, zu arbeiten. Heute gibt es den Laden leider nicht mehr.

Es nützte nichts. Mich tröstete auch nicht der hohe Rentenversicherungsbeitrag ich bezahlt bekam. Arbeitslohn wäre damals das gewesen, was gezählt hätte, sonst nichts. Immer zum Feierabend entstand eine innere Leere in mir. Es gab nur die Möglichkeit, meine Freizeit in der Teestube zu verbringen, aber der Mensch lebt wahrlich nicht von Brot allein. Früher war ich mal in Frankreich, Italien, Finnland, England, Tunesien, der Schweiz, Österreich, Schweden, Norwegen und den Niederlanden, um Urlaub zu machen. In der Zeit nach dem Ausbruch der Krankheit blieben nur Ausflüge zur nächsten Verwandtschaft oder in die Teestube. Einmal in der Woche konnte ich es mir erlauben, in ein Lokal zu gehen, um vielleicht ein oder zwei Getränke einzunehmen. Mehr war wirklich nicht drin.

So kam es, dass ich meinen Frust mal wieder mehr und mehr im Discounter Bier ersoff und öfter als vorher im Krankenhaus zur Entgiftung landete. Dann kam der mittlerweile 16. Aufenthalt auf Station D1. Dieser sollte mein damaliges Leben grundlegend ändern.

Heimat Hamburg und zurück

Als ich dort ankam, war ich nervlich ein Wrack. Mir war alles egal und ich ließ die Voruntersuchung wie immer über mich ergehen. Körperlich war ich noch in erstaunlich guter Verfassung Meine Leberwerte, welche unter anderem auch wegen der Medikamente während eines Klinikaufenthalts geprüft werden, waren super. Psychisch war ich am Boden zerstört. Meine Enttäuschung über die Einrichtungen außerhalb der Kliniken saßen zu tief. Für mich war nichts dabei, was mir als eine große Hilfe erschien. In der Klinik sollte ich die ersten vier Tage wieder auf Station verbleiben, um bei einem eventuellen Krampfanfall die Sicherheit zu haben, dass sofort eine Ärztin oder ein Arzt zur Stelle war. Eine normale Vorsichtsmaßnahme bei Entgiftungen. Mittlerweile bekam ich an Medikamenten nur noch Risperdal Consta als Depotspritze. Half aber nichts gegen mein immer noch auftauchendes, zeitweiliges Stimmenhören oder gegen zeitweiligen Verfolgungswahn. Weiterhin fühlte ich mich oft beobachtet und dachte, dass so ziemlich alle Personen um mich herum, mich kennen würden. Das lag wahrscheinlich daran, dass mein Alkoholkonsum eine gute Wirkung des Risperdal Consta verhinderte. Also waren meine paranoiden Anwandlungen aufgrund eventuell eigenen Verschuldens geblieben. Problem war nur, dass ich das Saufen am Wochenende nicht lassen konnte. Meine Einsamkeit brachte mich innerlich um, denn ich flüchtete ja vor der Außenwelt in meine eigene Wohnung, um meiner paranoiden Gedankenwelt zu entkommen. Dort fühlte ich mich aber zeitweilig von den Personen im Fernseher verfolgt, d.h. ich bezog Dinge, die dort gesagt worden sind auf mich. Ein scheinbar unüberwindbarer Teufelskreis.

Was soll ` s. Dieser Aufenthalt in der Walsroder Klinik begann jedenfalls im Juli 2005. Nachdem ich endlich die vier Tage unter Verschluss hinter mich gebracht hatte, ging ich eines Nachmittags auf die Außenterrasse der Station D0. Ich wollte nur in Ruhe eine rauchen als ich sie in einem eigens mitgebrachten Liegestuhl liegen sah. Katrin, eine Patientin der D0. Sie war wegen posttraumatischen Belastungsstörungen und Depressionen schon über acht Monate dort. Während meiner vorherigen Aufenthalte in der Klinik, waren wir uns schon ein wenig näher gekommen. Oft spielten wir Karten mit anderen Patienten und manchmal auch mit ihrem Besuch aus England. Sie spricht perfekt Englisch, da sie auch schon zwei Jahre in England gelebt hatte. Sie war dort mit einem Einheimischen verheiratet der sie nach Strich und Faden belog, sie betrog und sie sogar schlug. Ein richtiges Schwein, von dem sie sich zum Glück trennte. Danach war sie mit einem deutschen Architekten verheiratet, kaufte ein Haus und bekam mit ihm ein Kind. Nachdem sich dieser Mann auch als Enttäuschung entpuppte, trennte sie sich auch von ihm. Dann verlor sie ihren Job als Vertriebsleiterin eines Zeitungsverlages. Im November 2004 gab sie dann komplett nervlich am Ende und enttäuscht vom Leben auf und begann einen sogenannten erweiterten Suizid, indem sie ihre eigenen Hunde tötete, ihren Sohn umbrachte und schließlich sich selbst versuchte zu töten. Eine Kurzschlusshandlung unter Alkohol - und Medikamenten Einfluss, die sie, trotzdem sie sich die Pulsadern in Längsrichtung aufschnitt, als einzige überlebte. Für sie muss es furchtbar sein, überlebt zu haben. Als ich sie Ende Juli 2005 in ihrem Liegestuhl danebenstehend begrüßte, lächelte sie mich wie immer freundlich an und ihre bezaubernden graugrünen Augen leuchteten. Zu dem Zeitpunkt wusste ich noch nichts von ihrem schaurigen Schicksal. In den weiteren Tagen entwickelte sich ein sehr guter Kontakt zu ihr und wir verbrachten viel Zeit zusammen. Eines Tages wollte ich auch mal außerhalb der Station mit ihr ein wenig Zeit verbringen. So verabredeten wir uns für den 1.August 2005 für eine gemeinsamen Spaziergang in der Walsroder Eckernworth, einem Waldstück in unmittelbarer Nähe des Krankenhauses. Ich war aufgeregt an diesem Tag. Endlich konnte ich sie für einen Moment allein kennen lernen. Sonst war immer irgendeine andere Person in der Nähe. Ich konnte es kaum aushalten bis zum Nachmittag. Wir wollten uns vor dem Haupteingang treffen, um 15.00 Uhr. Gegen 14.45 rief mich noch ein Arzt zum Gespräch heran. Ich dachte, spinnt der? Doch nicht jetzt, kurz vor meinem Date. Der Arzt wusste nichts von dem Date. Also bat ich ihn, sich kurz zu gedulden. Er nahm Rücksicht und ließ mich kurz verschwinden. Ich eilte zum Haupteingang. Atemlos kam ich vor Katrin, sie saß auf einer flachen Mauer neben der gläsernen Schiebetür, zum Stehen. Sehr schnell erzählte ich ihr von dem bevorstehenden Gespräch mit dem Arzt und vertröstete sie. Katrin sagte ganz besonnen, dass sie warten würde. Ich war beruhigt und ging in mein Gespräch. Gegen 15.30 Uhr war das Gespräch vorbei und ich eilte zurück zu ihr. Tatsächlich hatte sie auf mich gewartet, was mich sehr beglückte. Sofort machten wir uns auf den Weg zur Eckernworth. An einem außen neben einem dortigen Restaurant stehenden Holztisch mit Bänken machten wir halt und setzten uns. Sie saß mir in ihrer grauen Kostümjacke gegenüber und wir schauten uns tief in die Augen, als sich ihr Blick plötzlich verfinsterte. Sie erzählte mir von ihrem Schicksal und ich hielt ihre Hand, die ganze Zeit. Ich nahm ihre Geschichte neutral und gelassen auf, da ich nur den Augenblick, mit ihr dort sitzen zu dürfen, genoss. In Freiheit. Für einen Moment keine anderen Patienten, keine Ärzte oder andere Besucher. Nur wir zwei. Ich denke, sie war erleichtert, als sie merkte, dass mich ihre Geschichte nicht schockierte, denn weder sie noch ich konnten etwas dafür. Es war leider passiert. Ihr Kind war tot, ihre Hunde waren tot und sie lebte. Also setzten wir den Spaziergang fort, als ob nichts gewesen wäre. Nach ca. 10 Minuten kamen wir an eine Senke. Ich ging vor, drehte mich um und ergriff sie. Ich presste sie sanft an mich und küsste sie. Sie erwiderte den Kuss und danach gingen wir glücklich weiter und genossen den sonnigen Tag. Jetzt spazierten wir Hand in Hand. Hand in Hand in eine unbestimmte Zukunft. Ja, am 1.August 2005 kamen wir zusammen. Unsere unterschiedlichen Schicksale trafen aufeinander und fanden sich. An diesem Tag fiel ich abends glücklich ins Bett. Die nächsten Tage vergingen wie im Flug und meine Entlassung nahte. Diesmal ging ich mit einem ganz anderen Gefühl aus der Klinik. Ich war nicht mehr allein. Der Abschied von Katrin war nur vorübergehend, da ich ihr versprach, sie zu besuchen. Noch etwas versprach ich ihr, nicht zu trinken. Als ich nach der Entlassung in meiner Wohnung eintraf, war ich komplett anders drauf. Meine Grundstimmung war besser. Katrin und ich blieben über SMS ständig in Kontakt. Schon nach zwei Tagen machte ich mich auf den Weg ins Krankenhaus, um meine neue Liebe zu besuchen. In die Werkstatt brauchte ich zum damaligen Zeitpunkt nicht, da dort Betriebsferien waren. Ich genoss die Bahnfahrt nach Walsrode und als ich auf der Station D0 ankam, erschien kurze Zeit später schon Katrin vor mir. Wir gaben uns einen Kuss und verließen die Station, um auf die Terrasse bzw. im Park des Krankenhauses spazieren zu gehen. Komischerweise sprach ich sie schon während des Spaziergangs drauf an, erst einmal zu mir zu ziehen, da sie nach ihrer Entlassung keine Bleibe gehabt hätte, da sie ja bei ihrem erweiterten Suizid ihr Haus angesteckt hatte, um sich nach dem ersten Selbstmordversuch zu verbrennen. Ein Nachbar sah damals Rauch aus ihrem Haus steigen und alarmierte die Feuerwehr, die schließlich sie aus ihrem Desaster befreite. Später ermittelte die Staatsanwaltschaft noch ihretwegen und sprach sie aufgrund vorübergehender Unzurechnungsfähigkeit frei. Auch ich sprach sie frei von Schuld, sofern ich es mir erlauben kann.

Wie auch immer. Konnte ich und kann ich auch heute noch, da ich als eine neutrale Person in ihrem Leben auftauchte. Vielleicht konnte ich deshalb auch fragen, ob sie nicht zu mir ziehen würde. Sie bat sich damals Bedenkzeit aus, schien aber Gefallen an dieser Idee zu finden. Mit neuem Mut verabschiedete ich mich abends von meiner Angebeteten. Die Zugfahrt konnte ich mir gut leisten, da ich tatsächlich nicht mehr trank und das ersparte Geld dafür verwendete. Katrin war mir wichtiger als Alkohol.

Insgesamt entwickelte sich alles positiv. Gut gelaunt fing ich am Ende der Betriebsferien wieder in der Werkstatt an. Diesmal mit einer anderen Basis. Es gab jemanden, der mir Vertrauen und Liebe schenkte und das baute mich zum damaligen Zeitpunkt extrem auf. Es schien auch tatsächlich Liebe ihrerseits zu sein. Nächstenliebe ist nur ein Zustand für einen Moment. Bei Katrin und mir begann eine Pflanze zu wachsen.

Eine Art Liebesbaum, den wir von Anfang an hegten und pflegten. Bereits am zweiten Wochenende nach meiner Entlassung besuchte sie mich über Nacht in meiner Wohnung. Dazu sei gesagt, dass diese Wochenenden sich in Verbindung mit der Psychiatrie Belastungsurlaube nannten. Belastungsurlaube deshalb, weil der beschützende Rahmen durch Ärzte und Pfleger fehlte. Katrin schenkte mir von Beginn an das Vertrauen, diesen Schutz bieten zu können. Alltag kann innere Belastung in unterschiedlicher Form bedeuten. Wir hingegen genossen die gemeinsame Zeit und bauten uns gegenseitig auf. Wir schmiedeten sogar schon Zukunftspläne und schon nach dem ersten gemeinsamen Wochenende konnte ich ihr Hamburg als gemeinsames Ziel schmackhaft machen. Sie überlegte, sich dort einen Job zu suchen und studierte dafür die Samstagsausgabe des Hamburger Abendblatts. Samstags sind dort die Stellenangebote drin. Ich konnte es damals kaum glauben. Es sollte eventuell mit Katrin nach Hamburg, meiner Geburtsstadt gehen. Was für ein riesiges Glück, dachte ich damals. Das erste Ziel war es aber, sie zum Einzug in meine damalige kleine Wohnung zu bewegen. Nach ca. drei Wochen nach meiner Entlassung war es dann soweit. Sie stimmte einem Einzug zu und ich bereitete alles vor. Sie stellte mir ihren Wagen zur Verfügung, um nach und nach ihren in der Klinik befindlichen, minimalen Hausrat unterzubringen. Von einem guten Bekannten von ihr bekamen wir einen Anhänger geliehen. Nachdem ich alles bei mir untergebracht hatte, fehlte nur noch Katrin. Ende August war es dann soweit. Sie zog bei mir ein und ich war glücklich. Anfang September besuchten wir das erste Mal meine Eltern, die nichts von ihrem persönlichen Schicksal wussten, was auch nicht sein musste. Sie sollten sie ohne diesen erschreckenden Hintergrund kennen lernen, da mir die Geschichte als zu hart für meine Eltern erschien. An dem Tag hatten wir auch ein Abendblatt dabei, um nach Wohnungen in Hamburg zu suchen. Einen Job als Vertriebsassistentin eines mittelständischen Unternehmens hatte Katrin bereits gefunden. Ich musste erst einmal von meinem wenigen Ersparten leben, aber sie teilte auch gern mit mir, indem sie die Wohnung über sich laufen lassen wollte und aus einer selbstlosen Art heraus auch für Lebensmittel des täglichen Bedarfs sorgen wollte.

Wir fanden schließlich in der Zeitung eine interessante Wohnung in Hamburg - Poppenbüttel, einem noblen Stadtteil im Norden der Millionenstadt. Auf mich wartete ein enormer Aufstieg von einer Sozialwohnung in eine wahrscheinlich gute

Wohnung in einer vornehmen Gegend. Nach einem Telefonat mit der Verwalterin des Vermieters, schauten wir uns noch am gleichen Tag auf dem Rückweg von meinen Eltern unsere neue Bleibe an. Es erwartete uns eine gut geschnittene Dachgeschosswohnung mit Einbauküche, Südbalkon und geräumigen Badezimmer. Ein I-Tüpfelchen stellte noch der begehbare Kleiderschrank dar. Uns gefiel die Wohnung und wir nahmen sie. Nach einem turbulenten Umzug richteten wir uns häuslich ein. Durch Gespräche und aufgrund mehrerer Anfragen erfuhr ich bereits im Vorfeld von meiner Betreuerin, dass es in Hamburg ein berufliches Trainingszentrum für Menschen mit seelischer Behinderung gibt. Mein erster Versuch, dort hinzukommen, schlug fehl, da ich damals keine Wohnung in Hamburg oder ein Auto zum Pendeln hatte. Jetzt war die Voraussetzung dafür gegeben und ich bemühte mich persönlich übers Telefon um schnellstmögliche Aufnahme dort. Mein Bemühen zeigte Erfolg, denn ich bekam schon einige Tage später einen Bescheid darüber, dass ich dort anfangen könnte. Im Februar 2006 sollte es losgehen. Glücklich verbrachte ich die Zeit bis dorthin mit dem Verrichten der Hausarbeit, da Katrin ja hauptsächlich jede Woche für unseren Lebensunterhalt arbeitete. Meine Ersparnisse waren auch schon Ende Oktober 2005 verbraucht, so dass ich beim Amt in Hamburg Arbeitslosengeld II bzw. Hartz IV beantragen musste. Ich behauptete, keine eheähnliche Gemeinschaft mit Katrin zu haben und legte einen von ihr unterzeichneten Untermietvertrag für die Zwei-Zimmer Wohnung vor, so dass mein Antrag bewilligt wurde. Fast war ich überfordert mit der damals für mich großen Menge Geld, dass ich plötzlich zur Verfügung hatte. Pauschal 250 Euro für das Wohnen und ca. 340 Euro zum Leben. Inzwischen war auch die gesetzliche Betreuung aufgrund meines Antrages bei dem zuständigen Hamburger Amtsgericht aufgehoben worden, so dass ich das Geld nicht mehr zugeteilt bekam, sondern voll zur Verfügung hatte. Da dies meine nervliche Kompetenz überlastete kam ich für drei Tage in psychiatrische Behandlung der Hamburger Asklepius Klinik. Nach diesen drei Tagen fühlte ich mich wieder fit und sah der weiteren Zukunft positiv entgegen. Aber es gab nicht nur ein neues Leben in Bezug auf eine Wohnung mit Partnerin in Hamburg, sondern Katrin besorgte sich noch einen Nebenjob als Zeitungszustellerin, bei dem ich jeden Morgen vor Beginn ihrer Arbeit half. Besser konnte es gar nicht laufen. Das Schicksal hatte uns zusammengeführt und unser beider Liebe unsere Seele berührt. Dadurch wurde ich stärker und selbstbewusster als die Jahre zuvor und schoss den imaginären Erfolgsball ins Tor. Ein neues Konto bei einer großen Hamburger Bank hatte ich auch, sogar mit EC - Karte. Ich war fast zurück im Leben, fehlte nur ein Vollzeitjob. Das wollte ich über das berufliche Trainingszentrum erreichen. Dort verbrachte ich schließlich vier Monate mit dem Lösen von Rechenaufgaben oder Worträtseln. Ab und zu durfte ich Telefondienst am öffentlichen Empfang der Einrichtung verrichten. Zudem war es auch möglich, sich um Bewerbungen zu kümmern. Alles in allem war es dort nicht schlecht, aber auch nicht zufriedenstellend. Die Offiziellen wünschten sich, dass jede Teilnehmerin und jeder Teilnehmer ein Praktikum macht, um die jeweilige Leistungsfähigkeit festzustellen. Ich lehnte ab und sagte nur, dass ich private Hilfe hätte, so dass ich die Maßnahme nicht die vorgesehenen 11 Monate absolvierte, sondern nur vier Monate. Elf Monate wären nur genehmigt worden, wenn ein Praktikum meinerseits stattgefunden hätte. Auf eine derartige Erpressung ließ ich mich nicht ein. Mein Anliegen war weiterhin ein Job gegen Bezahlung. So fing ich Monate später bei der Hamburger Arbeit an. Sie vermittelten 1-Euro Jobs. Glücklicherweise bekam ich schnell einen Job als Betreuer psychisch Behinderter. Dort blieb ich ca. drei Wochen, da es darauf hinaus lief die Behinderten mindestens fünf Jahre lang ohne ein gewisses Entgelt, nur ein kleines Taschengeld, arbeiten zu lassen. Nicht mit mir.

Letztendlich bekam ich einen neuen Job in der Schulassistenz einer integrativen Grundschule in Hamburg. Inzwischen lebten Katrin und ich in Hamburg - Hummelsbüttel in einer 90 qm Wohnung mit Tiefgaragenstellplatz. Mein Arbeitsplatz befand sich nur einen Kilometer entfernt. Etwa fünf Minuten Fußweg mussten wir nur in Kauf nehmen, um unseren gepachteten Schrebergarten zu erreichen. Noch etwas hatte sich in der Zwischenzeit getan. Wir hatten zwei Hunde aus dem Tierheim freigekauft. Lennox, ein Dobermann, glänzte durch sein freundliches Wesen und seine imposante Optik. Spike, ein Mischling aus Golden Retriever und Border Colli, war ein sehr eleganter, intelligenter und schmuse bedürftiger Hund. Beide Hunde gaben uns viel. Vor allen Dingen auch Verantwortung. Für uns stand das Wohlergehen der Tiere an oberster Stelle. Es waren schließlich auch die Hunde und ein später hinzugekommener Kater namens Hummel, welche den Ausschlag gaben in Katrins Haus mit 2500 qm Grundstück zu ziehen. Als ich das Objekt das erste Mal sah, graute mir es erst davor, da der Brandschaden doch erheblich war. So kam ich auf die Idee, die 42 qm große nicht ausgebrannte Doppelgarage bewohnbar zu machen. Katrin bestellte sofort eine sehr breite Glasschiebetür, die wir statt des Garagentores einbauen ließen. Das führte dazu, dass der Raum bewohnbar wurde. Zusätzlich legten wir den Steinboden mit PVC aus. Schon war unser vorübergehender Wohnraum fertig. Das Haupthaus war noch im schlechten Zustand. Viele Fenster waren aufgrund des damaligen Brandes kaputt gegangen. Die meisten Wände waren verrußt. Alte Bekannte von Kathrin halfen, das Haus aufzuräumen. Zuerst kamen alle Möbel, die angebrannt waren raus. Wir verbrannten diese auf dem Grundstück. Danach schlugen wir, hauptsächlich ich, den schwarz gewordenen Putz von den Wänden und rissen auch zwei nicht tragende Wände raus, um für die später geplante neue Raumaufteilung vorzusorgen. Alles in allem dauerte es einen Monat, bis wir klar Schiff gemacht hatten. Im September 2007 zogen wir in die Doppelgarage. Ende Oktober ging es aus der Garage ins Haupthaus. Ein Holzofen sorgte für ausreichend Wärme. Wir hatten im Erdgeschoss einen intakten Wasseranschluss und Strom ließen wir von einem Elektriker provisorisch installieren. Das Dachgeschoss war bereits von Kathrin gedämmt worden.

Somit hatten wir alles, was wir brauchten. Der verwucherte Garten war von einer Gartenbaufirma in Ordnung gebracht worden. Aber hier genug vom Haus.

Die Sanierung sollte entweder nach und nach geschehen oder über einen größeren Kredit zum Wiederaufbau, denn die Versicherungssumme aus der Feuerversicherung wurde zum Ablösen des Kredits verwendet. Die Hausratversicherung erkannte ihre Schuldunfähigkeit nicht an und zahlte die ihr zustehende Summe nicht. Das soll an dieser Stelle alles dazu sein.

Es gab noch das Problem, dass ich keinen Job hatte. Katrin bekam mittlerweile Krankengeld, da sie aufgrund ihrer psychischen Probleme nicht mehr arbeitsfähig war und ein Rentenantrag lief. Die Gemeinde, in die wir zogen, zahlte kein Hartz IV für mich, da ihr Krankengeld zu hoch war und eine eheähnliche Gemeinschaft unterstellt wurde. Täglich studierte ich die Zeitung nach Stellenangeboten. In die Versicherungsbranche konnte ich wegen der Insolvenz nicht. Das verbieten die EU – Vermittlerrichtlinien. Also blieb mir nur ein Job, in dem man keine saubere Schufa vorweisen musste. Im Dezember 2007 war schließlich ein Job als Paketfahrer in der Zeitung, so dass ich mich dort bewarb und die Stelle ab Januar 2008 bekam. Dort blieb ich bis Ende Februar 2008, da mir ca. 14 Stunden tägliche Arbeitszeit bei einem Gehalt von 1100 Euro Netto nicht zusagten. Es ergab sich aber schon kurz darauf ein Job als Marktbeschicker auf Wochenmärkten. Ich hatte schon nach kurzer Zeit viel Spaß am Verkauf von saisonalem Obst und Gemüse. Leider war die Saison schon Mitte September 2008 vorbei, hatte aber die sichere Option die darauffolgende Saison, dort wieder arbeiten zu dürfen. Weiterhin hatte ich kein Anspruch auf Sozialgelder, da die Erwerbsminderungsrente und die zusätzlich 400 Euro aus einem Minijob, die mein damaliger Schatz mittlerweile als Einkommen bekam, für einen Anspruch meinerseits gegenüber der Gemeinde zu hoch war. Aus diesem Grund ließ ich mir von der Agentur für Arbeit einen Lkw Führerschein, einen Gabelstaplerschein und einen Gefahrgutschein gemäß ADR finanzieren, um meine Chancen auf dem Arbeitsmarkt zu erhöhen. Irgendwie ja auch ein Witz. Es gab für mich keinerlei Leistungen zum Lebensunterhalt, aber dieser zweimonatige, teure Kurs wurde bezahlt. Die deutsche Sozialpolitik ist merkwürdig.

Wie auch immer. Ich machte den Kurs und meisterte alle Prüfungen gleich beim ersten Mal. Diese Tatsache erfüllte sowohl meine geliebte Katrin als auch mich mit Stolz. Zudem bekam ich aufgrund meiner intensiven Bemühungen gleich nach dem Kurs eine Stelle als Kraftfahrer für Güterverkehr bei einer Spedition in Rotenburg/Wümme. In dieser Spedition war ich bis Ende Februar 2009 beschäftigt. Ich war nicht damit einverstanden, meine gesetzlich vorgeschriebene Lenkzeit ständig zu überschreiten und kaum zu Hause zu sein. Die Strafen für die Lenkzeitüberschreitungen hätte ich zahlen müssen. Mein Hausarzt schrieb mich aufgrund von Überlastung krank und die Spedition kündigte mir. Das war mir egal, da ich ja noch die Sicherheit hatte, wieder im Verkauf auf dem Wochenmarkt anfangen zu können. So kam es dann auch. Anfang April 2009 rief mich mein Chef an und stellte mich für die neue Saison ein. Wie immer, begann die Arbeit mit dem Verkauf von Spargel. Der Hof hat davon 15 Sortierungen zu günstigen Preisen. Andere Marktbeschicker nannten uns schon den Aldi der Wochenmärkte, aber unser Preisvorteil lag an der Tatsache, dass wir frisch vom Feld, nach Sortierung durch polnische und rumänische Arbeitskräfte, die Ware auf die einzelnen Märkte fuhren. Nach dem Spargel folgt der Verkauf von Erdbeeren, Himbeeren, Johannisbeeren, Kirschen, Stachelbeeren und Heidelbeeren. Zum Ende der Saison gab es noch Pflaumen bzw. Zwetschgen, Zuckermais, Tomaten und Bohnen. Alles Saisonware, frisch vom Feld aus deutschen Landen. Eine super Sache.

Vor allen Dingen hatte ich Spaß an dieser Arbeit, so dass ich mich schon auf die neue Saison 2010 freute. Ich hatte endlich wieder alles, was ich zum Leben brauchte. Eine Frau, die mich bedingungslos liebte, eine sozialversicherungspflichtige Arbeit und ein Haus mit großem Grundstück, auch wenn das Haus noch saniert werden musste. Aber obwohl wir die Wände nicht verputzt hatten und wir den Strom über Verlängerungskabel im Haus verteilten, lebten wir gut.

Unsere Eier bezogen wir schließlich von eigenen Hühnern und ein Discounter, der fußläufig erreichbar war, stiftete uns unverkäufliches Obst und Gemüse zum Verfüttern. Zusätzlich bekam das Federvieh Futtermais und biologisches Kraftfutter. Alle zwei Jahre werden die Hühner geschlachtet, so dass wir auch noch Fleisch durch sie bekommen sollten. Wir hatten auch noch ein Pärchen Pommern Gänse dazu bekommen. Weihnachten wäre unser Weihnachtsessen gesichert gewesen. Insgesamt hatten wir mittlerweile neben den Gänsen und Hühnern viele Tiere. Vier Hunde, drei Katzen, diverse Fische im Aquarium, zwei Wellensittiche und zwei Zwergwachteln. Letztgenannte leben alle mit im Haus. Von Ende 2005 an bis Sommer 2009 lebte ich sogar komplett ohne Medikamente und fühlte mich super. Auch Alkohol trank ich über die Jahre kaum noch. Ab und zu genoss ich ein bis zwei große Alster zum Grillen, aber insgesamt war ich fast abstinent. Wie gesagt, bis Sommer 2009 kam ich ohne Medikamente aus, bis ich mit unserem Nachbarn Angeln ging. Beim Angeln meinte er plötzlich zu mir, er hätte mich am liebsten umgebracht, als ich wieder in die Gegend bei Walsrode zog, wo ich vorher aber noch nie gelebt hatte. Das führte bei mir zu Panikattacken und paranoiden Gedanken, so dass ich in den folgenden Tagen Fallen im Haus aus Angst vor meinem vermeintlichen Mörder aufbaute. Die Angst verfolgte mich selbst bei der Arbeit. Ich traute niemanden mehr, selbst anderen Marktbeschickern und Kunden nicht. Mein Misstrauen ging sogar auf meine damalige Lebensgefährtin über, so dass sie beschloss, mich in psychiatrische Behandlung zu geben. Sie wollte aber nicht, dass ich in die Walsroder Psychiatrie komme, so dass ich in die Psychiatrische Klinik in Uelzen kam. Nach drei Wochen war ich wieder einigermaßen fit und wurde entlassen.

Der Nachbar hatte letztendlich nichts gegen mich, er hatte Probleme damit, dass Katrin trotz ihrer Vorgeschichte wieder in ihr Haus zog, aber das war nicht mein Problem. Mit dem , was dort passiert ist, muss sie klarkommen und wenn sie mir gegenüber beteuert, dass sie damit kein Problem hat, was sie auch tat, dann ist das für mich in Ordnung lieber Ex - Nachbar.

Aber die Aktion hat mir gezeigt, dass meine Krankheit auf jeden Fall chronisch ist, so dass ich lieber die Medikamente nehme, als das ich mich erneut durch solche Dinge wie durch den Nachbarn aus der Bahn werfen lasse. Meinen damaligen

Zukunftswunsch formulierte ich noch während des Aufenthalts in Uelzen in folgendem Gedicht:

Die Psychose

Der Zweck meiner Geschichte ist,

zu bringen Licht in meine Krankheitsgeschichte,

Das Überwinden der inneren Grenzen;

der Kampf zwischen Gut und Böse,

ohne sich geben zu müssen,

einer ständigen „ Verrückt-Sein-Blöße."

Es ist verbunden mit viel Herz und Schmerz,

der Genesung nicht immer förderlich.

Was sich bei mir entwickelt,

dem möchte ich mich nicht immer hingeben,

wenn es im Geiste prickelt.

Was soll ich tun, wenn es passiert!?

Habe ich nicht schon genug Geistes Attacken pariert!?

210

Was soll ich tun?

Ist es ein Medikament, dass mich innerlich kann

bringen zum Ruhen oder mich kuriert?

Was soll ich machen, um im Kopf zu empfinden

ein Lachen!?

Ich habe wenig Lust, ständig zu packen meine

sieben Sachen,

hin und her geschoben zu werden;

geschubst zu werden in eine verrückte Schiene;

mich zu laben an irgendeiner schönen oder schaurigen

Geschichte,

sondern auch normales Glück empfinden,

indem ich mich versuche zu binden,

mit einer Frau, die ich immer hoffte zu finden und jetzt,

besser gesagt seit mehr als vier Jahren,

gefunden habe.

Es ist nicht das Herz mit seinen Funktionen,

sondern die Liebe,

mit der ich Dich und mich

möchte belohnen.

Mein Wunsch wurde aber am Ende nicht vollständig erhört, denn mit Katrin und mir kam es unerwartet anders und im wahrsten Sinne aus heiterem Himmel, den es war ein sonniger Tag, als Katrin von ihrer speziellen psychiatrischen Behandlung in Hessen nach sechs Wochen Ende März 2010 wieder kam. Bevor sie auf dem Hof eintraf, hatte ich schon freudig ein Drei – Gänge – Menü vorbereitet. Gegen 13.00 Uhr tauchte sie dann auf. Ich freute mich riesig als der silberne Wagen eines Mitpatienten von ihr auf der Einfahrt stand, ihre Mitfahrgelegenheit. Katrin stieg aus und die Hunde drehten im positiven Sinne förmlich durch, hinter dem grauen Bauzaun, der als provisorisches Eingangstor zum Hof diente. Der Rest des großen Geländes mit dem darauf befindlichen Gehege fürs Federvieh war bereits mit einem guten Zaun abgesichert, so dass auch Pico, unser Schäferhund Mix nicht abhauen konnte. Genau wie Lennox, der unangefochtene Chef des Rudels, musste er an der Leine geführt werden. Pico war einfach nicht der Wunschhund seines Vorbesitzers, der ihn geschenkt bekam, dabei war er ein total süßer Riese. Zudem gab es noch Rocky, unseren Jack Russell, der in seiner vorigen Familie nach deren Meinung zu viel Blödsinn baute. Bei uns war er aber von Anfang an ausgelastet und ausgeglichen, denn er hatte ja uns, seine Hundekumpels und die anderen Tiere. Diese Menge an Tieren geht natürlich nur, wenn man den entsprechenden Platz hat. Das Haupthaus und die gegenüberliegende Scheune mit Vogelgehege, dem Winterquartier für die Hühner und die Gänse beinhaltete alleine schon 330 Quadratmeter. Im Vogelgehege hatten auch die noch nicht erwähnten Meerschweinchen ihre isolierte Box, denn diese Tierchen können problemlos draußen gehalten werden. Unsere beiden Ziegen hatten wir leider nicht mehr, da diese zu viel Pflanzen kaputt fraßen. Wir entdeckten sie in der Zeitung in einer Anzeige. Ein Landwirt hinter dem niedersächsi-

schen Oldenburg verschenkte sie. Eine lange Autobahnfahrt
stand mir bevor, denn Katrin blieb damals zu Hause. Nachdem
ich die wirklich süßen Ziegen eingeladen hatte ging es nach
kurzer Fahrt mit dem Kombi zurück auf die Autobahn. Ich gab
Gas und erreichte schließlich über 180 km/h laut Tacho. Die
Ziegen verhielten sich absolut ruhig und wirkten entspannt.
Dürften die schnellsten Ziegen der Welt gewesen sein, wenn
ich heute darüber nachdenke. Es sei noch erwähnt, dass sie in
sehr gute Hände kamen, vor allem Dingen in ein Ziegen ge-
rechtes Gehege.   Alles in allem hatte Katrin das gesamte eigene Objekt schon lange vor unserer damaligen Zeit und noch
ohne Leben darauf günstig kaufen können. Mit ihrem damaligen Partner wollte sie alles sanieren. Das hatte sie bis zu dem
Brand im November 2004 nur teilweise geschafft.

Nun aber zurück zu März 2010. Die Hunde begrüßte Katrin
auf jeden Fall herzlicher als mich, aber ich dachte nur, dass sie
bestimmt erschöpft war von der Reise. Nach einem kurzen
Smalltalk auf dem üppigen Grundstück mit dem Menschen, der
Katrin netter Weise sicher zurück brachte, verabschiedeten wir
uns herzlich von ihm und Katrin und ich gingen ins Haus. Der
Duft des Essens erfüllte das Erdgeschoss, doch bevor wir uns
setzten und über die Willkommensmahlzeit hermachten, lud
mein damaliger Schatz ihr Gepäck ab und packte auch zunächst ein Geschenk für mich aus. Es handelte sich um teure
und schicke Sandalen für den Sommer. Ich freute mich riesig
darüber und bedankte mich überschwänglich. Schließlich setzten wir uns an den Esstisch mit den beiden Bänken. Alles aus
massiver Kiefer und von meinem Vater vor langer Zeit selbst
gebaut. Vor allem sind diese Möbel zeitlos, robust und in skan-
dinavischem Stil. Mein geliebter Papa hatte diese Essgruppe in
alter handwerklicher Tradition gebaut und die Einzelteile nicht
mit Schrauben verbunden, sondern verzapft. Holzkeile stabili-

sieren die verzapften Teile. Tja, mein Vater hat eben was drauf, aber das nur am Rande. An diesem Tag aßen Katrin und ich jedenfalls meine lecker zubereitete Mahlzeit. Nach dem Essen schaute mich Katrin jedoch mit ernster Miene an und meinte, dass sie mit mir reden müsse. Ich hatte ein komisches Gefühl. Dann meinte sie: „Also, aufgrund der Gespräche, die ich in der Klinik geführt habe, bin ich zu dem Schluss gekommen, dass es besser ist, mich von Dir zu trennen``. Wie bitte?, dachte ich. Nach viereinhalb Jahren macht sie einfach Schluss. Okay, es fiel ihr offen sichtlich schwer, da sie weinte, während sie die schockierenden Worte sprach, aber ich brachte schließlich ihretwegen das Opfer, wieder in den Heidekreis zu gehen und erneut mein geliebtes Hamburg zu verlassen. Alles in allem hat sie mir ein neues durchaus positives Leben geschenkt, aber ich stand auch immer zu ihr, auch und vor allem wenn sie mal wieder weinte und davon sprach, dass sie zu ihrem von ihr getöteten Sohn wollte, also in den Himmel, wo er nach ihrer Vorstellung auf sie wartete. Für mich war das nicht leicht, da ich selbst von einer psychischen Erkrankung betroffen war. Im Endeffekt kam es zu der Trennung und schon am nächsten Tag ließ ich mich von ihr in die Walsroder Klinik bringen, da ich zu depremiert war und erst mal den Wunsch nach einem seelischen Auffangbecken hegte. Lieber wäre ich in die Uelzener Psychiatrie gegangen, aber dann hätte ich Wartezeit in Kauf nehmen müssen, da Uelzen nicht für den Heidekreis zuständig ist. In Uelzen gibt es unter anderem eine reine Station für Schizophrene. Die beiden Male, die ich dort war, habe ich mich sauwohl gefühlt, wie die Wildschweine im angrenzenden Wildgehege hinter der dortigen Klinik. Dort gab es auch anderes Wild, wie z.B. Ziegen und Eulen.

Apropos Ziegen! Meine Ziege schläft noch. Es ist jetzt 07.19 Uhr an diesem Montag, dem 25.01.2016. Kerstin braucht viel Ruhe und Erholung zwischendurch. Das ist wichtig bei Depressionen, auch wenn sie ein gutes Medikament hat und den gleichen hervorragenden Therapeuten hat wie ich. Natürlich ist sie nur nach dem chinesischen Horoskop eine Ziege und nicht vom Verhalten her. Sie ist immer noch liebenswert und vor allen Dingen einfühlsam. So wie es aussieht bleibt sie mir bis zu meinem Ableben erhalten, also noch lange Zeit, sofern ich keinen Herzinfarkt erleide oder Schlaganfall oder was auch immer. Das wünsche ich fast keinem. Ja, auch ich bin nicht frei von Hass. Nazis hasse ich zum Beispiel. Wenn denen was passiert, geht mir das auf Deutsch gesagt am Arsch vorbei. Katrin hasse ich im Nachhinein nicht, auch wenn sie sich 2010 einfach von mir trennte, weil Therapeuten in der Hardtwaldtklinik in Bad Zwesten dazu geraten hatten. Ich fragte mich damals nur, was sie denen über mich erzählt haben könnte. Ich habe mir aber nichts vorzuwerfen. Mehr Aufmerksamkeit konnte ich ihr während unserer Beziehung nicht schenken als ich es damals tat, aber heute bin ich sehr froh meine Kerstin zu haben. So, Kaffeepause!!!

Nun, da bin ich wieder. Von März 2010 an bis Oktober 2012 sortierte ich mein Leben neu. Ich bezog zunächst eine Wohnung in Walsrode, da ich schnell aus dem Haus von Katrin raus wollte. Ich landete aber immer wieder in der Psychiatrie, da ich nach der Trennung von Katrin seelisch zu sehr litt. Meinen Job auf dem Wochenmarkt musste ich aufgeben. Zum einen hatte ich kein Auto mehr zur Verfügung, um zur Arbeit zu kommen und zum Anderen waren meine damaligen Depressionen zu schwerwiegend. Mein damaliger Hausarzt und auch die Ärzte der Klinik auf Station D1 schrieben mich auf unbestimmte Zeit krank. Glücklicher Weise hatte ich mir einen Anspruch auf Krankengeld erworben und lebte davon. Sonst hätte ich weiterhin Arbeitslosengeld I bekommen, da ich durch den Saisonjob innerhalb von zwei Jahren mehr als 1 Jahr beitragspflichtig gearbeitet hatte. Meine Existenz war vorläufig gesichert. Schwester Lydia gab mir dann beim siebenten oder achten Aufenthalt im Zeitraum von Frühjahr bis Sommer 2010 den Anstoß, dass ein Aufenthalt bei meiner Familie vielleicht eine gute Idee wäre. So war es dann auch. Die liebe Lydia stellte den telefonischen Kontakt zu meiner Schwester über das Telefon im Zimmer des Pflegepersonals her und setzte sich ihr gegenüber persönlich für mich ein. Dann gab sie mir den Hörer und bekam von meiner geliebten Birte zu hören, dass ich gerne für 6 Wochen kommen könne und sie mich abholen würde. Nach dem Gespräch war ich erleichtert. Schlagartig war ich raus aus meiner Depression. An dieser Stelle nochmal ein großes Dankeschön an Schwester Lydia. Das Pflegepersonal der Station D1 ist auf jeden Fall top, aber nicht alle Ärzte und Psychologinnen und Psychologen. Auch die Mischung der verschiedenen Krankheitsbilder ist nicht immer glücklich. Als Patientin oder Patienten muss man dort beispielsweise auch so manche Aggression seitens mancher Patientinnen oder Patienten ertragen können. Das lag natürlich an der jeweiligen Krankheit und diese Personen konnten nichts dafür, aber es gab auch mal einen Aufenthalt, bei dem ich nach zwei Tagen die Flucht ergriff und mich vorzeitig entlassen ließ, da ein Patient zu aggressiv war, nicht nur mir gegenüber. Das Pflegepersonal kann solche akuten Patientinnen oder Patienten nicht immer gleich beruhigen. Das ist in der Walsroder Psychiatrie oft genug Normalzustand. Die Mischung der Krankheitsbilder ist dort auf dem Mist von Herrn L., dem Chefarzt, gewachsen. Das Pflegepersonal kann nichts dafür. Weder in der Hamburger Klinik, noch in der Bremer Klinik oder in der Uelzener Klinik habe ich solche Aggressionen erlebt.

Wie auch immer. Während ich bei meiner Schwester und ihrer Familie aufgenommen wurde, hatte auch schon längst wieder Betreuung beantragt und bekam auf meinen Wunsch hin wieder Frau B.E. Nur meine Finanzen sollte sie nicht vertreten, also beantragte ich keine sogenannte Vermögenssorge. Nachdem ich nun bei meiner Schwester in Ostfriesland einige Tage in dem Haus mit 8 Zimmern, auf dem riesigen, wundervollen Grundstück und in dem kleinen Ort mit guter Infrastruktur verbracht hatte, löste ich in Zusammenarbeit mit Frau B.E. Meine Walsroder Wohnung auf. Ich wollte langfristig wieder nach Hamburg. Zunächst sollte dort aber eine Rehabilitationsmaßnahme stattfinden, welche meine Betreuerin für mich beantragt hatte. In dem Gebäude dieser Rehabilitationsmaßnahme sollte ich auch vorübergehend wohnen.

Wie auch immer. Meine Eltern halfen mir, meine wenigen Möbel unter zu bringen. Einen Teil meiner Möbel überließ ich einfach Katrin, sogar die gute Küchensitzgruppe. In meiner Walsroder Zwei – Zimmer Wohnung hatte ich nicht genügend Platz. Nach der Auflösung des Mietvertrags fuhr ich mit dem Auto meiner Schwester nach Walsrode, um einen Transporter von einer Autovermietung abzuholen. Anschließend traf ich mich mit meinen Eltern bei meiner Wohnung, um die Möbel einzuladen und dann nach Schleswig – Holstein in mein Elternhaus zu bringen. Es klappte reibungslos. Die Möbel lagerten sicher im größten der Kellerräume bei meinen Eltern. Den Transporter gab ich nach der Rückfahrt wieder ab, steckte die Haustürschlüssel in den Briefkasten und fuhr zurück nach Ostfriesland, meiner vorläufigen Heimat. Dort hatte ich auch einen guten Hausarzt, welcher mir meine Medikamente verschrieb. So verbrachte ich glückliche Wochen bei meiner Schwester, meinem Schwager und deren Kinder.

Im September hatte ich dann immer noch keine Zusage seitens der Rehabilitationseinrichtung in Hamburg und Birte und

Michael mussten ihre Urlaubsreise antreten, da der Flug nach Sizilien schon gebucht war. Das war mir im Vorfeld klar, aber es gab schon einen Plan für die Folgezeit. Ich wurde von meinem Bruder und seiner Familie in Berlin aufgenommen. Ich reiste mit dem Zug an und verbrachte dort zwei Wochen. Schließlich landete ich noch bei meinen Eltern. Nach einer Woche bekam ich von meiner Betreuerin telefonisch mitgeteilt, dass die Rehabilitationsmaßnahme seitens des Kostenträgers abgelehnt wurde. Nun hätte Frau B.E. Widerspruch einlegen können, aber das lehnte ich ab. Damit war Hamburg zwar fürs Erste passe, aber ich bin ja flexibel. Ich bat meine Betreuerin nach einer Wohnung in Soltau zu suchen, da meine Kinder dort immer noch lebten und ich Sehnsucht nach Ihnen hatte. Persönlichen Kontakt zu Ihnen hatte ich damals zwar schon vier Jahre nicht mehr, da meine Ex – Frau sie gegen mich aufgebracht hatte, aber es blieb der Hoffnungsschimmer wieder Kontakt zu ihnen zu bekommen. Zumindest hatte ich telefonischen Kontakt. Inzwischen war es Ende Oktober 2010 und ich bekam seitens meiner Betreuerin die Mitteilung, dass sie eine Wohnung ab dem 01.November für mich hätte. Eine Ferienwohnung, welche für 380 Euro monatlich bis 31. März 2011 vermietet werden sollte. Ich freute mich und machte mich mit meinen Eltern auf den Weg nach Soltau um Die vorübergehende Bleibe anzuschauen. Die Wohnung erstreckte sich auf zwei Zimmer plus Küche und Bad und hatte einen Südbalkon. Insgesamt war sie mit allem ausgestattet, was zum Leben notwendig war. Ich brauchte nur noch meinen Koffer packen und einziehen, sofern der Vermieter zustimmen würde. Was soll ich sagen!? Er stimmte zu. Zufrieden fuhren wir zurück nach R. Am 01.November 2010 packte ich meinen geräumigen Koffer, frühstückte noch mit meinen geliebten Eltern und dann fuhren wir in meine neue Zukunft.

Heute, mittlerweile haben wir den 27.01.2016 und 03.05 Uhr, stelle ich fest, dass es ja auch ein großer Zufall ist, dass ich genau zwei Jahre später, also am 01.November 2012 mit meiner jetzigen großen Liebe zusammen kam. Ein weiterer Zufall ist es, dass Kerstin damals nicht nur 33 Jahre alt war, sondern das ich sie während meines 33. Aufenthalts auf der Station D1 der Walsroder Psychiatrie kennen lernte. Ich war damals wegen einer depressiven Verstimmung dort, hatte mich aber schon ganz gut erholt gehabt, als Kerstin als neue Patientin im Club der vermeintlich verlorenen Seelen aufgenommen worden, wenn wir die Psychiatrie mal so beschreiben wollen. Auf jeden Fall fiel sie mir gleich auf, denn sie hatte so eine positive Ausstrahlung, obwohl es ihr am Aufnahmetag natürlich noch schlecht ging. So ließ ich sie erst mal in Ruhe. Eines Abends schlenderte ich dann so über den Stationsflur und sah sie lesend auf einem Stuhl am dem dortigen weißen Tisch sitzen. Ich näherte mich ihr, blieb vor ihr stehen und fragte, ob ich sie beim Lesen stören würde. Sie verneinte und so kamen wir ins Gespräch. Später erfuhr ich, dass sie keine Bleibe hatte, denn sie wollte nicht zu ihrem Vater zurück, bei dem sie vorübergehend wohnte. Dieser tyrannisierte sie aber und sorgte damit für ihre damalige Flucht in die Psychiatrie. Hinzu kam eine psychische Grunderkrankung, welche ihr zusätzlich zu schaffen machte. Ich war seit 01.November 2010 immer mal wieder wegen Depressionen in der Klappse. Nur im Frühjahr 2012 war ich nochmal wegen einer Manie dort. Meine Betreuerin musste damals den Kauf eines teuren Fernsehers inklusive Blueray Player und Soundsystems auf Rechnung rückgängig machen, da ich die 4200 Euro auf keinen Fall hätte zahlen können als mittlerweile Hartz IV Empfänger. Zur Vertragsunterschrift bezüglich eines Hauses in Bispingen und dem Kauf eines gebrauchten Mercedes Coupe kam zum Glück gar nicht erst. Jedoch blieb ein Getränkehändler auf seiner Rechnung sitzen. Bei ihm hatte ich Softgetränke, Wein und Bier inklusive Zapanlage auf Rechnung bestellt und zu meiner Einweihungsparty für meine neue 1 – Zimmer Wohnung, welche ich bereits zum 01.Mai 2011 bezogen hatte, geliefert bekommen. Nicht zu vergessen die kostenpflichtigen Holzbänke und der Stehtisch. Die Party mit meinen mittlerweile neu gewonnenen Freunden war super, nur die Rechnung nicht, außer ich hätte es bezahlen können. So kam es zu einem Einwilligungsvorbehalt und meine Betreuerin teilte mir 35 Euro die Woche ein, welche ich mir immer Montags am Schalter meiner Bank abholen konnte. Meine EC Karte behielt Frau B.E. ein.

Heute habe ich dank meiner Betreuerin und meiner geliebten Partnerin schon längst wieder eine EC Karte und kann frei über mein Konto verfügen. Allerdings habe ich ein sogenanntes Guthabenkonto. Eine Überziehung ist nicht möglich. Will ich auch gar nicht. Zudem ist das Konto pfändungssicher. Im Frühjahr 2012 hatte ich somit meine allerletzte psychotische Phase in Form einer Manie. Danach griff die Kombination aus Amisulprid und Valproinsäure immer mehr und führte zu einer enormen Stabilisierung, bis auf zeitweilige depressive Verstimmungen. Die letzte hatte ich im Juni 2014. Valproinsäure ist im Übrigen eigentlich ein Antiepileptikum, aber es hilft auch gegen sogenannte bipolare Störungen, also manisch – depressive Phasen. Im Januar 2015 war ich nochmal kurz in der Klinik, da ich damals das Gefühl hatte durch die Einnahme der Medikamente zu viel zu schlafen. Psychopharmaka können auch zu einer grundsätzlichen Müdigkeit führen, Es brauchte aber nicht mehr auf ein anderes Mittel umgestellt werden, da ich im Winter unter Vitamin D Mangel leide. Das erzeugt die Müdigkeit. Natürlich kann man auch hier Tabletten dagegen nehmen, aber diese werden von der Krankenkasse nicht bezahlt. Außerdem möchte ich nicht noch mehr Medikamente schlucken. Wozu gibt es Kaffee. In diesem Sinne, trinke ich jetzt einen Becher und setze meine Story später fort. Ich muss heute Morgen noch für die Autovermietung arbeiten. Nicht gleich! Ab 07.30 Uhr bis gegen 11.00 Uhr. Danach gehe ich nochmal kurz in die Teestube und dann leg ich mich zum Schlafen hin. Also, bis dann!

Da bin ich wieder! Sitze gerade mit meinem Schatz in der Stube und höre Radio. Kerstin ist zudem gerade über ihr Smart Phone im Internet. Sie ist gerne im Internet. Ich nutze es nicht so oft. Zwecks Kontakten telefoniere ich lieber, aber ich bin unter meinem vollen Namen, Karsten Gernot Roth, auch bei Facebook zu finden. Am liebsten habe ich persönlichen Kontakt zu anderen Menschen. Da bin ich noch konservativ. Wie schon beschrieben hatte ich im Oktober 2012 den ersten persönlichen Kontakt zu meinem Schatz. Irgendwann ging es auf meine Entlassung zu. Diese sollte am Freitag dem 02.11.2012 stattfinden. Doch Dienstag der 30.11.2012 änderte alles. Bis dato hatten Kerstin und ich uns schon sehr gut angenähert. Wir verbrachten außerhalb der Therapien viel Zeit miteinander und ich war schon etwas verliebt in sie. Einige Tage zuvor eröffnete ich ihr schon, dass meine kleine Wohnung in dem Soltauer Wohnpark für sie 24 Stunden und 365 Tage im Jahr offen stehen würde. Es war ein unverbindlicher Hinweis. Es sollte natürlich ihre Entscheidung bleiben. Ich wollte sie auf keinen Fall bedrängen. Das mache ich weder bei anderen noch bei einem solch wundervollen, einfühlsamen Wesen wie ihr. An dem besagten Dienstag war mal wieder Visite und ich war schon dran gewesen. Kerstin kam kurz vor dem Mittag dran und kam völlig aufgelöst wieder aus dem Visiten Raum. Sie weinte und schimpfte über den Chefarzt. Einmal die Woche teilt man sich einzeln in der Arztvisite mit und erhält normalerweise positive Unterstützung, aber Herr L. Versteht es leider oft genug Patientinnen oder Patienten vor den Kopf zu stoßen. So war es an dem Tag auch mit Kerstin und ich versuchte sie verbal zu trösten und zu beruhigen. Es klappte aber nicht sehr optimal, denn sie entschied sich, die Station D1 zu verlassen. Es ging dann zwischen dem Pflegepersonal und ihr turbulent her. Sie waren zum Glück auf Kerstins Seite und eine Schwester nahm für sie Kontakt zu verschiedenen sozialen Einrichtungen auf, um eine vorübergehende Bleibe für mein Schatz zu organisieren. Schließlich sollte sie im Herbergsverein in Soltau unterkommen. Sie erzählte mir davon und machte sich danach ans packen. Sie wollte aber noch zu Mittag essen, da sie noch auf die Entlassungspapiere warten musste. Zudem war nicht klar, wie sie nach Soltau kommen sollte, ohne Geld, denn ihr Vater verhinderte auch, dass sie Sozialhilfe beantragen konnte, als sie noch bei ihm in der Abgeschiedenheit in einem kleinen Dorf lebte. Sie hätte damals zum Walsroder Amt gemusst, jedoch fuhr ihr Vater nicht mit ihr dort hin. Ein merkwürdiger Vogel, dachte ich. Ich hatte jedenfalls an diesem Morgen Geld bekommen, aufs sogenannte Patientenkonto des Heidekreis Klinikums. Es war mehr als die üblichen 35 Euro, denn ich wollte ja an dem Freitag mit der Bahn nach Hause. Also überwies meine Betreuerin mehr.

Nun denn, Kerstin und ich hätten zumindest per E – Mail in Kontakt bleiben können. Zudem hatte ich auch ihre Handynummer. So saß ich entspannt auf einem der Sofas in Gemeinschaftsraum, um auf das Mittagessen zu warten Kerstin war noch auf ihrem Zimmer beim Packen. Mir gefiel die Vorstellung, dass sie auch nach Soltau kommen sollte, so hätte man sich dort auch mal treffen können, aber es kam noch besser. Als ich dort im Gemeinschaftsraum saß, bekam ich plötzlich Harndrang und machte mich somit auf den Weg zu meinem Zimmer. Bevor ich mein Zimmer erreichte, ging bei Kerstins Zimmer gleichzeitig die Tür auf. Sie kam heraus und fragte aufgeregt, ob mein Angebot noch stehen würde. Natürlich stand mein Angebot noch, sie bei mir aufzunehmen. Also sagte ich ruhig aber mit sanftem Nachdruck: „ Hab ich doch gesagt! `` Sie meinte dann, dass sie darauf zurück kommen möchte. Ich freute mich riesig, ging aber erst mal auf Toilette. Anschließend machte ich mich auf den Weg zum Gemeinschaftsraum, um Kerstin aufzusuchen. Dort saß sie dann auch. Ich setzte mich ihr gegenüber, inzwischen an einen der Esstische, um erst mal zu essen. Wir hatten dort unseren Stammplatz, obwohl ich zu Beginn meiner damaligen Behandlung noch woanders saß. Im Allgemein war auch anderen Patientinnen und Patienten aufgefallen, dass die Chemie zwischen ihr und mir einfach stimmte. Sie freuten sich für uns, aber wir hätten nie schon auf Station etwas miteinander angefangen. Nach dem Essen setzen Kerstin und ich uns wieder auf die Sofas bzw. ich auf einen Sessel gegenüber. Ich teilte ihr mit, dass ich ihr den Schlüssel für meine Wohnung geben würde und Geld für die Bahnfahrt und für Lebensmittel. Sie freute sich und ein Lächeln kam über ihre süßen Lippen. Ich wollte dann 3 Tage später nachkommen. Doch dann überlegte ich gleich mit zu gehen. Ich war ja wieder fit. Kerstin freut. sich noch mehr, nachdem ich ihr das mitteilte. So suchte ich Frau B., eine sehr sympathische Ärztin auf, um meine Entlassung zu beantragen. Erst war sie dagegen. Dann erzählte ich jedoch von meinem extrem laut schnarchenden Zimmergenossen, so dass sie mich auch gehen ließ. Ich teilte es Kerstin mit und packte. Gegen 15.00 Uhr bekamen wir unsere Entlassungspapiere und marschierten schwer bepackt aber glücklich von Station D1. Am Empfang des Haupteingangs ließ ich uns ein Taxi bestellen, auf das wir vor dem Haupteingang warten mussten. Wir schnupperten erleichtert den Duft der uns bevorstehenden Freiheit. Das Taxi kam und wir ließen uns zum

Bahnhof bringen. Nachdem der Zug, in den wir gestiegen waren, in Soltau ankam, nahmen wir erneut ein Taxi zu meiner Wohnung. Dort angekommen zeigte ich ihr mein kleines Reich und räumte zwei Fächer in meinem auf dem Flur befindlichen Kleiderschrank frei. Während sich Kerstin dann vor dem Fernseher entspannte, fuhr ich mit meinem Fahrrad zum Einkaufen. Nachdem ich zurück war setzte ich mich dazu und entspannte mich auch. Schon am nächsten Tag beantragten wir bei der Stadt Soltau Hartz IV für Kerstin. Zuvor meldeten wir sie unter meiner Adresse an und richteten ein Konto bei meiner Bank für sie ein. Eigentlich wollte Kerstin nach Hannover in die Nähe ihres beim Vater lebenden Sohnes, aber seit dem 01.11.2012 sind wir offiziell zusammen und unzertrennlich und ihr Sohn besucht uns mittlerweile in den Ferien in unserer seit 2014 vorhandenen 3 – Zimmer Wohnung. In Hannover bekamen wir trotz aller Bemühungen keine passende Wohnung. Hannover läuft nicht weg. Im Übrigen habe ich vor dem 01.11.2012 keine Anstalten gemacht, sie anzufassen, da ich Gentleman bin. Wir sind auf jeden Fall bis heute, dem 27.01.2016, ein glückliches Paar. Bei Kerstin hatte ich in der Anfangsphase eine Woche lang ein extremes Kribbeln im Bauch. Eine wunderschöne Erfahrung, welche ich bei noch keiner Frau hatte. Scheinbar war und bin ich das erste Mal richtig verliebt. Schon kurz nachdem wir zusammen kamen erfuhr ich auch, dass wir beide nach dem chinesischen Horoskop Ziegen sind. Zwei Ziegen ergänzen sich hervorragend. Das war bei uns zu Anfang so und ist bis heute so und damit sind wir fast beim Schluss.

Schlusswort

Bei jedem Menschen kann das Leben aus den Fugen geraten, aber was auch kommt, kann ich jeder oder jedem nur raten, nicht vorzeitig aufzugeben. Es bleibt immer die Hoffnung, dass es irgendwann besser wird, denn diese stirbt bekanntlich zuletzt. Okay, im modernen psychiatrischen System ist nicht alles Gold was glänzt, aber gerade mit der Psyche ist nicht zu spaßen. In akuten Phasen kann ich nur zur Klinik raten. Frau, Kind oder Mann sollte aber alles versuchen, sich irgendwann vom System zu lösen. Ein freies und selbstbestimmtes Leben sollte das Ziel sein. Die Sozialpsychiatrie lässt einen zumindest in Deutschland bei begründeten Problemen nie im Stich, aber ich wollte es mir einfach nicht in dem System bequem machen und ich habe mich am Ende auch davon frei gemacht. Ich habe eine zauberhafte Partnerin, eine schöne Wohnung mit ihr und einen neuen Job. Okay, auf 450 Euro Basis, aber es ist ein Anfang und ich bin wieder auf dem ersten Arbeitsmarkt, weil ich mich auf eine ausgeschriebene Stelle bewarb, ausreichend qualifiziert bin und nach dem Vorstellungsgespräch den Job bei der Autovermietung bekam. Ich bin im Moment Aushilfsfahrer für Fahrzeuge, die zum Kunden gebracht oder vom Kunden abgeholt werden und pflege den Fuhrpark oder betanke ihn bei Bedarf. Was soll ich sagen, ich bin glücklich und muss normalerweise nicht mehr in die Klinik. In Soltau habe ich aber noch Herrn R., meinen Therapeuten. Mit ihm kann ich über alles reden. Er ist sehr freundlich und ehrlich. Ich hätte jetzt gern noch Kontakt zu meinen Kindern. Die vermisse ich schon. Ich wüsste noch nicht einmal wie sie heute aussehen, also kann es sein, dass sie des Öfteren schon an mir in Soltau vorbei gelaufen sind. Na ja, ist nun mal so, wenn die Ex – Frau quer schießt und die eigenen Kinder gegen den leiblichen Vater aufbringt.

Anfangs versuchte ich noch per Gericht und über das Jugendamt dagegen anzukommen, aber der Einfluss von Corinna war stärker. Manchmal bekomme ich noch meinen Sohn ans Telefon, der auch gerne mit mir redet, aber meine liebe Tochter möchte nicht mit mir reden. Ich muss halt damit leben.

Ich rufe heute öfter in Walsrode beim Pflegepersonal der psychiatrischen Abteilung D1 an, um auch über die neuesten Entwicklungen bei mir zu reden. Dabei rede ich am liebsten mit Schwester Cathleen, Schwester Kathrin, Schwester Gaby, Schwester Ann, Schwester Lydia, Schwester Heidi,Schwester Birgit, Pfleger Birger und Pfleger Frank. Sie haben mir meine Klinikaufenthalte immer leicht gemacht und reden heute noch gerne mit mir, sofern sie gerade die Zeit haben. Außerdem unterstützte das Pflegepersonal im Allgemeinen, auf Nachfrage von Kerstin, dass sie am 30.11.2012 mit mir gegangen ist. Deshalb schenkte ich der Station D1 letztes Jahr die Kopie eines Zeitungsartikels über mich in der hiesigen Böhme Zeitung. Ich kochte für dieses Regionalblatt ein Drei – Gänge – Menü für eine Kochserie. Der Artikel ging auf Seite 4 über die ganze Seite. Die Schwestern und Pfleger hängten den Artikel dankend in deren Aufenthaltsraum. Mich macht das Stolz und auch dieses Werk macht mich stolz. Ich hoffe, es gefällt Ihnen, denn ich bin nur einer von vielen psychisch Kranken, doch man kann damit leben, wenn man medikamentös richtig eingestellt ist und vernünftige Therapeuten hat. Scheuen Sie sich in jedem Fall nicht, Hilfe anzunehmen, wenn Sie mal in Not geraten sollten. Achten Sie nur darauf, die richtigen und für Sie auch vertrauenswürdigen Personen um Hilfe zu bitten. Sollten Sie wegen einer Krankheit oder einem Unfall auf Hilfe durch das Sozialamt angewiesen sein, so greifen Sie ruhig darauf zurück. Dafür braucht sich niemand schämen.

Sollten Sie aus irgendeinem Grund in der Psychiatrie landen, so haben Sie keine Angst davor. Dort wollen zumindest die Fachleute nichts Böses von Ihnen. Suchen Sie sich die sprichwörtlichen Rosinen raus. Wenn Sie dort während der Entspannungstherapie jedes Mal am Ende einschlafen sollten und leicht schnarchend auf der Matte liegen, haben Sie das Schlimmste überstanden. Ich habe das letztendlich auf einem Stuhl geschafft, wenn mal wieder keine Matte mehr frei war. Anfang 2005 war das noch anders. Damals sagte eine Psychologin nach einer Gruppensitzung zu mir:,, Herr Roth, Sie wirken so angespannt!`` Ich erwiderte nur:,, Ich bin seit drei Jahren angespannt!`` Die Psychologin war geknickt und schwieg. Sorgen Sie, liebe Leserinnen und Leser, immer für einen guten Ausgleich zwischen Anspannung und Entspannung. Das ist nicht nur im heutigen psychiatrischen System ein großes Thema. In diesem Sinne! Bei allem, was Ihnen geschehen ist oder noch bevorsteht, das Leben hat viel zu bieten. Manch Negatives und manch Gutes. Ihnen liebe Leserinnen und Leser wünsche ich jedenfalls nur das Beste! Machen sie es gut und unterstützen sie Menschen mit Handicap, egal welches. Tschüss, wie man in Hamburg sagt!!!

PS: Ich danke der Station D1 der Psychiatrie in Walsrode, der psychiatrischen Klinik Uelzen, meiner Krankenkasse, der

Soltauer Teestube für die warmherzigen Momente, meiner Betreuerin für die Vertretung gegenüber Behörden und Institutionen und im Besonderen meinen Soltauer Freunden, weil sie bis heute für mich da sind.

Zeitfracht Medien GmbH
Ferdinand-Jühlke-Straße 7
99095 Erfurt, Deutschland
produktsicherheit@kolibri360.de